CONTOS DE ESCRITORAS BRASILEIRAS

CONTOS DE ESCRITORAS BRASILEIRAS

Organizadoras
Lúcia Helena Vianna
Márcia Lígia Guidin

Martins Fontes
São Paulo 2003

Copyright © 2003, Livraria Martins Fontes Editora Ltda.,
São Paulo, para a presente edição.

1ª edição
novembro de 2003

Acompanhamento editorial
Helena Guimarães Bittencourt
Revisões gráficas
Adriana Cristina Bairrada
Solange Martins
Dinarte Zorzanelli da Silva
Produção gráfica
Geraldo Alves
Paginação/Fotolitos
Studio 3 Desenvolvimento Editorial

Dados Internacionais de Catalogação na Publicação (CIP)
(Câmara Brasileira do Livro, SP, Brasil)

Contos de escritoras brasileiras / organizadoras Lúcia Helena Vianna, Márcia Lígia Guidin. – São Paulo : Martins Fontes, 2003.

Várias autoras.
ISBN 85-336-1937-5

1. Contos brasileiros – Coletâneas I. Vianna, Lúcia Helena. II. Guidin, Márcia Lígia.

03-6496   CDD-869.9308

Índices para catálogo sistemático:
1. Coletâneas : Contos : Literatura brasileira   869.9308

Todos os direitos desta edição reservados à
Livraria Martins Fontes Editora Ltda.
Rua Conselheiro Ramalho, 330/340 01325-000 São Paulo SP Brasil
Tel. (11) 3241.3677 Fax (11) 3105.6867
e-mail: info@martinsfontes.com.br   http://www.martinsfontes.com.br

Índice

Apresentação 1
A gargalhada *Adalgisa Nery* 17
Final feliz *Adélia Prado* 25
Lição póstuma *Carmen Dolores* 31
La Pietà *Cecília Prada* 39
Feliz aniversário *Clarice Lispector* 53
O corpo *Clarice Lispector* 67
A moralista *Dinah Silveira de Queiroz* 77
Amor pelas miniaturas *Edla van Steen* 87
Boa-noite, professor *Eneida de Morais* 103
Doce de Teresa *Flávia Savary* 115
O pai *Helena Parente Cunha* 121

ASSOMBRAÇÃO *Heloisa Seixas* 127

RONDÓ *Ivana Arruda Leite* 145

MEMÓRIAS DE UM LEQUE *Júlia Lopes de Almeida* 151

RETRATO EM REVISTA *Julieta de Godoy Ladeira* 159

CUJA MÃE NÃO DISSE *Lucia Castello Branco* 179

A ESTRUTURA DA BOLHA DE SABÃO *Lygia Fagundes Telles* 187

ANTES DO BAILE VERDE *Lygia Fagundes Telles* 193

A IRRESISTÍVEL VIVIEN O'HARA *Márcia Denser* 207

CONTEMPLAÇÃO DE ANNELIZE *Maria Caprioli* 217

MUSLIM: WOMAN *Marilene Felinto* 229

O HOMEM DE LUVA ROXA *Marina Colasanti* 241

TAXIDERMIA *Miriam Mambrini* 257

COLHEITA *Nélida Piñon* 263

MARCOLINA-CORPO-DE-SEREIA *Nilza Amaral* 275

O REI DOS LENÇÓIS *Olga Savary* 283

MORTE NO VARIETÉ *Patrícia Galvão (Pagu)* 287

OS DOIS BONITOS E OS DOIS FEIOS *Rachel de Queiroz* 333

A VIAGEM DE TREM *Rachel Jardim* 343

TODA LANA TURNER TEM SEU JOHNNY STOMPANATO *Sonia Coutinho* 349

CHÁ DAS TRÊS *Sônia Peçanha* 361

ELE VOLTOU, TIÃO *Vilma Guimarães Rosa* 367

BIBLIOGRAFIA 379

APRESENTAÇÃO

Por que publicar uma antologia de contos escritos só por mulheres? Essa é a pergunta. Que razões justificam essa escolha? Dentre tantas respostas possíveis, podemos apresentar uma razão que se sobrepõe a todas as outras: muitas mulheres brasileiras escreveram ao longo do tempo e nem sempre se teve notícia de tais escritos. Quem ouviu falar de Tereza Margarida da Silva Horta, Josefina Álvares de Azevedo, Nísia Floresta, Carmen Dolores, Mme. Chrysanthème, senão um ou outro especialista? Onde estão os seus livros? De que História da Literatura elas participam? Antes que as próprias mulheres começassem a pesquisar sua história, eram esses e muitos outros nomes quase que absolutamente desconhecidos do público mais informado. E, no entanto, as mulheres sempre foram grandes narradoras. Em épocas remotas, quando os homens tinham por principal papel público as viagens de conquista e as guerras, cabia às mulheres manter aceso o fogo do lar, esperar, fiar, ouvir e recontar as histórias que eles traziam. Veja-se o caso de Penélope e Ulisses, narrado na *Odisséia*, de Homero. Enquanto o herói atravessa mares distantes e longínquas terras e enfrenta os terríveis desafios que lhe são impostos pela fúria dos deuses, a mulher espera. Espera pelo marido durante anos, fia e desfia seu tapete, guardando a fidelidade ao amado. Fiar um tapete é uma maneira simbólica de narrar. Pode ser um lugar-comum lembrar Sherazade, tanto o seu nome tem sido citado para exemplificar as estratégias femininas usadas para enfrentar o poder dos senhores. A mitológica personagem de *As mil e uma noites*, como é sabido, posterga a morte anunciada, recorrendo a intermináveis aventuras para entreter o sultão que a mantém prisioneira.

Antes que o domínio da escrita tivesse se tornado um privilégio dos homens, a tarefa de preservar a memória dos tempos pertencia às mulheres. A cultura clássica confere, na mitologia grega, o papel feminino de memorialista à figura mitológica de Mnemosine. Filha de Urano, ela era a musa guardiã da memória e, por conseqüência, depositária da História. Nélida Piñon, em recente conferência sobre os horizontes da memória, lembra a definição de Hesíodo: "Mnemosine canta tudo que foi, tudo que é, tudo que será."

O papel secundário que as mulheres passaram a ter na cultura escrita, com o advento da primeira modernidade (Renascença, século XVI), quando se consolida a hegemonia masculina na cultura, resulta muito mais de posições ideológicas, que requeriam para os varões o domínio da palavra escrita como forma de poder sobre o conhecimento, do que de qualquer incapacidade delas para participar desse poder. Durante séculos suportaram o preconceito, consideradas frágeis não só de corpo, mas de mente, sem dotes para o trabalho intelectual. Mas, apesar de todos os impedimentos, não se deixaram subjugar. Continuaram a contar histórias. E como sempre gostaram de escrever... Mesmo quando tinham que esconder seus escritos debaixo de travesseiros e colchões, elas escreviam. Escreviam cartas, diários, até se acercarem do romance, como aconteceu com as inglesas Jane Austen e as irmãs Brontë.

Apesar do silêncio que lhes foi prescrito no passado, ao longo do tempo foram apurando o traquejo com a letra. Mais efetivamente no século XIX, quando então se pôde localizar uma produção literária feminina na Alemanha, na Inglaterra e na França. E mesmo no Brasil, que já no período colonial setecentista contava com pelo menos uma mulher escritora.

O fato é que o desejo e – para alguns – a necessidade de conhecer-se por meio de representações da realidade nascidas do imaginário e formalizadas em palavras não são prerrogativas de um único sexo, pertencem a homens e mulheres indistintamente. A voz contemporânea de Nélida Piñon, por exemplo, nos dá testemunho do compromisso vital que tem com a escrita: "Sou diariamente perseguida pelo espírito narrativo. Sei que o mundo é narrável e que a arte, em meio ao desespero e à esperança, interpreta as dimensões humanas." E de Clarice Lispector se lê: "a palavra é a minha quarta dimensão". A necessidade de narrar, como se vê, é vital para aquelas que fizeram da criação literária um projeto de vida.

Quanto à importância que uma antologia possa ter para o leitor, pode-se acentuar, entre outras possíveis, a função prática de se conhecerem diferentes autoras brasileiras num só volume. Claro é que existem várias antologias de textos de autoria feminina esparsas no país. Uma das mais significativas foi organizada pelo escritor e crítico Raimundo Magalhães Júnior, publicada em 1967, com o título *Contos femininos*. Um livro precioso, hoje esgotado, que reúne várias escritoras. Crítico sagaz, especialista em Machado de Assis, o organizador havia percebido um vazio em nossas publicações com respeito à produção literária das mulheres. Aliás, em sua vigorosa introdução à obra, Magalhães Júnior nos oferece a informação, na época ainda pouco divulgada, sobre a autora do primeiro romance escrito entre nós: Margarida Horta, com seu *Aventuras de Diófanes*, aqui escrito e publicado em Lisboa, no ano de 1752, sob o pseudônimo de Dorotéia Engrácia Tavareda Dalmira.

Embora tal precedência seja indiscutível, reconhecida também pelo crítico Alceu Amoroso Lima, na sua *História da literatura brasileira* e fixada por pesquisadores no assunto, essa interessante primazia não foi suficiente para que a Academia se interessasse pela análise e publicação de textos escritos por mulheres. Só muito recentemente se verifica alguma alteração nesse quadro, graças ao empenho e determinação dos grupos de pesquisa sobre mulheres e literatura.

Depois de um grande hiato informativo sobre a produção feminina nos séculos anteriores, é a partir da segunda metade do século XIX que surge um número expressivo de escritoras no país, consideradas as precárias condições da época. Um bom exemplo é Maria Firmina dos Reis, poeta, romancista, professora, compositora e folclorista, nascida no Maranhão, que em 1858 publica o romance *Úrsula*, de visível caráter abolicionista. Outros nomes? Nísia Floresta (Rio Grande do Norte, 1810-1885), Inês Sabino (Bahia, 1853-1911), Carmen Dolores (Rio de Janeiro, 1852-1910), Júlia Lopes de Almeida (Rio de Janeiro, 1862-1934), Josefina Álvares de Azevedo (Pernambuco, 1851-?, irmã do poeta Álvares de Azevedo), e outras mais.

APRESENTAÇÃO 5

Como o leitor verá, figuram nesta antologia os contos "Memórias de um leque", de Júlia Lopes de Almeida, e "Lição póstuma", de Carmen Dolores, textos que dão mostras sólidas do domínio da arte narrativa nestas precursoras. Mas é ao longo do século XX que se consolida a participação feminina na vida intelectual e cultural, do mesmo modo que se amplia o interesse dos leitores (em grande parte constituído de mulheres) pelo que as mulheres escrevem. Um caso excepcional a ser notado é o de Rachel de Queiroz, que compartilhou com outros escritores da chamada geração de 1930, do nosso modernismo, a repercussão do romance neo-realista junto a um público leitor heterogêneo e fiel. A publicação de seu primeiro romance, *O quinze*, em 1930, foi decisiva para a consolidação do nosso segundo modernismo.

A partir das décadas de 1940 e 1950, afirmam-se os nomes de escritoras que chegam à cena pública nacional por mérito da extraordinária qualidade estética de suas obras: Clarice Lispector e Lygia Fagundes Telles virão a constituir uma linha de influência para outras escritoras nas gerações futuras. Rapidamente conquistam *status* literário junto a um público mais exigente e seletivo. Antonio Candido, crítico já bastante conceituado na década de 1940, reconhecia a capacidade de Clarice Lispector de "levar a língua portuguesa a domínios pouco explorados", como dizia em estudo sobre seu romance de estréia *Perto do coração selvagem*, de 1944. Nesse mesmo ano, Lygia Fagundes Telles estréia oficialmente com o livro de contos *Praia viva*. Cada qual com seu estilo, ambas construiriam uma trajetória luminosa na vida cultural brasileira.

Hoje, ultrapassado um período quase que experimental de estudos, nas universidades, sobre escritoras chamadas feministas, muitos pesquisadores buscam, incansáveis, escritos abandonados no tempo para retirá-los do esquecimento. O resgate de obras femininas esquecidas tem mostrado resultados surpreendentes, como se vê, por exemplo, no livro *Escritoras do século XIX*, organizado por Zahidé Muzart, de Santa Catarina.

Assim, para apoiar tais tarefas, contribuir com a divulgação da produção feminina no Brasil e amplificar para o leitor a visão analítica desse universo ficcional é que esta seleta foi organizada. E a escolha do conto como gênero literário que permitisse reunir um número substancial de escritoras se deve principalmente à natureza dessa forma literária. O conto, na sua economia verbal, condensa e potencializa no espaço restrito de sua forma todas as possibilidades da ficção. Por isso, produzir um conto de qualidade literária sempre foi uma prova de fogo para qualquer escritor. A arte de realizá-lo, de atingir o que Edgar Allan Poe chamou de "efeito único" (sentimento de unidade alcançado num movimento interno de significação), dá sempre a medida estética de um autor ou de uma autora. Através das diferentes épocas, o conto ganhou certa elasticidade para acolher estilos diferentes, variedades de tons, de climas, de atmosferas e registros lingüísticos: do realismo documental ao realismo crítico; do intimismo memorialista ao intimismo onírico, visionário ou fantástico ou mesmo do experimentalista no nível da linguagem, tantas vezes diluindo a temática em favor de certo prazer obtido nos jogos de linguagem.

Que contribuição teriam, pois, as escritoras brasileiras trazido para o conto, esse universo ficcional tão vasto? Devemos nos perguntar se teriam elas um modo próprio de perceber e vivenciar a realidade circundante que se transferisse ao texto. Disporiam as escritoras de um glossário de imagens e figuras que lhes fosse predominante? Ou ainda: haveria nelas um interesse maior voltado para determinados aspectos do real?

Sem querer roubar ao leitor a oportunidade de chegar, ele próprio, a conclusões sobre questões desta natureza, podemos adiantar que, sim, é possível reconhecer marcas escriturais que, se não são exclusivas das narrativas femininas, aparecem em seus textos com muita freqüência. Há temas, por exemplo, que mobilizam mais as mulheres do que os homens. Em geral, são aspectos referentes ao cotidiano doméstico, a habilidades, afazeres e percepções femininas do entorno familiar; são recorrentes a visão perturbadora do pai, do marido, do amante – do ser masculino em geral. É freqüente a memória peculiar que as mulheres carregam de suas dores e das dores do mundo bem como a apreensão das coisas mínimas e desimportantes, das quais não raro conseguem extrair efeito simbólico inesperado e incomum.

Clarice Lispector é um caso exemplar da singularidade dessa narrativa. Sua intervenção na cena literária brasileira mobiliza forças ficcionais imprevistas, capazes de desestabilizar o senso comum, causando surpresa e estranhamento. O conto "Feliz aniversário", por exemplo, incluído nesta antologia, apresenta uma situação dramática bastante forte na protagonista, uma velha solitária em meio à comemoração familiar de seus muitos anos. Enojada com as fraquezas e hipocrisias de seus descendentes, a velha senhora cospe no chão da sala de visitas, cospe na herança medíocre e decepcionante de sua prole: "(...) como pudera ela dar à luz aqueles seres risonhos, fracos, sem austeridade? Olhou-os com sua cólera de velha. Pareciam ratos se acotovelando, a sua família. Incoercível, virou a cabeça e com força insuspeita cuspiu no chão." A autora afirmou como marca de sua escritura a capacidade de criar o impacto de inesperadas revelações, capaz de desnortear as expectativas do leitor, assim como o modo de extrair o efeito estranho de um fato banal do cotidiano, ou ainda de provocar o humor grotesco, como ocorre na pequena tragédia homoerótica que se tem no conto "O corpo", que também aqui figura.

Numa outra vertente, não menos valiosa, Lygia Fagundes Telles, contemporânea de Clarice, consolida-se ao longo de sua trajetória de escritora como mestra indiscutível na arte do conto. "A estrutura da bolha de sabão" e "Antes do baile verde" são exemplos, entre tantos outros contos magistrais, de um estilo próprio de explorar situações insólitas, mantendo um ricto de ironia sob a narrativa de aparência linear e clara – narrativa que maneja com elegância, deixando no ar aquele "gosto ácido do essencial", de que já havia falado o crítico Alfredo Bosi.

É ainda a ironia um poderoso instrumento nas mãos não menos habilidosas de Nélida Piñon. No conto "Colheita", a representação das oscilações nos lugares ocupados pela mulher e pelo homem, na trama familiar e social, confirma o quanto são arbitrários, convencionais e frágeis os limites que separam os sexos masculino e feminino, papéis que, na verdade, formalizam-se como construções forjadas pela sociedade e seus discursos. A escritora, cuja carreira tem início na década de 1960, cumpre uma notável história de vida cultural. Ambas, Lygia e Nélida, como se sabe, receberam o reconhecimento público de sua trajetória literária com a chegada à Academia Brasileira de Letras, onde já se encontrava Rachel de Queiroz. Aliás, a escritora cearense, que as precedeu no tempo como grande matriarca de nossas escritoras contemporâneas, não cessou de produzir histórias, em romances, contos e crônicas, consagrados como grande painel da vida nordestina. "Os dois bonitos e os dois feios", conto que a representa nesta seleta, exibe a fina psicologia dessa exímia contadora de histórias sobre as relações humanas que, do regional, atingem um aspecto universalizante.

Intimismo e memória são também linhas temáticas muito visíveis nestas narrativas, embora não falte às escritoras capacidade de observar o real com objetividade, como se vê em "A gargalhada", de Adalgisa Nery. São também capazes de construir engenhosas tramas policiais, como "Mistério no Varieté", de Patrícia Galvão (a Pagu, musa do modernismo, que escreve sob o pseudônimo de King Shelter). Ou ainda sabem manipular efeitos de estranhamento, como fazem Marina Colasanti ("O homem de luva roxa") e Nilza Amaral ("Marcolina-corpo-de-sereia").

Uma percepção afinada das relações da classe nos anos 1950 é o que nos mostra o conto "Boa-noite, professor", de Eneida de Morais, ela também uma personagem central na cultura brasileira na primeira metade do século XX como historiadora do carnaval carioca. Adélia Prado, com "Final feliz", e Vilma Guimarães Rosa, com "Ele voltou, Tião", nos trazem a experiência sensível do feminino que se anuncia para fora dos limites da janela por onde as mulheres vêem o mundo.

As questões contemporâneas relativas às mudanças comportamentais e à reconstrução das identidades femininas na travessia de gerações de mulheres são matéria dos contos de Sonia Coutinho, Márcia Denser e Rachel Jardim. Elas marcam seus textos com a mitologia da cultura cinematográfica, que funciona como lente refletora por meio da qual as protagonistas de sua ficção se vêem e são vistas. A imagem da mulher como sujeito polimorfo — ora auferindo o gozo da liberdade conquistada, ora amargando a solidão decorrente das novas opções de vida —

compõe o cenário interno de contos como "Toda Lana Turner tem seu Johnny Stompanato", de Sonia Coutinho, "Taxidermia", de Miriam Mambrini, "Viagem de trem", de Rachel Jardim, "Retrato em revista", de Julieta de Godoy Ladeira, ou "Assombração", de Heloisa Seixas. Como se vê, neste conjunto de escritoras não é difícil perceber "o drama recente da redefinição das mulheres que compartilham a existência numa sociedade em mutação", como diz Sonia Coutinho ao falar de sua própria ficção. A esse respeito, "O pai", de Helena Parente Cunha, chega a ser uma metáfora da opressão patriarcal, visível no mote "pai parado na porta", que se repete exaustivamente e marca a impossibilidade de uma travessia para a protagonista, ela própria "parada na porta da existência".

O drama de redefinição, vivido pelas mulheres contemporâneas, sublinha o enredo nos textos em que a memória individual é chamada para definir o perfil psicológico da personagem, como em "Muslim: woman", de Marilene Felinto, conto que ainda expõe o difícil entendimento entre os sexos e a possibilidade de uma compreensão silenciosa entre mulheres, mesmo quando de raças, nacionalidades e linguagens diferentes.

Devemos lembrar que, nos contos escritos nas décadas de 1980 e 1990, o erotismo e a violência afloram na temática, na peripécia e mesmo no discurso, como ocorre em "Contemplação de Annelize", de Maria Caprioli, e "O rei dos lençóis", de Olga Savary. O sabor que as mulheres passam a usufruir com a liberdade sexual conquistada nas décadas anteriores deixa, não poucas vezes, um gosto amargo na boca, pela dramatização crítica da violência a que muitas continuam sujeitas nas relações com os parceiros. As diferentes formas de agressão sofridas, principalmente pelas pobres e abandonadas, são retratadas com requinte formal no conto "La Pietà", da paulista Cecilia Prada.

Talvez por isso, a maternidade e a recorrente figura da mãe, entre todos os temas, é o que parece provocar maior mobilização das lembranças e dos afetos. Ele recebeu tratamento dos mais diversos nos contos de Lucia Castello Branco ("Cuja mãe não disse"), Dinah Silveira de Queiroz ("A moralista"), Edla van Steen ("Amor pelas miniaturas") e Márcia Denser ("A inesquecível Vivien O'Hara"), nos quais "a vida real é olhada pelo viés do *écran*".

O leitor poderá notar que "Doce de Teresa", de Flávia Savary, "Rondó", de Ivana Arruda Leite, e "Chá das três", de Sônia Peçanha, revelam certa preferência das escritoras de geração mais recente por formas cada vez mais enxutas, sem que percam a força dramática da narrativa, agora concentrada num número mínimo de efeitos de linguagem.

Como se vê, o conjunto de contos aqui reunidos exibe caminhos distintos percorridos por escritoras brasileiras, mas paralelos e concomitantes aos processos de transformação vivenciados pelas mulheres ao longo de um século. Foi essa trajetória que consolidou sua progressiva inclusão no espaço público, na cena literária do país e na sua vida cultural.

Acreditamos que esta antologia possa revelar aos leitores e leitoras um modo peculiar de conhecimento da realidade e dos valores humanos que só se alcança na linguagem. Como pensa o crítico William Glass, a linguagem é mais poderosa como experiência das coisas do que a própria experiência das coisas. Para esse escritor, as palavras têm uma realidade que excede, em muito, as coisas que designam. E isso, como o leitor verá, as escritoras brasileiras sabem muito bem.

É, pois, a uma pequena parte desse universo que desejamos levar o leitor, já que antologias, por mais bem-intencionadas, são sempre espectros parciais e, por sua natureza, incompletos. Que o leitor a tome, então, como ponto de partida para um vasto mundo literário que também enriquece a cultura deste país.

Lúcia Helena Vianna
e Márcia Lígia Guidin

AGRADECIMENTOS

Queremos agradecer a todos aqueles que colaboraram conosco nesta empreitada: às pesquisadoras Zahidé Lupinacci Muzart, Constância Lima Duarte e Rita Therezinha Schimidt, que atenderam com presteza e boa vontade às nossas consultas. A João Carlos de Figueiredo, que nos abasteceu de livros esgotados, e a Maria da Glória Augustin, grande leitora, senhora de um faro certeiro para o texto literário.

Adalgisa Nery

Nasceu no Rio de Janeiro em 29 de outubro de 1905. Casou-se aos 16 anos com o pintor e poeta paranaense Ismael Nery, que em sua casa reunia importante grupo de intelectuais, entre os quais Murilo Mendes, Jorge de Lima, Aníbal Machado e Manuel Bandeira. Viúva do pintor, Adalgisa iniciou a carreira literária publicando seu primeiro trabalho em 1935 na *Revista Acadêmica*, tendo contribuído em vários periódicos. Em 1940 casou-se com Lorival Fontes, que foi nomeado embaixador do Brasil no México. Adalgisa circulou com desenvoltura na elite intelectual daquele país, tornando-se amiga dos pintores Diego Rivera (que pintou seu retrato) e Frida Kahlo. Separada, Adalgisa iniciou a carreira de articulista política, tendo escrito de 1954 a 1966 na coluna diária "Retratos sem retoque" do jornal *Última Hora*. Eleita deputada por dois mandatos – 1962 e 1966 –, distinguiu-se no Parlamento Estadual por sua conduta ética irrepreensível e por seu combate ao governo de Carlos Lacerda. Em 1969, foi cassada pela Junta Militar que governava o país, entrando em grande depressão. Faleceu em um abrigo de idosos, no Rio de Janeiro, em 7 de junho de 1980. Poetisa por excelência, alcançou sucesso literário com o romance *A imaginária*, publicado em 1959. Mais tarde também publicou contos e outros poemas. Algumas obras: *O jardim de carícias*, de 1938, e *As fronteiras da quarta dimensão*, de 1951.

A GARGALHADA

– Não grita, por favor.
– Não estou gritando. Estou rindo.
– Falar alto ou gargalhar é a mesma coisa. É manifestação de animalidade que a minha natureza não suporta. Vocês conhecem a minha fascinação pelas mulheres. Nada para mim tem um poder de atração maior do que uma mulher. Porém a mulher mais linda, a mais perfeita, a mais fascinante, falando alto ou gargalhando, faz crescer em mim um ímpeto monstruoso e sinto que sou capaz de abrir com as mãos o seu pescoço. Fico desvairado; é uma repulsa incontida. Só os animais se expressam com alarido, só as criaturas desclassificadas, moral e espiritualmente, falam aos gritos e riem com a garganta. Já sabem, não gritem nem dêem gargalhadas perto de mim se não quiserem transformar-me num criminoso. Fico descontrolado com o barulho, seja ele qual for.

Gaspar e dois amigos conversavam num bar, de madrugada, onde a fumaça dos cigarros e o cheiro de álcool misturavam-se ao som de um piano tocado por dedos já cansados e indiferentes ao ambiente. André, de temperamento alegre, depois de tomar duas ou três doses de álcool, expandia-se em piadas de mau gosto, acompanhadas de estridentes gargalhadas. O outro, Maurício, quase silencioso, observava demoradamente os freqüentadores do bar. Possuía um interesse especial por dois detalhes do corpo humano: mãos e nucas.

– Gaspar, você define e classifica as criaturas pelo falar alto e o gargalhar. Tem razão. Não pode haver inteligência nem condições espirituais numa pessoa que expressa suas alegrias e suas opiniões aos berros. Vocês dois criticam sempre a minha atitude quando em silêncio fico a maior parte do tempo com os olhos pregados nas mãos e na nuca das pessoas à minha frente. Eu explico. Gosto de definir, através das mãos e da nuca, a essência do indivíduo. Reparem, por exemplo, aquele sujeito sentado na mesa à nossa esquerda. Forçosamente tem de ser uma pessoa mesquinha, de fundo avarento, capaz de sujeiras freqüentes nas vinte e quatro horas do dia. Está acompanhado de uma mulher que chama a atenção unicamente pela tristeza do olhar. O resto é comum e insignificante. O seu modo de trajar é suburbano. O seu olhar, entretanto, carrega pesadas humilhações e penas. O homem que a acompanha não vê nada disso que esmaga a pobre mulher.

– E você, Maurício, verificou a tristeza da mulher e a mesquinhez do caráter do homem pelas mãos dele, só pelas mãos? – perguntou André.

– Sim, pelas mãos. Observem seus gestos e a forma das suas mãos curtas e gordas, achatadas, de unhas minúsculas enterradas na carne, dedos cabeludos, pulsos cabeludos. Suas mãos, quando paradas, assemelham-se a aranhas adormecidas. São mãos asquerosas, devem ter uma transpiração abundante. Sempre molhadas de suor. Reparem nos seus gestos em curvas pequenas em direção à sua barriga. Parecem trazer as migalhas da mesa para o seu estômago. Nada em seu físico define com mais segurança a sua mesquinha personalidade do que as suas mãos.

– Você o conhece, para marcá-lo assim de maneira tão positiva?

– Não, nunca o vi. Mas desde que cheguei notei a sua repelente personalidade pelas suas mãos cabeludas, curtas e de movimentos repulsivos.

Enquanto Maurício falava sobre as suas observações, o homem reclamava aos brados, do garçom, uma insignificante quantia adicionada à nota das despesas. Dava a entender que o pagamento daquele mínimo excedente iria obrigá-lo a voltar a pé para casa.

A mulher que o acompanhava, de olhos baixos, sentia a humilhação de quem contribuíra para um grave problema financeiro do companheiro que a trouxera para o bar; como se reclamasse o preço excessivo da sua presença ao seu lado. A mulher somava tristezas.

Maurício olhou para os amigos com ar vitorioso de quem acerta no objetivo. O homem de mãos curtas e cabeludas exibira a sua essência.

– Vejam também agora a nuca deste sujeito que está sentado de costas para nós. Nuca pálida, enxundiosa, com o nascimento do cabelo muito alto e semelhante a uma franja rala. Nuca de homem tem de ser com o nascimento do cabelo no meio do pescoço, de fios grossos marcando vitalidade e decisão de atitudes. Desconfiem de todo homem que possuir uma nuca que sobe até o meio da cabeça. Não escapará de ser um indivíduo desleal, traiçoeiro, com tendência à vida sórdida, vivendo da exploração de mulheres.

– Ora, isso é bobagem. E os que não têm pescoço, os que não têm nuca, os que têm a cabeça diretamente pregada nos ombros, como são? – perguntou André já bastante alcoolizado.

– Bem, esses são os burros teimosos. Teimosos e vaidosos. Esses são perigosos. Sentem-se um deus de sabedoria e, se têm uma parcela de poder ou uma fortuna assegurada, entendem que têm o direito de arrasar com a humanidade, e que as suas opiniões estão na razão direta do seu dinheiro. Como já disse, esses sem pescoço são perigosos para a coletividade.

Nesse instante, Maurício chamou a atenção dos companheiros para o homem da nuca flácida.

– Reparem o que ele está fazendo e vejam como os meus estudos são infalíveis!

O homem recebia, sob a toalha da mesa, das mãos da mulher que o acompanhava, o dinheiro com que iria pagar as despesas feitas.

– Qual é a sua finalidade, Maurício, ao estudar e observar a personalidade das criaturas através dos detalhes das mãos e da nuca?

– A de definir para conhecer a essência das coisas. É um estudo como outro qualquer. É um divertimento. Meus estudos e observações não impedirão o nascimento de homens mesquinhos, sórdidos e de vidas repugnantes, eu sei. Mas cada vez que acerto nas minhas observações, mais vontade tenho de observar para acertar. É uma espécie de jogo comigo mesmo. O princípio da ignorância humana é o definir aquilo que se fala ou o que se prefere falar, sobre o que ainda não se sabe e nem se pode definir. Eu falo do que ainda não se pode definir. Tento chegar à ignorância humana.

— Por exemplo, o descontrole de Gaspar ao ouvir alguém gritar ou dar gargalhadas, parece-me uma reação intimamente ligada à sua sensibilidade. As suas impressões, as suas visões ou os seus ímpetos inesperados devem variar dependendo da sua receptividade brutalizada por risos estridentes e barulhos fortes. A reação da sensibilidade de cada pessoa pode encaminhar-se para o estoicismo ou para o crime. Conheci um rapaz que desde menino perdia a fala quando cercado de conversas tumultuosas ou de ruídos agudos. Permanecia completamente mudo por várias horas. Mas mudo mesmo. Trancava-se no quarto e entregava-se à leitura. A família desorientava-se com a sua mudez prolongada e repentina. A medicina não oferecia maiores explicações. A sua mudez era total e a sua audição também seguia o mesmo processo. No dia seguinte aparecia com a fala e a audição perfeitamente normais. Assustava-se, terrivelmente, quando ao longe percebia o ronco dos motores de um avião no céu. Quando o telefone tocava, se ele estivesse perto, corria para o quarto como um animal batido. Diziam que era um desequilibrado, mas essa conclusão foi posta por terra quando a família resolveu enviá-lo para uma fazenda no interior, onde ele só tinha contato com o silêncio. A solução foi afastá-lo de tudo e de todos na medida do possível. Durante esse período falava e ouvia normalmente. Interessante é que cantava canções de acalanto e a sua voz tinha uma sonoridade maravilhosa. O tumulto, os gritos, as conversas misturadas, as risadas, extinguiam instantaneamente a sua voz e a sua audição, mas voltavam perfeitas na substância do silêncio. Era por isso considerado um tipo estranho e enigmático. Ora, Gaspar deve estar incluído, sem saber, entre os raros que sofrem desse mesmo fenômeno.

Daí o seu descontrole, a sua angústia, quando alguém ao seu lado fala aos gritos ou dá estrondosas gargalhadas. Nota-se em Gaspar uma imediata transformação fisionômica, um ar desvairado, e não deve ser sem fundamentos que ele afirma a possibilidade de tornar-se um criminoso ao ouvir uma gargalhada.

Gaspar ouvia sem interromper Maurício, parecendo concordar com o diagnóstico do amigo.

Um grande silêncio envolveu a mesa dos três. Ao longe, rompendo a densidade da fumaça e o enjoativo cheiro de álcool que dominava o bar, o piano continuava tateado por mãos cansadas e indiferentes àquelas vidas gastando-se na madrugada. Vinda de um canto do bar, passou pela mesa dos três amigos uma mulher jovem. Não era bela nem feia. Era uma mulher de bar. Gaspar segurou-lhe o braço e indagou se estava sozinha. A mulher respondeu afirmativamente.

– Para onde vai?
– Para casa.
– Espere, vou com você.

Saíram os dois.

Num hotel barato, os outros hóspedes ouviram a porta de um quarto fechar-se. Depois o murmúrio de vozes do casal. De repente, uma gargalhada inundou o corredor do hotel. Outra gargalhada. Depois o silêncio absoluto.

Pela manhã, quando a arrumadeira iniciou o seu serviço, ao passar pelo quarto ocupado pelo casal da madrugada, viu pela porta entreaberta uma mulher nua, deitada na cama, tendo sobre a cabeça um travesseiro.

O seu corpo morto deixava fora do lençol um seio alvo e volumoso.

Adélia Prado

A poeta e ficcionista Adélia Luzia Prado de Freitas nasceu em Divinópolis (MG) em 1935. Avessa ao circuito cultural Rio-São Paulo, Adélia é considerada uma das maiores poetas brasileiras da atualidade. Mantém constante sua produção em prosa e poesia desde a publicação de *Bagagem* (poemas), de 1976, quando imediatamente se tornou conhecida como escritora inspirada, que assume seu destino de mulher e de escritora simultaneamente. Dentre suas obras, destacam-se, além de *Bagagem*, *O coração disparado*, de 1978; *O pelicano*, de 1987; *Solte os cachorros*, de 1977. Sua prosa, segundo os críticos, narra a vida "sem enfeite nenhum". Atualmente sua obra está publicada em dois volumes chamados *Prosa reunida* e *Poesia reunida*.

FINAL FELIZ

E o locutor da festinha continuou empolgado, fazendo bonito pra sua mulher, que deixara, naquela noite, comparecer ao seu trabalho, tendo-lhe adquirido, ele próprio, o convite. ... "porque, além de militar reformado da PPMG, é ainda o proprietário do animado Bar Central, o avô da nossa Lesliene, a feliz aniversariante desta noite." Quando disse "nossa Lesliene", acreditou desapontado que a mulher não salvava sua inventividade narrativa. Arrependeu-se de tê-la trazido e insistiu com o moço do vídeo para que filmasse mais à esquerda do palco, a mesa da dona da festa. De verdade, queria mesmo é que a mãe de seus filhos não aparecesse no filme; uma mulher que não passava uma sexta-feira sem encher latas e latas de biscoitos e só sabia ir em festa daquele mesmo jeito: saia preta, blusa de seda, por fora, pra disfarçar as ancas e arquinho na cabeça – putisgrila –, desse tinha vários de diversas cores, devia se achar nua sem o arco nos cabelos, logo ele, um homem conhecido, com aquele talento incrível para animar festas. "... agora, senhoras e senhores, o momento tão esperado em que a nossa – olhou de novo pra mulher olhando pra ele embevecida, se esquecendo de ficar em pé –, a nossa festejada Lesliene, a menina-moça da noite, vai apagar as merecidas velinhas." Ai, será que estava certo dizer "merecidas velinhas"? Achou ótimo ser o locutor e estar dispensado de dançar com a mulher, que não conseguia terminar o pratinho, bebendo guaraná em pequenos goles. Pensou ter sido um erro tê-la trazido à festa. Se sentia desconfortável, inseguro dos adjetivos, querendo tirar a gravata e mostrar pras pessoas o que o roqueiro doidão mostrou durante um *show* e acabou preso. Gente do céu, o que está acontecendo comigo? Olhou para o avô da Lesliene. Um filho da mãe, esse "militar reformado", espancador de presos. Nem que a marica estica eu falo mais o nome dele aqui. E essa Lesliene está me saindo uma perua e tanto. Então isto é salto para uma menina de quinze anos? "... e agora, senhores – esqueceu das senhoras –, o Toniquinho do Arlindo vai tocar a valsa que a aniversariante dançará com o pai dela." Não disse "o talentoso músico Antônio Miranda, filho do nosso popular Zico Miranda, tocará a valsa que Lesliene dançará com o seu progenitor". Meio escondida por uma coluna do salão, sua mulher ainda não terminara os salgadinhos. Finíssima. Lembrou que ela lhe aconselhara trocar de camisa, "você fica melhor com a de linho creme". Teve vontade de chorar e ao mesmo tempo sentiu raiva daquele amor paciente e silencioso, capaz de morrer por ele.

Foram pra casa calados. Quando se virou pro canto, um homem roubado, ela disse: você fala tão bonito, Raimundo! – Pois você fique sabendo que de hoje em diante não pego mais bico de locução noturna. Já tou cheio disso. Vou reabrir minha oficina que é melhor negócio. – Acho pena, você fala tão bem! – Cremilda, se eu te pedir, você nunca mais põe arquinho no cabelo? Dá pra sua irmã aquele conjunto de saia e blusa? Você me perdoa? Não entendia bem o discurso do marido, estranho naquela noite, mas era uma verdadeira mulher, fez como Nossa Senhora, disse sim ao senhor. E Raimundo fez com ela o que faz um homem competente para deixar feliz sua mulher.

Carmen Dolores

Emília Moncorvo nasceu no Rio de Janeiro em 11 de março de 1852. Casou-se com Jerônimo Bandeira de Melo, com quem teve uma filha, que também se tornou escritora, conhecida pelo pseudônimo de Mme. Chrysanthème. Emília escreveu contos e "fantasias". Usou vários outros pseudônimos em suas colaborações para os jornais *Correio da Manhã, O País, Tribunal* e *Étoile du Sud*, mas foi com o pseudônimo de Carmen Dolores que ficou mais conhecida. Apesar das limitações de sua concepção de libertação feminina, sua participação marca para as mulheres uma conquista importante de espaço na imprensa. Faleceu no Rio de Janeiro em 16 de agosto de 1910. Deixou as seguintes obras: *Gradações/Páginas soltas* (contos), de 1897; *Um drama na roça* (contos), de 1907; *Ao esvoaçar das idéias* (crônicas), de 1910; *A luta* (romance), de 1911; *Lendas brasileiras* (romance), de 1914; *Almas complexas* (contos), de 1934.

LIÇÃO PÓSTUMA

No carro que conduzia à casa da amiga morta, Madalena meditava com melancolia, conchegando ao busto ainda belo as rendas negras do vestuário de luto improvisado para esse inesperado transe. Morrera Valentina, a sua querida companheira da infância!... Extinguira-se de repente, na véspera, essa doce criatura pálida, cuja vida frágil, de sempre enferma e sempre apagada, pouco importava desde muitos anos aos seus mais próximos, nesse centro familiar, rumoroso e alegre, onde se moviam os filhos, as filhas, os genros e as noras da atual finada, em seu inconsciente egoísmo de entes novos, sadios e ativos. E o principal, na aparência, de toda essa gente moça, nascida do seu sangue ou fundida com o seu sangue, Valentina, na realidade, passara gradualmente a ser um zero no lar, de uma sensibilidade doentia que a isolava, sob o terror dos choques da existência comum, e de uma fraqueza de caráter que as contínuas moléstias iam sempre agravando. Tinha a figura emaciada de uma freira. Andava devagar, como arrastando dolorosamente os passos, sem rumo, sem objetivo. E eis enfim que morrera, discretamente, sem ruído, num sopro de ave cansada, que encolhe a cabeça sob a asa e expira docemente, sem incomodar ninguém com estardalhaços de uma agonia aflitiva e prolongada.

Madalena evocava agora esse tristonho tipo de mulher, que conhecera despreocupado na meninice, poeticamente sentimental na adolescência, e enfim abatido nos últimos tempos – e uma sensação como medrosa de arrepio se misturou ao sentimento natural da sua afetuosa saudade.

Quantos anos podia ter Valentina? Só quarenta e seis – a sua própria idade, pois tinham nascido no mesmo ano. E, mais nervosa, Madalena atirou-se para o canto da vitória, vergou o corpo, para enfiar a vista pelo espetáculo das ruas em todo o jubiloso movimento das quatro horas da tarde. Que contraste com o desalento das suas idéias! E que novidade, também, no meio da apatia dos seus dias monótonos, sempre iguais, ao fundo dessa chácara sombria de arvoredos, porejando umidade dos seus caramanchéis apodrecidos pelas chuvas, em que ela esquecia todos os riscos da vida por inércia de hábitos, empurrada pouco a pouco, quase sem sentir, para o isolamento próprio dos que terminaram o seu papel no mundo! Um relâmpago fuzilou nas pupilas de Madalena, ao acicate de um pensamento súbito e cruel: como a Valentina!... assim mesmo é que se resvala até cair na morte, sem reagir e sem viver – no verdadeiro sentido desta palavra tão ampla...

    E, como febril, debruçou-se mais avidamente, fartou a vista de olhar, de olhar a onda popular espraiada pelas vias, numa ondulação crescente e vertiginosa.

O carro, vindo do Rio Comprido, seguia pela nova e brilhante rua da Carioca, cortada de elétricos rápidos, com a sua alta casaria de aspecto europeu, lojas de montras espelhantes cheias de compradores, grupos remoinhando em certos pontos da calçada larga, junto aos postes de parada dos bondes, um ar de efervescente alegria no azul do céu, na brancura luminosa das fachadas dos prédios, nas vitrinas, nos artigos policromos expostos à venda, nas portas, na multidão formigando apressadamente; em tudo. Ao pé do mercado das flores, um embaraço qualquer deteve um instante a marcha da vitória, entre a trepidação violenta de todo o gênero de veículos a se cruzarem, e Madalena aspirou, com um frêmito, o aroma vivo das rosas brancas e rubras, dos cravos purpurinos e das angélicas virginais desprendendo o seu hálito de volúpia entre os crisântemos e as dálias sem perfume. Mas já o carro vencia o largo da Carioca, onde desembocava toda uma torrente popular despejada pelas ruas da Uruguaiana e Gonçalves Dias; e, ao reflexo dourado do sol, trazendo nos ouvidos o rumor da vida tumultuosa das ruas e na rotina a visão da graça experta das mulheres que andam às compras, parando em cada montra com um fulgor de apetite no olhar, a saia arregaçada com arte, o pé bem calçado e nervoso – Madalena entrou a rodar sobre o asfalto macio da avenida Beira-Mar, voltando a pensar nessa morta que aguardava na imobilidade suprema o definitivo mergulho na terra fria.

Em pouco, muito pálida sob o negrume do vestido de luto, contemplava Madalena a amiga de infância estendida sobre a eça de ouros lúgubres, entre os candelabros do estilo: e essa face mais lívida do que a cera das tochas acesas, mais reduzida do que um semblante de criança, com os cabelos de leve grisalhos, penteados para o túmulo, e uma expressão de amargura nos lábios finos e roxos

– essa face defunta abalou tão violentamente a sua alma, que os soluços a sufocaram como uma crise de nervos.

Nem saberia dizer por quem chorava, se pela morta, se por si própria, sentindo como uma trágica parecença nos seus destinos – ambas já tendo cumprido a sua missão na existência e não havendo sabido salvaguardar a nota pessoal, que serve de arma de defesa, instinto de conservação, na segunda e melancólica fase da vida das mulheres.

Acudiam-lhe, de envolta com as lágrimas, trechos de certo romance pungente de Tolstói – uma grande ternura ingênua que tudo dera de si, encontrando ao cabo a ingratidão mais dura, o isolamento, o abandono...

E um pavor subiu-lhe ao cérebro, lembrando as acomodações, as transigências, que ela fora aceitando contra o seu interesse, por amor e por inércia. Apareceu-lhe a chácara sombria, sentiu o vagar dos dias longos, viu-se a errar, cheia de tédio, sem vida própria, entre a animação egoística dos seus mais próximos, como a outra, como essa que ali jazia entre homenagens mentirosas, agora inúteis, de coroas, flores e galões dourados... E uma reação perigosa se fez no seu íntimo. Como a Valentina?... Não, jamais!... Ela queria viver e não morrer. Aquilo era uma lição.

O Matias, genro de Madalena, fumava, ao cair dessa tarde, à porta do vestíbulo, olhando a beleza do ocaso, quando viu caminhar pela grande alameda da chácara, em direção à casa, um vulto de mulher que ele, à primeira vista, não reconheceu.

"Mas é tua mãe!", disse por fim à esposa, virando-se para dentro da sala, como atônito. E no seu tom havia uma tão insólita estranheza, visto como a volta da sogra era perfeitamente natural, que as filhas logo se ergueram e chegaram à porta.

"Mas é mamãe!", repetiram elas, imitando inconscientemente o ar admirado do Matias.

Efetivamente, a silhueta de Madalena parecia mudada nas suas linhas habituais. Ela, que era gorda e indolente, vinha num passo firme e decidido que esmagava as folhas secas do caminho. Tinha arremessado para trás a *pelerine* de rendas negras, e em seu corpo, ainda bem feito, estava mais moça, mais viva, mais esbelta. No silêncio curioso que a acolheu, pôs-se a contar como fora o enterro da pobre Valentina, insistindo com rancor na insensibilidade ou excessiva resignação de toda a família, que tinha demonstrado à evidência o ínfimo lugar ocupado sob aquele teto pela falecida.

E como, nesse ponto da narrativa, um netinho a importunasse teimosamente, puxando-lhe ora o leque, ora as rendas, Madalena administrou-lhe, com nervosa prontidão, uma pancadinha seca nos dedos. O pequeno chorou: os pais entreolharam-se, espantados; e a mãe acabou observando, para aliviar o despeito:

"Essa d. Valentina, afinal, não passava de uma imprestável..."

Madalena, de ordinário paciente e vagarosa, saltou imediatamente:

"Imprestável? ... Tola é que ela foi..."

Surpresa geral.

Quando Madalena saiu da sala, o Matias dirigiu-se ao cunhado Jorge, também casado, e, de mãos nos bolsos, meneando misteriosamente a cabeça, a esticar um grande beiço desolado, murmurou...

"Transformaram tua mãe, sabes? Aqui há coisa..."

E havia. Era um terror profundo deixado na alma de Madalena pelas impressões da morte da amiga. Era uma reação, entretida pela vontade de fugir a vagos perigos, que chicoteava dia a dia os impulsos da natural e passiva apatia, tentando às vezes retomar os antigos direitos sobre o seu caráter. Nesse momento, então, Madalena corria ao espelho para se examinar; já se via mais magra, com a face lívida e esbatida da amiga que não soubera defender a sua nota pessoal e morrera anulada, como um trapo inútil. E se, a essa hora, a filha ou a nora lhe anunciavam que iam passear, pedindo-lhe para ficar, como dantes, com as crianças, ela, depressa, contrariando o espontâneo assomo de condescendente bondade, respondia que também tinha de sair. E saía de fato, para atestar a sua independência; andava pela cidade, a impregnar-se, como buscando reforço à sua bruxuleante energia, do espetáculo da vida ativa de outras mulheres da sua idade, em que bebia lições. Como a Valentina é que nunca, nunca, jamais!

E certo dia, sob a reprovação mal refreada dos seus, Madalena participou que se ia casar com um senhor Salgado, qüinquagenário ainda robusto, que lhe oferecia a comunhão da simpatia contra os próximos e comuns desalentos da velhice solitária.

Por ocasião desse casamento, enquanto a noiva, madura e satisfeita, jurava fidelidade ao futuro de cabelos grisalhos, bem empertigado na sua casaca solene, o Matias, sucumbido, sussurrava ao ouvido do cunhado Jorge.
"Tudo isto é obra fatal da defunta Valentina..."
E, mais áspero:
– "Eu, se ela ressuscitasse, metia-lhe uma bengalada..."
O filho acrescentou com raiva:
"Eu fazia mais: assassinava a peste..."
E volvendo o olhar torvo para as sedas lilases e farfalhantes da mãe ao pé do altar, concluiu entre dentes:
"Ainda esta manhã ela foi levar uma coroa de amores-perfeitos ao túmulo da amiga, agradecendo a lição..."
Madalena, entretanto, pesada e triunfante, ia dizendo ao senhor Salgado, cuja calva reluzia às luzes:
"Recebo a vós..."
Era o direito à felicidade, proclamado alto!... Era o direito à vida própria!...

Cecilia Prada

Nascida em Bragança, estado de São Paulo, em 23 de novembro de 1929, Cecilia Maria do Amaral Prada é jornalista, editora, ficcionista e dramaturga, com vários prêmios no decorrer da carreira. Ex-diplomata de carreira, iniciou suas publicações com *Ponto morto*, em 1955. Pertence a várias associações culturais em São Paulo. Escreveu *O caos na sala de jantar* (ficção), de 1978. Como jornalista profissional, recebeu o Prêmio Esso de 1980 pela reportagem que posteriormente se transformou no livro *Menores do Brasil: a loucura nua*, de 1998.

LA PIETÀ

Cidade do Vaticano (21) – "La Pietà" – *a primeira escultura religiosa do Renascimento italiano, famosa em todo o mundo e venerada no Vaticano por fiéis e milhões de peregrinos – foi ontem parcialmente dest...* Olhou a barriga, sorriu. De manhã tão cedo. O ônibus da Rocinha sacolejava. Tinha deixado o café pronto para o João quando acordasse no barraco. Contanto que nasça bem. Vai ser um menino. João, também, ou Francisco, que nem meu pai. O ônibus sacode, dá uma dor aqui, tanta pedra, estrada ruim, não vai chegar nunca lá embaixo? Bobagem, faz mal não. A cunhada Maria sofreu até desastre da Central de sete meses. E o menino nasceu. *...parcialmente destruída. O ato de vandalismo ocorreu às nove horas da manhã, diante da multidão que fazia fila diante da célebre obra...*

No Hospital do Instituto uma fila enorme de mulheres de barriga avançando para o mundo, as mulheres, as mulheres todas e suas barrigas, tristes barrigas, as mulheres se debruçando em suas barrigas. Na seção que tinha um nome esquisito. Para passar o tempo Damiana soletrava a custo, "Gi-...gi-ne-co-lo-a...
 te-trí-ci-a..."
...*que é uma das mais célebres expressões da cultura humana.*
O médico gritou:
— Você aí, não está ouvindo? Avança logo que eu tenho mais o que fazer. Tira a roupa.
Tira a roupa. Tira a calça. Anda. Deita. Levanta. Tira a calça.
A enfermeira gorda sacudiu-a:
— Tira tudo.
O toque doeu, ela deu um gemido. Bruto. Que nem o João quando queria fazer ela deixava mas pensava vai fazer mal pro menino... Abria a perna. Deixava. O João. O médico. Estripada, pensou. De perna aberta pro mundo, sua puta.
— Levanta, que tá pensando?
— Elas pensam que a gente tem o dia todo. Não vai ser fácil não, vou dizendo logo. Se sentir dor venha logo. De carro. Se puder. Onde mora?
— Na Rocinha.
— Hum! Mande entrar a seguinte.
O pavoroso atentado abalou profundamente os meios artísticos, religiosos, culturais. Sua Santidade, que acabava de regressar de Castel Gandolfo...
Foi atacada pelas costas. Sentiu a pancada forte, assalto, pensou, virou, viu o irmão, os olhos vermelhos, tinha bebido de novo, avançava novamente de mão aberta.
— Tônio!

Levou na cara a bofetada, rolou.
– Toma, sua puta, foi casar com negro, eu disse que ainda te pegava, sua puta sua vaca sua sem-vergonha, toma!
– Tônio... o menino...
Toma, toma e toma, soco descendo nas costas, ai, na barriga não, Tônio, tem piedade, meu Deus. Ele armou a mão novamente. Armou o pé. Bêbado. A gente começava a correr, dos barracos.
– Desgraçado, batendo em mulher prenhe.
– Segura ele.
– Vaca, tu! nunca prestou, casada com aquele negro!
– Segura, ele mata ela.
O João mata ele. Me mata. Se souber.
– Leva depressa pro Pronto Socorro, a criança pode nascer.
Os solavancos do caminhão muito pior que o ônibus mas vai levando vou chegar logo em tudo brutalidade bruto bruto tudo, os homens, o mundo. Seu menino, ai, o seu menino... Tá doendo, morreu, não, tá mexendo, meu Deus, ai, meu Deus, o que eu mais queria, o menino...
– Não chora não, dona. Já tamos chegando. Aquele desgraçado devia era morrer.
O autor do atentado, um húngaro chamado Lazlo Toth era geólogo e residia na Austrália. Já tinha morado antes na Itália, tendo sido expulso pelas autoridades por...
Seu irmão. Seu próprio irmão. Não queria que casasse com preto. Nem com ninguém. Tinha ciúme, sempre tinha tido, de todos os namorados. Queria ela pra ele só, pegava ela de noite quando era menina, pegava, ela tinha medo e deixava, era puta era puta tinha dormido com o próprio irmão Deus castigava abria a perna pro João pro médico não valia nada, mas tinha o menino, sempre tinham dito a Damiana tem um jeito com criança, seus sorrizinhos, seus narizinhos, úmidos bichinhos.

O médico do Pronto-Socorro era mocinho, não tinha cara ruim que nem o do Hospital. Mocinho assim, ia entender de barriga grande?
— Parece... Não. Acho que não aconteceu nada. Quantos meses?
— Sete.
— Não. Não tem sangramento. Dores?
— Nas costas. Nos braços. Tá tudo moído.
— Isso é das pancadas. Deu parte?
— Fugiu. Não sei quem era...
— Levou na barriga?
Ela não sabia direito. Tinha caído. O médico olhou para a enfermeira. Depois disse:
— Faça curativos, dê um calmante forte. Olha, você vai para casa e fica muito quietinha, ouviu.
Uma ruga em sua testa.
— Procure ficar deitada. Mas não fique preocupada não, o seu bebê vai nascer direitinho. Se sentir alguma coisa...
— O senhor faz o parto?
O sextanista riu:
— Não. Só dou plantão aqui.
Pôs a mão no ombro dela:
— Fique sossegada. Coitadinha. Fique sossegada. O bebê vai nascer bem.
Ele não tinha aberto ela pelo meio estripada como os outros. Não tem sangramento. Ele olhou, tocou. De leve. Tinha homem que tocava de leve, com jeito, nem doía. Tinha. Mas não era para ela. Abaixou a cabeça, entrou no caminhão.
— Tá tudo bem, podemos voltar. O senhor é muito bondoso.
— Não é nada não, dona. Pobre tem de ajudar o outro. Eu pegava aquele desgraçado que fez isso e matava!

...*O desalmado concentrou a sua fúria assassina na figura da Santíssima Virgem, cujo braço esquerdo demoliu completamente.* Uma dor bem dentro dela, parecia, bem no coração. O médico bonito tinha sorrido, era homem da praia do Leblon ou de Ipanema, decerto tinha namorada magrinha de biquíni roxo. Passou a mão no rosto picado de varíola. O pontapé, ele tinha perguntado, o pontapé não, acho que não, senão o menino tava morto. Que sorte o pontapé não pegou. Uma vez, ela tinha onze anos. Ele pegava ela de noite ela não tinha coragem de dizer pra mãe, ele disse que matava se ela contasse. A primeira vez tinha doído muito ela tinha sangrado, não tem sangramento, ele tinha dito, não tem sangramento, ela tinha sangrado – sentada na cama, o sangue correndo. Onze anos. O sangue era quente. Era a primeira vez que tinha pensado como o sangue é quente, meu Deus. Não conta que eu te mato. Deixava. Se abrindo. Puta. Uma vez pensou que parece que gostava. Pensou isso e ficou batendo a cabeça na parede. Fez um galo. A mãe dizia:
– Essa menina é doida.
Só com ela acontecia, decerto. Não prestava. Uma noite tinha dado um pontapé nela, tava caindo de bêbado, sua puta, tinha dito.
Não se preocupe, viu, coitadinha, não vai acontecer nada, minha filha. Tinha dito assim, minha filha. Bem devagarinho. Modos de gente rica educada falar. Grudou as mãos no assento até ficarem roxas.
– Tá sentindo alguma dor, dona?
– Não. Não. Tô bem. Tô só pensando.
– É melhor não pensar.
É melhor não pensar. Minha filha... Fique bem quietinha, ouviu? Se sentir alguma coisa... Um modo de falar. De sorrir pra ela. Um modo de falar que tava doendo

mais dentro dela, parecia, que os socos do irmão, os tapas na cara que levara do João também.

Em seguida o energúmeno atacou o rosto da Santa Virgem, quebrando o nariz e os olhos.

Entrou no barraco devagarinho, o João tava emborcado, também tinha bebido quem sabe? Deitou devagarinho, com medo. Uma dor funda, vontade de chorar dolorida, Deus, ah, meu Deus, existia Deus? Deus castigava assim? Ela, o João, o menino... Mas o menino ainda se mexia dentro dela... Fique quietinha, ouviu? Ficou quietinha, ouvindo, na noite. Uma asa, dentro dela, se mexia, seu menino – carícia vinda de dentro. Ficou olhando o teto, muito parada e fixa. Esperando. Olhando o teto. Tinha medo até de dormir, e que seu menino... Os olhos ardiam, esperando. Esperando.

(Passos, passos. Que vinham – que cresciam de todos os lados. Energúmenos de punhos erguidos. Uma enorme vaga. Fúria assassina. De todos os cantos da terra. Um martelo. Enorme martelo erguido vinha.

Na noite de antecâmara papal, um grito foi ouvido.

O Primeiro Camareiro olhou para o Segundo Camareiro:

– *Ha gridato, Sua Santità!*

– *Ha forse fatto un cattivo sogno, poverino!)*

A dor chegou de repente. Como um grito, enorme vaga erguendo-se dentro dela, no seu ventre. Quando tudo estava assim parado. A dor chegando dentro do sono de calmante. Partindo-a, enorme machado caindo sobre ela.

– João!... O menino...

Iam descendo o morro. Não tinha ônibus naquela hora. Barranco. Morro. Feito de tantos pequenos morros. Pedra. Tanta pedra. O morro é duro. O morro era contra ela. O mundo. Áspero. É a vida. Que nem sangue escorrendo quente na perna. Que sentia. A pedra dura o

morro duro sempre descendo subindo sempre sempre, pedra doendo na sola fina do sapato, vida de pobre. Numa curva da estrada viram o mar de repente, lá embaixo espalhado, espelho. Quieto dormia, o mar? Ia clareando quando chegaram no Leblon.
— Agora a gente pega um táxi. Acho que dez cruzeiros deve dar.
Fizeram sinal. O motorista ia parando. Olhou para eles e acelerou. Outro, num Corcel verde, passou de longe, virando para olhá-los, ela toda curvada, a dor tomando-a. Pobre não ajuda pobre. Ninguém tem pena. Mas motorista de táxi era rico, não era que nem eles.
Um Volkswagen azul parou.
— É pra já, dona? Entra que a gente dá um jeito. Tem gente boa. Tem gente muito boa ainda.
O mar via-se de longe, uma pontuação ali no fim de cada quadra, azul parado calminho, assim de manhãzinha. Azul é cor de menino. Cidade tão cedo. Onde está a gente da cidade? Dormindo acordando. Meu filho vai nascer, pobrezinho. Acho que acertou o bruto, não sei, nem senti a dor do pontapé, caí, não vi nada. Ou foi só soco. Mas tá vivo se mexendo. As vez é falso alarme. Não quero que chegue nunca no Hospital. Meu filho é só meu. Por enquanto tá aqui, guardadinho. Só meu. Não deixo sair.
Praia de Botafogo. O mar é cinza parado.
Praia do Flamengo. Verde a palmeira, o mar lá longe parece tão verde em cada lugar o mar é diferente isto dentro de mim esta dor quando vem é uma onda é como uma onda, eu vou sentindo ela subir vai me afogar, eu, o menino, o João, o táxi, tudo afogado. Morto. Vem vindo. O mar vermelho. O mar pode ser vermelho. Vermelho e quente como sangue.

...*Finalmente um jovem bombeiro lançou-se contra o iconoclasta, tomando-lhe o martelo. Petrificada diante do horroroso atentado à cultura humana, e presa de repentino terror, a multidão fugiu diante do ato blasfematório. Algumas mulheres desmaiaram, outras soluçavam e gritavam.*

...um túnel de dor parecia, onde mulheres gritavam e gemiam nas enfermarias, quantas mulheres, pareciam sozinhas jogadas no mundo para dar à luz que nem ela. As batas de um branco encardido. No branco, a dor. Num canto uma menina, quantos anos, catorze? Parecia doze. Imóvel, tinha morrido? Mas os olhos se abriam e fixavam o teto, e quando a dor vinha era como uma coisa concreta viva que a menina de olhos parados estivesse vendo, monstro que vinha se formando, em si, dentro dela, enorme: Menina – doze anos? deve ter sido estupro.

...seguindo no corredor, seguindo a sua própria dor, e a das outras, difícil andar, a enfermeira abriu uma sala como as outras, umas doze camas, tira a roupa, dores regulares, perguntava. Tira a roupa. Tira tudo. Veste essa camisola, espera, deita, espera, espera, espera.

Ninguém com ela. Só. Só.

O médico entrou, mal-humorado.

– Mais uma. O movimento vai ser daqueles, hoje.

Ela não tinha culpa, queria dizer para o médico. Não tinha culpa de ter vindo naquele dia, desculpasse, não queria dar trabalho.

Levantaram o lençol, ela abriu as pernas, dócil. Fechou os olhos.

A porta, cada vez que se abria, trazia intervalado um grito longo e feio, pontuando o branco. A menina? – pensou. Animal. Porco sangrado. Vida. Suja. Feia.

– Cesariana. Quanto antes melhor. Providencie.

Saíram. A porta que se abria. O grito, pontuação vermelha, no branco. Damiana ergueu-se no cotovelo, olhou o relógio: eram sete horas e quinze minutos. Da manhã.

LA PIETÀ   47

A preciosíssima estátua foi encomendada a Miguel Ângelo em 1498 pelo cardeal Jean Villiers de Lagrolaye, que desejava instála-la na Igreja dos Franceses, em Roma. Mar. Que vinha, enorme, se formando onda. Vagalhão agora crescendo...
(...longe, na Itália, na Basílica, um martelo.)
...mar vermelho, nas suas cadeiras cinta apertando, uma dor enorme, às vezes acabava brusca, ficava muito tempo sem nada, tinham esquecido dela? Resvalava no branco. O branco. O tempo passava, tinham esquecido? Deviam saber mais do que ela, não tinha coragem de perguntar, enfermeiras entravam, saíam, voltavam, a porta, o grito longe, vozes. Tinham esquecido dela sozinha o João lá fora que faria, também não podia falar se falasse o João matava ela, culpava ela mais o irmão, puta o sangue escorrendo quente na perna de onze anos, a menina que ia parir, fazia tanto tempo, tudo fazia tanto tempo...
O relógio do corredor marcava: três horas. Da tarde.
A enfermeira levantou o lençol, examinou, a outra sacudiu os ombros:
– Não sei, disse que era cesariana e foi embora...
Dentro da dor grande as outras menores, o corpo doído surrado, um corpo que ardia todo, parecia, um corpo que nos dezenove anos tinha vindo num sofrimento, numa dor só, parecia, barranco sujeira sangue pisado lama dezenove anos, quantos anos mais...
A veneranda imagem conta, pois, 474 anos. Para o trabalho da sua restauração os peritos trabalharão com as medidas exatas tiradas de uma cópia da estátua, feita há 30 anos. Ao encomendar a obra, o Cardeal escolheu um tema que era praticamente desconhecido até então na arte religiosa. As únicas representações plásticas de uma mãe chorando o seu filho...
...nasceria mulato? Nasceria? Sete meis – apalpava a barriga, asa leve, ainda vivia, não precisava ser operada?...

48 La Pietà

O mundo todo era um menino chamado Cesário, ia chamar Cesário por causa da cesariana, sete meis também cria. Criado com muito mingau. E o seu leite ia de ser forte...
...*de uma mãe chorando o seu filho morto datavam da antiguidade clássica, como as estátuas de Vênus e de Adônis, e de Mennon.*
...sua mãe tinha tido leite forte para os filhos. Era o que tinha salvado eles, nem todos, alguns. Filho de pobre é assim, tem de ser de porção, senão não cria. Que nem gado. Filho de rico nasce dois, treis, cria tudo...
(Martelo.
– no ponto preciso em que a energia se transforma em gesto: um grito. Olhou a velha beata se ajoelhando diante da estátua, ela tinha um bigode *lei é schiffosa* teve vontade de gritar, viu de relance o gesto do guia estendendo disfarçado a mão para a gorjeta do americano...
num gesto seco levantou a mão: armada.)
...De repente o grito chegou, era mais forte do que tudo, ela fechada, no grito, na dor, na dor ineludível, ali, precisa, ela fechada em sua própria barriga, o quarto sem janelas, só portas, quatro portas, uma confluência de todos os caminhos do mundo, ela estripada mundialmente universalmente Damiana estripada, mar vermelho explodindo dentro dela, a dor explodida, me acudam.
Chegaram as enfermeiras, agüenta é assim mesmo, faz caminho, alguém disse "respira" como quem atira uma toalha, respirar como?
(Mar.
Mar-te-lo
Mar-te-lo.
O braço. O nariz. Os olhos cegos. A-go-ra. Estilhaçados.)
A notícia correu célere pela Itália, como um rastilho de pólvora, suscitando incrível emoção. O Santo Padre correu à Basílica e dirigiu-se até o célebre grupo escultórico, diante do qual se ajoelhou, afogando lágrimas.

...estilhaçada em mil pedaços, a sua dor que era o mundo e quem era que assim gritava, ao longe, mas era ela, era ela gritando, não grita, agüenta, disseram, quem? O quê? Outra voz, "não vive", alguém tinha dito "não vive", quem? O quê? Quando? O grito, a sala esventrada, portas abertas todas ela puta aberta o irmão pegava o soco o grito o barraco faz frio faz calor faz sangue...
...*afogando lágrimas. Depois, já serenado, interessou-se pelo autor do delito: "É realmente louco ou simula loucura?"...*
...empurravam levando para onde não sabia mais, o grito, essa pessoa que gritava o tempo todo e que devia ser ela, aquela dor era impossível, não existia, e uma voz disse "não compreendo...não fizeram"... machado, enorme, martelo, martelando assim na barriga... "cesariana?"...
Preocupou-se logo o Sumo Pontífice em saber se os danos eram irreparáveis. O especialista em restaurações do Vaticano, o eminente Professor Deoclécio Redig de Campos, que é brasileiro, disse que todos os 50 fragmentos das partes danificadas serão recolhidos e catalogados e que...
...esquartejada, porco sangrado, animal, amarravam suas pernas, suas mãos, uma cruz, ela era uma cruz.
...*a estátua será reparada: "Temos os fragmentos do braço e do nariz. Para o olho será muito mais difícil".*
...respire, respire fundo, estreito túnel onde vou, onde vou vou morrer? Respire que a dor passa, a pessoa tinha deixado de gritar ou gritava mais longe, um pano no nariz, respire, tudo mais longe, o teto abaixando-se, respire, "acho que é tarde demais".
"De qualquer modo o grupo perdeu sua integridade original. Como reunir de novo os fragmentos miúdos de mármore, e inclusive a sua poeira?" – perguntou o perito mundial Giulio Carlo Arga.
...respire fundo, fórceps, não sei, criança prematura, posição difícil...

50 LA PIETÀ

"La Pietà" foi a única obra que Miguel Ângelo firmou porque considerou que se aproximara da perfeição que sempre procurou, diz a lenda. A História, porém...

...uivo rouco retomado, tudo tem que acabar, não é possível.

...afirma que o artista só a assinou por ter sido a estátua atribuída a outro escultor.

– Agora. Faça força.
– Vamos um pouco mais. Isso. Agora.
Para fora. Cuspido. Parido – enfim. A dor parada, ela olhou. Dependurado pelos pés como um franguinho ensanguentado, um franguinho assassinado, o seu...

Pegou então de um cinzel e esculpiu seu nome...

...o seu menino, o médico sacudia, batia com força, cinzento e inerme o menino permanecia, não bata no meu menino, tão pequenino, não bata no meu menino, no meu menininho, no meu filhinho, não bata, não bata em mim, não me machuquem, não machuquem meu filhinho...

...seu nome bem visível no peito da Virgem: MICHELANGELO BUONARROTI FECIT.

E então trouxeram. Eles reunidos, o médico, as enfermeiras, trouxeram: o seu menino. O seu menino morto. Um pedacinho de carne a mais, com manchas de sangue pisado no rosto. Trouxeram o menino. A enfermeira, ao colocá-lo nos seus braços, virou a cabeça para o lado.

O grupo está talhado num só bloco de mármore de Carrara, e mede 1,74 m de altura por 1,94 m de largura.

Nos braços rígidos, sem embalo, o filho, ela, ambos, para sempre fixos, duros – pedra. Para sempre.

E o escultor Giacomo Manzu, autor da Porta dos Mortos de São Pedro, inaugurada em 1964 por Sua Santidade o Papa Paulo VI, ao saber do nefando crime, prorrompeu em soluços:

– É o atentado mais grave contra a civilização e a cultura que se cometeu até agora. O mundo exige um castigo exemplar para o culpado.

Clarice Lispector

A contista e romancista mais importante da literatura brasileira nasceu na Ucrânia, na antiga União Soviética, em 10 de dezembro de 1920. A família judia, composta de duas irmãs mais velhas, pai e mãe, imigrou para o Brasil quando Clarice tinha poucos meses de idade. Viveram em Maceió (AL), depois fixaram residência em Recife (PE), onde Clarice viveria até a adolescência. Após a morte da mãe, mudaram-se para o Rio de Janeiro, onde Clarice estudou e se casou com um diplomata, indo por isso morar no exterior por vários anos. Em 1960, já separada do marido, com dois filhos, mudou-se para o Rio de Janeiro, de onde não mais saiu até sua morte em 1977. Escreveu para revistas e jornais e publicou mais de 20 livros, deixando outras obras póstumas. Seu ingresso na literatura brasileira causou impacto com a publicação do romance Perto do coração selvagem, de 1944, que recebeu tanto restrições quanto grandes elogios dos críticos. Seu estilo de caráter introspectivo (cujo grande centro temático é a mulher em sua difícil relação com o mundo e com o homem) veio contrastar com a literatura vigente no país, o duro e politizado romance regionalista. Dentre suas obras destacam-se os livros de contos Laços de família, de 1960; A legião estrangeira, de 1964; A via-crúcis do corpo, de 1974. Entre os romances mais lidos da escritora estão A maçã no escuro, de 1961; A paixão segundo G. H., de 1964; e A hora da estrela, de 1977, sua última obra publicada em vida.

Feliz aniversário

A família foi pouco a pouco chegando. Os que vieram de Olaria estavam muito bem vestidos porque a visita significava ao mesmo tempo um passeio a Copacabana. A nora de Olaria apareceu de azul-marinho, com enfeites de paetês e um drapejado disfarçando a barriga sem cinta. O marido não veio por razões óbvias: não queria ver os irmãos. Mas mandara sua mulher para que nem todos os laços fossem cortados – e esta vinha com o seu melhor vestido para mostrar que não precisava de nenhum deles, acompanhada dos três filhos: duas meninas já de peito nascendo, infantilizadas em babados cor-de-rosa e anáguas engomadas, e o menino acovardado pelo terno novo e pela gravata.

Tendo Zilda – a filha com quem a aniversariante morava – disposto cadeiras unidas ao longo das paredes, como numa festa em que se vai dançar, a nora de Olaria, depois de cumprimentar com cara fechada aos de casa, aboletou-se numa das cadeiras e emudeceu, a boca em bico, mantendo sua posição de ultrajada. "Vim para não deixar de vir", dissera ela a Zilda, e em seguida sentara-se ofendida. As duas mocinhas de cor-de-rosa e o menino, amarelos e de cabelo penteado, não sabiam bem que atitude tomar e ficaram de pé ao lado da mãe, impressionados com seu vestido azul-marinho e com os paetês.

Depois veio a nora de Ipanema com dois netos e a babá. O marido viria depois. E como Zilda – a única mulher entre os seis irmãos homens e a única que, estava decidido já havia anos, tinha espaço e tempo para alojar a aniversariante –, e como Zilda estava na cozinha a ultimar com a empregada os croquetes e sanduíches, ficaram: a nora de Olaria empertigada com seus filhos de coração inquieto ao lado; a nora de Ipanema na fila oposta das cadeiras fingindo ocupar-se com o bebê para não encarar a concunhada de Olaria; a babá ociosa e uniformizada, com a boca aberta.

E à cabeceira da mesa grande a aniversariante que fazia hoje oitenta e nove anos.

Zilda, a dona da casa, arrumara a mesa cedo, enchera-a de guardanapos de papel colorido e copos de papelão alusivos à data, espalhara balões sugados pelo teto; em alguns estava escrito "Happy Birthday!", em outros "Feliz Aniversário!". No centro havia disposto o enorme bolo açucarado. Para adiantar o expediente, enfeitara a mesa logo depois do almoço, encostara as cadeiras à parede, mandara os meninos brincarem no vizinho para que não desarrumassem a mesa.

E, para adiantar o expediente, vestira a aniversariante logo depois do almoço. Pusera-lhe desde então a presilha em torno do pescoço e o broche, borrifara-lhe um pouco de água-de-colônia para disfarçar aquele seu cheiro de guardado – sentara-a à mesa. E desde as duas ho-

ras a aniversariante estava sentada à cabeceira da longa mesa vazia, tesa na sala silenciosa.
De vez em quando consciente dos guardanapos coloridos. Olhando curiosa um ou outro balão estremecer aos carros que passavam. E de vez em quando aquela angústia muda: quando acompanhava, fascinada e impotente, o vôo da mosca em torno do bolo.
Até que às quatro horas entrara a nora de Olaria e depois a de Ipanema.
Quando a nora de Ipanema pensou que não suportaria nem um segundo mais a situação de estar sentada defronte da concunhada de Olaria – que cheia das ofensas passadas não via um motivo para desfitar desafiadora a nora de Ipanema – entraram enfim José e a família. E mal eles se beijavam, a sala começou a ficar cheia de gente, que ruidosa se cumprimentava como se todos tivessem esperado embaixo o momento de, em afobação de atraso, subir os três lances de escada, falando, arrastando crianças surpreendidas, enchendo a sala – e inaugurando a festa.
Os músculos do rosto da aniversariante não a interpretavam mais, de modo que ninguém podia saber se ela estava alegre. Estava era posta à cabeceira. Tratava-se de uma velha grande, magra, imponente e morena. Parecia oca.
– Oitenta e nove anos, sim senhor! disse José, filho mais velho agora que Jonga tinha morrido. Oitenta e nove anos, sim senhora! disse esfregando as mãos em admiração pública e como sinal imperceptível para todos.
Todos se interromperam atentos e olharam a aniversariante de um modo mais oficial. Alguns abanaram a cabeça em admiração como a um recorde. Cada ano vencido pela aniversariante era uma vaga etapa da família toda. Sim senhor! disseram alguns sorrindo timidamente.
– Oitenta e nove anos! ecoou Manoel que era sócio de José. É um brotinho!, disse espirituoso e nervoso, e todos riram, menos sua esposa.

A velha não se manifestava.

Alguns não lhe haviam trazido presente nenhum. Outros trouxeram saboneteira, uma combinação de jérsei, um broche de fantasia, um vasinho de cactus – nada, nada que a dona da casa pudesse aproveitar para si mesma ou para seus filhos, nada que a própria aniversariante pudesse realmente aproveitar constituindo assim uma economia: a dona da casa guardava os presentes, amarga, irônica.

– Oitenta e nove anos! repetiu Manoel aflito, olhando para a esposa.

A velha não se manifestava.

Então, como se todos tivessem tido a prova final de que não adiantava se esforçarem, com um levantar de ombros de quem estivesse junto de uma surda, continuaram a fazer a festa sozinhos, comendo os primeiros sanduíches de presunto mais como prova de animação que por apetite, brincando de que todos estavam morrendo de fome. O ponche foi servido, Zilda suava, nenhuma cunhada ajudou propriamente, a gordura quente dos croquetes dava um cheiro de piquenique; e de costas para a aniversariante, que não podia comer frituras, eles riam inquietos. E Cordélia? Cordélia, a nora mais moça, sentada, sorrindo.

– Não senhor! respondeu José com falsa severidade, hoje não se fala em negócios!

– Está certo, está certo! recuou Manoel depressa, olhando rapidamente para sua mulher, que longe estendia um ouvido atento.

– Nada de negócios, gritou José, hoje é o dia da mãe!

Na cabeceira da mesa já suja, os copos maculados, só o bolo inteiro – ela era a mãe. A aniversariante piscou os olhos.

E quando a mesa estava imunda, as mães enervadas com o barulho que os filhos faziam, enquanto as avós se recostavam complacentes nas cadeiras, então fecharam a inútil luz do corredor para acender a vela do bolo, uma vela grande com um papelzinho colado onde estava escrito "89". Mas ninguém elogiou a idéia de Zilda, e ela se perguntou angustiada se eles não estariam pensando que fora por economia de velas — ninguém se lembrando de que ninguém havia contribuído com uma caixa de fósforos sequer para a comida da festa, que ela, Zilda, servia como uma escrava, os pés exaustos e o coração revoltado. Então acenderam a vela. E então José, o líder, cantou com muita força, entusiasmado com um olhar autoritário os mais hesitantes ou surpreendidos, "Vamos! todos de uma vez!" — e todos de repente começaram a cantar alto como soldados. Despertada pelas vozes, Cordélia olhou esbaforida. Como não haviam combinado, uns cantaram em português e outros em inglês. Tentaram então corrigir: e os que haviam cantado em inglês passaram a português, e os que haviam cantado em português passaram a cantar bem baixo em inglês.

Enquanto cantavam, a aniversariante, à luz da vela acesa, meditava como junto de uma lareira.

Escolheram o bisneto menor, que, debruçado no colo da mãe encorajadora, apagou a chama com um único sopro cheio de saliva! Por um instante bateram palmas à potência inesperada do menino, que, espantado e exultante, olhava para todos encantado. A dona da casa esperava com o dedo pronto no comutador do corredor — e acendeu a lâmpada.

— Viva mamãe!
— Viva vovó!
— Viva D. Anita, disse a vizinha que tinha aparecido.
— *Happy birthday!* — gritaram os netos do Colégio Bennett.

Bateram ainda algumas palmas ralas.

A aniversariante olhava o bolo apagado, grande e seco.

— Parta o bolo, vovó! disse a mãe dos quatro filhos, é ela quem deve partir! Assegurou incerta a todos, com ar íntimo e intrigante. E, como todos aprovassem satisfeitos e curiosos, ela se tornou de repente impetuosa: parta o bolo, vovó!

E de súbito a velha pegou na faca. E sem hesitação, como se hesitando um momento ela toda caísse para a frente, deu a primeira talhada com punho de assassina.

— Que força, segredou a nora de Ipanema, e não se sabia se estava escandalizada ou agradavelmente surpreendida. Estava um pouco horrorizada.

— Um ano atrás ela era capaz de subir essas escadas com mais fôlego do que eu, disse Zilda amarga.

Dada a primeira talhada, como se a primeira pá de terra tivesse sido lançada, todos se aproximaram de prato na mão, insinuando-se em fingidas acoteveladas de animação, cada um para a sua pazinha.

Em breve as fatias eram distribuídas pelos pratinhos, num silêncio cheio de rebuliço. As crianças pequenas, com a boca escondida pela mesa e os olhos ao nível desta, acompanhavam a distribuição com muda intensidade. As passas rolavam o bolo entre farelos secos. As crianças angustiadas viam se desperdiçarem as passas, acompanhavam atentas a queda.

E quando foram ver, não é que a aniversariante já estava devorando o seu último bocado?

E por assim dizer a festa estava terminada.

Cordélia olhava ausente para todos, sorria.

— Já lhe disse: hoje não se fala em negócios! respondeu José radiante.

— Está certo, está certo! recolheu-se Manoel conciliador sem olhar a esposa que não o desfitava. Está certo, tentou Manoel sorrir e uma contração passou-lhe rápido pelos músculos da cara.

— Hoje é dia da mãe! disse José.

Na cabeceira da mesa, a toalha manchada de coca-cola, o bolo desabado, ela era a mãe. A aniversariante piscou.

Eles se mexiam agitados, rindo, a sua família. E ela era a mãe de todos. E se de repente não se ergueu, como um morto se levanta devagar e obriga mudez e terror aos vivos, a aniversariante ficou mais dura na cadeira, e mais alta. Ela era a mãe de todos. E como a presilha a sufocasse, ela era a mãe de todos e, impotente à cadeira, desprezava-os. E olhava-os piscando. Todos aqueles seus filhos e netos e bisnetos que não passavam de carne de seu joelho, pensou de repente como se cuspisse. Rodrigo, o neto de sete anos, era o único a ser a carne de seu coração. Rodrigo, com aquela carinha dura, viril e despenteada. Cadê Rodrigo? Rodrigo com olhar sonolento e intumescido naquela cabecinha ardente, confusa. Aquele seria um homem. Mas, piscando, ela olhava os outros, a aniversariante. Oh o desprezo pela vida que falhava. Como?! como tendo sido tão forte pudera dar à luz aqueles seres opacos, com braços moles e rostos ansiosos? Ela, a forte, que casara em hora e tempo devidos com um bom homem a quem, obediente e independente, ela respeitara; a quem respeitara e que lhe fizera filhos e lhe pagara os partos e lhe honrara os resguardos. O tronco fora bom. Mas dera aqueles azedos e infelizes frutos, sem capacidade sequer para uma boa alegria. Como pudera ela dar à luz aqueles seres risonhos, fracos, sem austeridade? O rancor roncava no seu peito vazio. Uns comunistas, era o que eram; uns comunistas. Olhou-os com sua cólera de velha. Pareciam ratos se acotovelando, a sua família. Incoercível, virou a cabeça e com força insuspeita cuspiu no chão.

— Mamãe! gritou mortificada a dona da casa. Que é isso, mamãe! gritou ela passada de vergonha, e não queria sequer olhar os outros, sabia que os desgraçados se entreolhavam vitoriosos como se coubesse a ela dar educação à velha, e não faltaria muito para dizerem que ela já não dava mais banho na mãe, jamais compreenderiam o sacrifício que ela fazia. – Mamãe, que é isso! disse baixo, angustiada. A senhora nunca fez isso! acrescentou alto para que todos ouvissem, queria se agregar ao espanto dos outros, quando o galo cantar pela terceira vez renegarás tua mãe. Mas seu enorme vexame suavizou-se quando ela percebeu que eles abanavam a cabeça como se estivessem de acordo que a velha não passava agora de uma criança.

– Ultimamente ela deu pra cuspir, terminou então confessando contrita para todos.

Todos olharam a aniversariante, compungidos, respeitosos, em silêncio.

Pareciam ratos se acotovelando, a sua família. Os meninos, embora crescidos – provavelmente já além dos cinqüenta anos, que sei eu! – os meninos ainda conservavam os traços bonitinhos. Mas que mulheres haviam escolhido! E que mulheres os netos – ainda mais fracos e mais azedos – haviam escolhido. Todas vaidosas e de pernas finas, com aqueles colares falsificados de mulher que na hora não agüenta a mão, aquelas mulherezinhas que casavam mal os filhos, que não sabiam pôr uma criada em seu lugar, e todas elas com as orelhas cheias de brincos – nenhum, nenhum de ouro! A raiva a sufocava.

– Me dá um copo de vinho! disse.

O silêncio se fez de súbito, cada um com o copo imobilizado na mão.

– Vovozinha, não vai lhe fazer mal? insinuou cautelosamente a neta roliça e baixinha.

– Que vovozinha que nada! explodiu amarga a aniversariante. Que o diabo vos carregue, corja de maricas, cornos e vagabundas! Me dá um copo de vinho, Dorothy!, ordenou.

Dorothy não sabia o que fazer, olhou para todos em pedido cômico de socorro. Mas, como máscaras isentas e inapeláveis, de súbito nenhum rosto se manifestava. A festa interrompida, os sanduíches mordidos na mão, algum pedaço que estava na boca a sobrar seco, inchando tão fora de hora a bochecha. Todos tinham ficado cegos, surdos e mudos, com croquetes na mão. E olhavam impassíveis. Desamparada, divertida, Dorothy deu o vinho: astuciosamente apenas dois dedos no copo. Inexpressivos, preparados, todos esperaram pela tempestade. Mas não só a aniversariante não explodiu com a miséria de vinho que Dorothy lhe dera, como não mexeu no copo.
Seu olhar estava fixo, silencioso como se nada tivesse acontecido.
Todos se entreolharam polidos, sorrindo cegamente, abstratos como se um cachorro tivesse feito pipi na sala. Com estoicismo, recomeçaram as vozes e risadas. A nora de Olaria, que tivera o seu primeiro momento uníssono com os outros quando a tragédia vitoriosamente parecia prestes a se desencadear, teve que retornar sozinha à sua severidade, sem ao menos o apoio dos três filhos que agora se misturavam traidoramente com os outros. De sua cadeira reclusa, ela analisava crítica aqueles vestidos sem nenhum modelo, sem um drapejado, a mania que tinham de usar vestido preto com colar de pérolas, o que não era moda coisa nenhuma, não passava era de economia. Examinando distante os sanduíches que quase não tinham levado manteiga. Ela não se servira de nada, de nada! Só comera uma coisa de cada, para experimentar.
E por assim dizer, de novo a festa estava terminada.
As pessoas ficaram sentadas benevolentes. Algumas com a atenção voltada para dentro de si, à espera de alguma coisa a dizer. Outras vazias e expectantes, com um

sorriso amável, o estômago cheio daquelas porcarias que não alimentavam mas tiravam a fome. As crianças, já incontroláveis, gritavam cheias de vigor. Umas já estavam de cara imunda; as outras, menores, já molhadas; a tarde caía rapidamente. E Cordélia? Cordélia olhava ausente, com um sorriso estonteado, suportando sozinha o seu segredo. Que é que ela tem? alguém perguntou com uma curiosidade negligente, indicando-a de longe com a cabeça, mas também não responderam. Acenderam o resto das luzes para precipitar a tranqüilidade da noite, as crianças começavam a brigar. Mas as luzes eram mais pálidas que a tensão pálida da tarde. E o crepúsculo de Copacabana, sem ceder, no entanto se alargava cada vez mais e penetrava pelas janelas como um peso.

– Tenho que ir, disse perturbada uma das noras levantando-se e sacudindo os farelos da saia. Vários se ergueram sorrindo.

A aniversariante recebeu um beijo cauteloso de cada um como se sua pele tão infamiliar fosse uma armadilha. E, impassível, piscando, recebeu aquelas palavras propositadamente atropeladas que lhe diziam tentando dar um final arranco de efusão ao que não era mais senão passado: a noite já viera quase totalmente. A luz da sala parecia então mais amarela e mais rica, as pessoas envelhecidas. As crianças já estavam histéricas.

– Será que ela pensa que o bolo substitui o jantar, indagava-se a velha nas suas profundezas.

Mas ninguém poderia adivinhar o que ela pensava. E para aqueles que junto da porta ainda a olharam uma vez, a aniversariante era apenas o que parecia ser: sentada à cabeceira da mesa imunda, com a mão fechada sobre a toalha como encerrando um cetro, e com aquela mudez que era a sua última palavra. Com um punho fechado sobre a mesa, nunca mais ela seria apenas o que ela pensasse. Sua aparência afinal a ultrapassara e, supe-

FELIZ ANIVERSÁRIO 63

rando-a, se agigantava serena. Cordélia olhou-a espantada. O punho mudo e severo sobre a mesa dizia para a infeliz nora que sem remédio amava talvez pela última vez: É preciso que se saiba. É preciso que se saiba. Que a vida é curta. Que a vida é curta. Porém nenhuma vez mais repetiu. Porque a verdade era um relance. Cordélia olhou-a estarrecida. E, para nunca mais, nenhuma vez repetiu – enquanto Rodrigo, o neto da aniversariante, puxava a mão daquela mãe culpada, perplexa e desesperada que mais uma vez olhou para trás implorando à velhice ainda um sinal de que uma mulher deve, num ímpeto dilacerante, enfim, agarrar a sua derradeira chance e viver. Mais uma vez Cordélia quis olhar. Mas a esse novo olhar – a aniversariante era uma velha à cabeceira da mesa.

Passara o relance. E arrastada pela mão paciente e insistente de Rodrigo, a nora seguiu-o espantada.

– Nem todos têm o privilégio e o orgulho de se reunirem em torno da mãe, pigarreou José lembrando-se de que Jonga é quem fazia os discursos.

– Da mãe, vírgula! riu baixo a sobrinha, e a prima mais lenta riu sem achar graça.

– Nós temos, disse Manoel acabrunhado sem mais olhar para a esposa. Nós temos esse grande privilégio, disse distraído enxugando a palma úmida das mãos.

Mas não era nada disso, apenas o mal-estar da despedida, nunca se sabendo ao certo o que dizer, José esperando de si mesmo com perseverança e confiança a próxima frase do discurso. Que não vinha. Que não vinha. Que não vinha. Os outros aguardavam. Como Jonga fazia falta nessas horas – José enxugou a testa com o lenço –, como Jonga fazia falta nessas horas! Também fora o único a quem a velha sempre aprovara e respeitara, e isso dera a Jonga tanta segurança. E quando ele morrera, a velha nunca mais falara nele, pondo um muro en-

tre sua morte e os outros. Esquecera-o talvez. Mas não esquecera aquele mesmo olhar firme e direto com que desde sempre olhara os outros filhos, fazendo-os sempre desviar os olhos. Amor de mãe era duro de suportar: José enxugou a testa, heróico, risonho.
E de repente veio a frase:
– Até o ano que vem! disse José subitamente com malícia, encontrando, assim, sem mais nem menos, a frase certa: uma indireta feliz! Até o ano que vem, hein?, repetiu com receio de não ser compreendido.
Olhou-a, orgulhoso da artimanha da velha que espertamente sempre vivia mais um ano.
– No ano que vem nos veremos diante do bolo aceso! esclareceu melhor o filho Manoel, aperfeiçoando o espírito do sócio. Até o ano que vem, mamãe! e diante do bolo aceso! disse ele bem explicado, perto de seu ouvido, enquanto olhava obsequiador para José. E a velha de súbito cacarejou um riso frouxo, compreendendo a alusão.
Então ela abriu a boca e disse:
– Pois é.
Estimulado pela coisa ter dado tão inesperadamente certo, José gritou-lhe emocionado, grato, com os olhos úmidos:
– No ano que vem nos veremos, mamãe!
– Não sou surda! disse a aniversariante rude, acarinhada.
Os filhos se olharam rindo, vexados, felizes. A coisa tinha dado certo.
As crianças foram saindo alegres, com o apetite estragado. A nora de Olaria deu um cascudo de vingança no filho alegre demais e já sem gravata. As escadas eram difíceis, escuras, incrível insistir em morar num prediozinho que seria fatalmente demolido mais dia menos dia, e na ação de despejo Zilda ainda ia dar trabalho e querer empurrar a velha para as noras – pisando o último degrau,

FELIZ ANIVERSÁRIO 65

com alívio os convidados se encontraram na tranqüilidade fresca da rua. Era noite, sim. Com o seu primeiro arrepio. Adeus, até outro dia, precisamos nos ver. Apareçam, disseram rapidamente. Alguns conseguiram olhar nos olhos dos outros com uma cordialidade sem receio. Alguns abotoavam os casacos das crianças, olhando o céu à procura de um sinal do tempo. Todos sentindo obscuramente que na despedida se poderia talvez, agora sem perigo de compromisso, ser bom e dizer aquela palavra a mais – que palavra? Eles não sabiam propriamente, e olhavam-se sorrindo, mudos. Era um instante que pedia para ser vivo. Mas que era morto. Começaram a se separar, andando meio de costas, sem saber como se desligar dos parentes sem brusquidão.

– Até o ano que vem! repetiu José a indireta feliz, acenando a mão com vigor efusivo, os cabelos ralos e brancos esvoaçavam. Ele estava era gordo, pensaram, precisava tomar cuidado com o coração. Até o ano que vem! gritou José eloqüente e grande, e sua altura parecia desmoronável. Mas as pessoas já afastadas não sabiam se deviam rir alto para ele ouvir ou se bastaria sorrir mesmo no escuro. Além de alguns pensarem que felizmente havia mais do que uma brincadeira na indireta e que só no próximo ano seriam obrigados a se encontrar diante do bolo aceso; enquanto que outros, já mais no escuro da rua, pensavam se a velha resistiria mais um ano ao nervoso e à impaciência de Zilda, mas eles sinceramente nada podiam fazer a respeito: "Pelo menos noventa anos", pensou melancólica a nora de Ipanema. "Para completar uma data bonita", pensou sonhadora.

Enquanto isso, lá em cima, sobre escadas e contingências, estava a aniversariante sentada à cabeceira da mesa, erecta, definitiva, maior do que ela mesma. Será que hoje não vai ter jantar, meditava ela. A morte era o seu mistério.

O CORPO

Xavier era um homem truculento e sangüíneo. Muito forte esse homem. Adorava tangos. Foi ver *O último tango em Paris* e excitou-se terrivelmente. Não compreendeu o filme: achava que se tratava de filme de sexo. Não descobriu que aquela era a história de um homem desesperado.

Na noite em que viu *O último tango em Paris* foram os três para a cama: Xavier, Carmem e Beatriz. Todo o mundo sabia que Xavier era bígamo: vivia com duas mulheres.

Cada noite era uma. Às vezes duas vezes por noite. A que sobrava ficava assistindo. Uma não tinha ciúme da outra.

Beatriz comia que não era vida: era gorda e enxundiosa. Já Carmem era alta e magra.

A noite do último tango em Paris foi memorável para os três. De madrugada estavam exaustos. Mas Carmem se levantou de manhã, preparou um lautíssimo desjejum – com gordas colheres de grosso creme de leite – e levou-o para Beatriz e Xavier. Estava estremunhada. Precisou tomar um banho de chuveiro gelado para se pôr em forma de novo.

Nesse dia – domingo – almoçaram às três horas da tarde. Quem cozinhou foi Beatriz, a gorda. Xavier bebeu vinho francês. E comeu sozinho um frango inteiro. As duas comeram o outro frango. Os frangos eram recheados de farofa de passas e ameixas, tudo úmido e bom.

Às seis horas da tarde foram os três para a igreja. Pareciam um bolero. O bolero de Ravel.

E de noite ficaram em casa vendo televisão e comendo. Nessa noite não aconteceu nada: os três estavam muito cansados.

E assim era, dia após dia.

Xavier trabalhava muito para sustentar as duas e a si mesmo, as grandes comidas. E às vezes enganava a ambas com uma prostituta ótima. Mas nada contava em casa pois não era doido.

Passavam-se dias, meses, anos. Ninguém morria. Xavier tinha quarenta e sete anos. Carmem tinha trinta e nove. E Beatriz já completara os cinquenta.

A vida lhes era boa. Às vezes Carmem e Beatriz saíam a fim de comprar camisolas cheias de sexo. E comprar perfume. Carmem era mais elegante. Beatriz, com suas banhas, escolhia biquíni e um sutiã mínimo para os enormes seios que tinha.

Um dia Xavier só chegou de noite bem tarde: as duas desesperadas. Mal sabiam que ele estava com a sua prostituta. Os três na verdade eram quatro, como os três mosqueteiros.

Xavier chegou com uma fome que não acabava mais. E abriu uma garrafa de champanha. Estava em pleno vigor. Conversou animadamente com as duas, contou-lhes

O CORPO   69

que a indústria farmacêutica que lhe pertencia ia bem de finanças. E propôs às duas irem os três a Montevidéu, para um hotel de luxo.
Foi uma tal azáfama a preparação das três malas. Carmem levou toda a sua complicada maquilagem. Beatriz saiu e comprou uma minissaia. Foram de avião. Sentaram-se em banco de três lugares: ele no meio das duas.
Em Montevidéu compraram tudo o que quiseram. Inclusive uma máquina de costura para Beatriz e uma máquina de escrever que Carmem quis para aprender a manipulá-la. Na verdade não precisava de nada, era uma pobre desgraçada. Mantinha um diário: anotava nas páginas do grosso caderno encadernado de vermelho as datas em que Xavier a procurava. Dava o diário a Beatriz para ler.
Em Montevidéu compraram um livro de receitas culinárias. Só que era em francês e elas nada entendiam. As palavras mais pareciam palavrões.
Então compraram um receituário em castelhano. E se esmeraram nos molhos e nas sopas. Aprenderam a fazer rosbife. Xavier engordou três quilos e sua força de touro acresceu-se.
Às vezes as duas se deitavam na cama. Longo era o dia. E, apesar de não serem homossexuais, se excitavam uma à outra e faziam amor. Amor triste.
Um dia contaram esse fato a Xavier.
Xavier vibrou. E quis que nessa noite as duas se amassem na frente dele. Mas, assim encomendado, terminou tudo em nada. As duas choraram e Xavier encolerizou-se danadamente.
Durante três dias ele não disse nenhuma palavra às duas.
Mas, nesse intervalo, e sem encomenda, as duas foram para a cama e com sucesso.

Ao teatro os três não iam. Prefeririam ver televisão. Ou jantar fora.

Xavier comia com maus modos: pegava a comida com as mãos, fazia muito barulho para mastigar, além de comer com a boca aberta. Carmem, que era mais fina, ficava com nojo e vergonha. Sem vergonha mesmo era Beatriz que até nua andava pela casa.

Não se sabe como começou. Mas começou. Um dia Xavier veio do trabalho com marcas de batom na camisa. Não pôde negar que estivera com a sua prostituta preferida. Carmem e Beatriz pegaram cada uma um pedaço de pau e correram pela casa toda atrás de Xavier. Este corria feito um desesperado, gritando: perdão! perdão! perdão!

As duas, também cansadas, afinal deixaram de persegui-lo.

Às três horas da manhã Xavier teve vontade de ter mulher. Chamou Beatriz porque ela era menos rancorosa. Beatriz, mole e cansada, prestou-se aos desejos do homem que parecia um super-homem.

Mas no dia seguinte avisaram-lhe que não cozinhariam mais para ele. Que se arranjasse com a terceira mulher.

As duas de vez em quando choravam e Beatriz preparou para ambas uma salada de batata com maionese.

De tarde foram ao cinema. Jantaram fora e só voltaram para casa à meia-noite. Encontrando um Xavier abatido, triste e com fome. Ele tentou explicar:

— É porque às vezes tenho vontade durante o dia!

— Então, disse-lhe Carmem, então por que não volta para casa?

Ele prometeu que assim faria. E chorou. Quando chorou, Carmem e Beatriz ficaram de coração partido.

Nessa noite as duas fizeram amor na sua frente e ele roeu-se de inveja.
Como é que começou o desejo de vingança? As duas cada vez mais amigas e desprezando-o.
Ele não cumpriu a promessa e procurou a prostituta. Esta excitava-o porque dizia muito palavrão. E chamava-o de filho da puta. Ele aceitava tudo. Até que veio um certo dia. Ou melhor, uma noite. Xavier dormia placidamente como um bom cidadão que era. As duas ficaram sentadas junto de uma mesa, pensativas. Cada uma pensava na infância perdida. E pensaram na morte. Carmem disse:
– Um dia nós três morreremos.
Beatriz retrucou:
– E à toa.
Tinham que esperar pacientemente pelo dia em que fechariam os olhos para sempre. E Xavier? O que fariam com Xavier? Este parecia uma criança dormindo.
– Vamos esperar que Xavier morra de morte morrida? perguntou Beatriz.
Carmem pensou, pensou e disse:
– Acho que devemos as duas dar um jeito.
– Que jeito?
– Ainda não sei.
– Mas temos que resolver.
– Pode deixar por minha conta, eu sei o que faço.
E nada de fazerem nada. Daqui a pouco seria madrugada e nada teria acontecido. Carmem fez para as duas um café bem forte. E comeram chocolate até à náusea. E nada, nada mesmo.
Ligaram o rádio de pilha e ouviram uma lancinante música de Schubert. Era piano puro. Carmem disse:
– Tem que ser hoje.

Carmem liderava e Beatriz obedecia. Era uma noite especial: cheia de estrelas que as olhavam faiscantes e tranqüilas. Que silêncio. Mas que silêncio. Foram as duas para perto de Xavier para ver se se inspiravam. Xavier roncava. Carmem realmente inspirou-se.
Disse para Beatriz:
— Na cozinha há dois facões.
— E daí?
— E daí nós somos duas e temos dois facões.
— E daí?
— E daí, sua burra, nós duas temos armas e poderemos fazer o que precisamos fazer. Deus manda.
— Não é melhor não falar em Deus nessa hora?
— Você quer que eu fale no Diabo? Não, falo em Deus que é dono de tudo. Do espaço e do tempo.
Então foram à cozinha. Os dois facões eram amolados, de fino aço polido. Teriam força?
Teriam, sim.
Foram armadas. O quarto estava escuro. Elas fraquejaram erradamente, apunhalando o cobertor. Era noite fria. Então conseguiram distinguir o corpo adormecido de Xavier.
O rico sangue de Xavier escorria pela cama, pelo chão, um desperdício.
Carmem e Beatriz sentaram-se junto à mesa da sala de jantar, sob a luz amarela da lâmpada nua, estavam exaustas. Matar requer força. Força humana. Força divina. As duas estavam suadas, mudas, abatidas. Se tivessem podido, não teriam matado o seu grande amor.
E agora? Agora tinham que se desfazer do corpo. O corpo era grande. O corpo pesava.
Então as duas foram ao jardim e com auxílio de duas pás abriram no chão uma cova.
E, no escuro da noite — carregaram o corpo pelo jardim afora. Era difícil porque Xavier morto parecia pesar

O CORPO 73

mais do que quando vivo, pois escapara-lhe o espírito. Enquanto o carregavam, gemiam de cansaço e de dor. Beatriz chorava.

Puseram o grande corpo dentro da cova, cobriram-na com a terra úmida e cheirosa do jardim, terra de bom plantio. Depois entraram em casa, fizeram de novo café, e revigoraram-se um pouco.

Beatriz, muito romântica que era – vivia lendo fotonovelas onde acontecia amor contrariado ou perdido – Beatriz teve a idéia de plantarem rosas naquela terra fértil.

Então foram de novo ao jardim, pegaram uma muda de rosas vermelhas e plantaram-na na sepultura do pranteado Xavier. Amanhecia. O jardim orvalhado. O orvalho era uma bênção ao assassinato. Assim elas pensaram, sentadas no banco branco que lá havia.

Passaram-se dias. As duas mulheres compraram vestidos pretos. E mal comiam. Quando anoitecia a tristeza caía sobre elas. Não tinham mais gosto de cozinhar. De raiva, Carmem, a colérica, rasgou o livro de receitas em francês. Guardou o castelhano: nunca se sabia se ainda não seria necessário.

Beatriz passou a ocupar-se da cozinha. Ambas comiam e bebiam em silêncio. O pé de rosas vermelhas parecia ter pegado. Boa mão de plantio, boa terra próspera. Tudo resolvido.

E assim ficaria encerrado o problema.

Mas acontece que o secretário de Xavier estranhou a longa ausência. Havia papéis urgentes a assinar. Como a casa de Xavier não tinha telefone, foi até lá. A casa parecia banhada de *mala suerte*. As duas mulheres disseram-lhe que Xavier viajara, que fora a Montevidéu. O secretário não acreditou muito mas pareceu engolir a história.

Na semana seguinte o secretário foi à Polícia. Com a Polícia não se brinca. Antes os policiais não quiseram dar crédito à história. Mas, diante da insistência do secretário, resolveram preguiçosamente dar ordem de busca na casa do polígamo. Tudo em vão: nada de Xavier.
Então Carmem falou assim:
– Xavier está no jardim.
– No jardim? fazendo o quê?
– Só Deus sabe o quê.
– Mas nós não vimos nada nem ninguém.
Foram ao jardim: Carmem, Beatriz, o secretário de nome Alberto, dois policiais, e mais dois homens que não se sabia quem eram. Sete pessoas. Então Beatriz, sem uma lágrima nos olhos, mostrou-lhes a cova florida. Três homens abriram a cova, destroçando o pé de rosas que sofriam à toa a brutalidade humana.
E viram Xavier. Estava horrível, deformado, já meio roído, de olhos abertos.
– E agora? disse um dos policiais.
– E agora é prender as duas mulheres.
– Mas, disse Carmem, que seja numa mesma cela.
– Olhe, disse um dos policiais diante do secretário atônito, o melhor é fingir que nada aconteceu senão vai dar muito barulho, muito papel escrito, muita falação.
– Vocês duas, disse o outro policial, arrumem as malas e vão viver em Montevidéu. Não nos dêem maior amolação.
As duas disseram: muito obrigada.
E Xavier não disse nada. Nada havia mesmo a dizer.

Dinah Silveira de Queiroz

Romancista, contista e articulista, Dinah Silveira de Queiroz nasceu em São Paulo, capital, em 9 de novembro de 1911, e morreu em 1982. De família abastada e culta, conheceu, ainda menina, a Europa e estudou em elegantes colégios paulistanos. Interessada em psicanálise e estimulada pelo marido, foi grande leitora de Freud. Seu primeiro conto, "Pecado", foi premiado num concurso latino-americano de letras e publicado em seguida no jornal *O Correio Paulistano*, em 1931. Em 1940 fez parte da União das Classes Femininas do Brasil. Recebeu em 1954 o prêmio Machado de Assis da Academia Brasileira de Letras pelo conjunto da obra. Irmã da escritora Helena da Silveira, foi a segunda mulher a ingressar na Academia Brasileira de Letras, em 1980. Dentre suas obras destacam-se *Floradas na serra*, de 1939, e *A muralha*, de 1954, enredo popularizado pela adaptação para a tevê em 2001. Foi grande também a popularidade da obra de contos *Eles herdarão a terra*, de 1960.

A MORALISTA

Se me falam em virtude, em moralidade ou imoralidade, em condutas, enfim, em tudo que se relaciona com o bem ou o mal, eu vejo Mamãe em minha idéia. Mamãe – não. O pescoço de Mamãe, a sua garganta branca e tremente, quando gozava a sua risadinha como quem bebe café no pires. Essas risadas ela dava, principalmente à noite, quando – só nós três em casa – vinha jantar como se fosse a um baile, com seus vestidos alegres, frouxos, decotados, tão perfumada que os objetos a seu redor criavam uma pequena atmosfera própria, eram mais leves e delicados. Ela não se pintava nunca, mas não sei como fazia para ficar com aquela lisura de louça lavada. Nela, até a transpiração era como vidraça molhada: escorregadia, mas não suja. Diante daquela pulcritude, minha face era uma miserável e movimentada topografia, onde eu explorava furiosamente, e em gozo físico, pequenos subterrâneos nos poros escuros e profundos, ou vulcõezinhos que estalavam entre as unhas, para meu prazer. A risada de Mamãe era um "muito obrigada" a meu Pai, que a adulava como se dela dependesse. Porém, ele mascarava essa adulação brincando e a tratando eternamente de menina. Havia muito tempo, uma espírita dissera a Mamãe algo que decerto provocou sua primeira e especial risadinha:

– "Procure impressionar o próximo. A senhora tem um poder extraordinário sobre os outros, mas não sabe. Deve aconselhar... Porque... se impõe, logo à primeira vista. Aconselhe. Seus conselhos não falharão nunca. Eles vêm de sua própria mediunidade..."

Mamãe repetiu aquilo umas quatro ou cinco vezes, entre amigas, e a coisa pegou, em Laterra.

Se alguém ia fazer um negócio, lá aparecia em casa para tomar conselho. Nessas ocasiões Mamãe, que era loura e pequenina, parecia que ficava maior, toda dura, de cabecinha levantada e dedo gordinho, em riste. Consultavam Mamãe a respeito da Política, dos casamentos. Como tudo que dizia era sensato, dava certo, começaram-lhe a mandar também pessoas transviadas. Uma vez, certa senhora rica lhe trouxe o filho, que era um beberrão incorrigível. Lembro-me de que Mamãe disse coisas belíssimas, a respeito da realidade do Demônio, do lado da Besta, e do lado do Anjo. E não apenas ela explicou a miséria em que o moço afundava, mas o castigou também com palavras tremendas. Seu dedinho gordo se levantava, ameaçador, e toda ela tremia de justa cólera, porém sua voz não subia além do tom natural. O moço e a senhora choravam juntos.

Papai ficou encantado com o prestígio de que, como marido, desfrutava.

Brigas entre patrão e empregado, entre marido e mulher, entre pais e filhos vinham dar em nossa casa.

Mamãe ouvia as partes, aconselhava, moralizava. E Papai, no seu pequeno negócio, sentia afluir a confiança que se espraiava até seus domínios.

Foi nessa ocasião que Laterra ficou sem padre, porque o vigário morrera, e o Bispo não mandava substituto. Os habitantes iam casar e batizar os filhos em Santo Antônio. Mas, para suas novenas e seus terços, contavam sempre com minha mãe. De repente, todos ficaram mais religiosos. Ela ia para a reza da noite de véu de renda, tão cheirosa e lisinha de pele, tão pura de rosto, que todos diziam que parecia e era, mesmo, uma verdadeira santa. Mentira: uma santa não daria aquelas risadinhas, uma santa não se divertiria, assim. O divertimento é uma espécie de injúria aos infelizes, e é por isso que Mamãe só ria e se divertia quando estávamos sós.

Nessa época, até um caipira perguntou na feira da Laterra:

– "Diz que aqui tem uma padra. Onde é que ela mora?"

Contaram a Mamãe. Ela não riu:

– "Eu não gosto disso." E ajuntou: "Nunca fui fanática, uma louca. Sou, justamente, uma pessoa equilibrada, que quer ajudar ao próximo. Se continuarem com essas histórias, eu nunca mais puxo o terço."

Mas, nessa noite, mesmo, eu vi sua garganta tremer, deliciada:

– "Já estão me chamando de 'padra'... Imagine!"

Ela havia achado sua vocação. E continuou a aconselhar, a falar bonito, a consolar os que perdiam pessoas queridas. Uma vez, no aniversário de um compadre, Mamãe disse palavras tão belas a respeito da velhice, do tempo que vai fugindo, do bem que se deve fazer antes que caia a noite, que o compadre pediu:

– "Por que a senhora não faz, aos domingos, uma prosa desse jeito? Estamos sem vigário, e essa mocidade precisa de bons conselhos..."

Todos acharam ótima a idéia. Fundou-se uma sociedade: "Círculo dos pais de Laterra", que tinha suas reuniões na sala da Prefeitura. Vinha gente de longe, para ouvir Mamãe falar. Diziam todos que ela fazia um bem enorme às almas, que a doçura das suas palavras confortava quem estivesse sofrendo. Várias pessoas foram por ela convertidas. Julgo que meu Pai acreditava, mais do que ninguém, nela. Mas eu não podia pensar que minha Mãe fosse um ser predestinado, vindo ao mundo só para fazer o bem. Via tão claramente seu modo de representar, que até sentia vergonha. E ao mesmo tempo me perguntava:

– "Que significam estes escrúpulos? Ela não une casais que se separam, ela não consola as viúvas, ela não corrige até os aparentemente incorrigíveis?"

Um dia, Mamãe disse a meu Pai, à hora do almoço:
– "Hoje me trouxeram um caso difícil... Um rapaz viciado. Você vai empregá-lo. Seja tudo pelo amor de Deus. Ele veio pedir auxílio... e eu tenho que ajudar. O pobre chorou tanto, implorou... contando a sua miséria. É um desgraçado!"

Um sonho de glória a embalou:
– "Sabe que os médicos de Santo Antônio não deram nenhum jeito? Quero que você me ajude. Acho que ele deve trabalhar... aqui. Não é sacrifício para você, porque ele diz que quer nos servir, já que dinheiro eu não aceito mesmo, porque tudo que faço é com caridade!"

O novo empregado parecia uma moça bonita. Era corado, tinha uns olhos pretos, pestanudos, andava sem

fazer barulho. Sabia versos de cor, e às vezes os recitava baixo, limpando o balcão. Quando o souberam empregado de meu Pai – foram avisá-lo:
– "Isso não é gente para trabalhar em casa de respeito!"
– "Ela quis", respondia meu Pai. "Ela sempre sabe o que faz!"
O novo empregado começou o serviço com convicção, mas tinha crises de angústia. Em certas noites não vinha jantar conosco, como ficara combinado. E aparecia mais tarde, os olhos vermelhos.
Muitas vezes, Mamãe se trancava com ele na sala, e a sua voz de tom igual feria, era de repreensão. Ela o censurava também, na frente de meu Pai, e de mim mesma, porém sorrindo com bondade:
– "Tire a mão da cintura. Você já parece uma moça, e assim, então..."
Mas sabia dizer a palavra que ele desejaria, decerto, ouvir:
– "Não há ninguém melhor do que você nesta terra! Por que é que tem medo dos outros? Erga a cabeça... Vamos!"
Animado, meu Pai garantia:
– "Em minha casa ninguém tem coragem de desfeitear você. Quero ver só isso!"
Não tinham mesmo. Até os moleques que, da calçada, apontavam e riam, falavam alto, ficavam sérios e fugiam, mal meu Pai surgisse à porta.
E o moço passou muito tempo sem falhar nos jantares. Nas horas vagas fazia coisas bonitas para Mamãe. Pintou-lhe um leque e fez um vaso em forma de cisne, com papéis velhos molhados, e uma mistura de cola e nem sei mais de quê. Ficou meu amigo. Sabia de modas,

como ninguém. Dava opiniões sobre meus vestidos. À hora da reza, ele, que era tão humilhado, de olhar batido, já vinha perto de Mamãe, de terço na mão. Se chegavam visitas, quando estava conosco, ele não se retirava depressa como fazia antes. E ficava num canto, olhando tranqüilo, com simpatia. Pouco a pouco eu assistia, também, a sua modificação. Menos tímido, ele ficara menos efeminado. Seus gestos já eram mais confiantes, suas atitudes menos ridículas. Mamãe, que policiava muito seu modo de conversar, já se esquecia de que ele era um estranho. E ria muito à vontade, suas gostosas e trêmulas risadinhas. Parece que não o doutrinava, não era preciso mais. E ele deu de segui-la fielmente, nas horas em que não estava no balcão. Ajudava-a em casa, acompanhava-a nas compras de Mamãe. Já diziam, escondidas atrás da janela, vendo-a passar, certas moças namoradeiras que haviam merecido a sua repreensão:
– "Você não acha que ela consertou... demais?"
Laterra tinha orgulho de Mamãe, a pessoa mais importante da cidade. Muitos sentiam quase sofrimento, por aquela afeição que pendia para o lado cômico. Viam-na passar depressa, o andar firme, um tanto duro, e ele, o moço, atrás, carregando seus embrulhos, ou ao lado, levando sua sombrinha, aberta com unção, como se fora um pálio. Um franco mal-estar dominava a cidade. Até que num domingo, quando Mamãe falou sobre a felicidade conjugal, sobre os deveres do casamento, algumas cabeças se voltaram para o rapaz, quase imperceptivelmente, mas ainda assim eu notei a malícia. E qualquer absurdo sentimento arrasou meu coração em expectativa.
Mamãe foi a última a notar a paixão que despertara:
– "Vejam, eu só procurei levantar seu moral... A própria mãe o considera um perdido – chegou a que-

rer que morresse! Só falo – porque todos sabem... ele hoje é um moço de bem!"
Papai foi ficando triste. Um dia desabafou:
– "Acho melhor que ele vá embora. Parece que o que você queria, que ele mostrasse que poderia ser decente e trabalhador, como qualquer um, afinal já conseguiu! Vamos agradecer a Deus e mandá-lo para casa. Você é extraordinária!"
– "Mas" – disse Mamãe admirada. – "Você não vê que é preciso mais tempo... para que se esqueçam dele? Mandar esse rapaz de volta, agora, até é um pecado! Um pecado que eu não quero em minha consciência."

Houve uma noite em que o moço contou ao jantar a história de um caipira, e Mamãe ria como nunca, levantando a cabeça pequenina, mostrando a sua nudez mais perturbadora – seu pescoço – naquele gorjeio trêmulo. Vi-o, ao empregado, ficar vermelho e de olhos brilhantes, para aquele esplendor branco. Papai não riu. Eu me sentia feliz e assustada. Três dias depois o moço adoeceu com gripe. Foi numa visita que Mamãe lhe fez, que ele lhe disse qualquer coisa que eu jamais saberei. Ouviram pela primeira vez a voz de Mamãe vibrar alto, furiosa, desencadeada. Uma semana depois ele estava restabelecido, voltava ao trabalho. Ela disse a meu Pai:
– "Você tem razão. É melhor que ele volte para casa."
À hora do jantar, Mamãe ordenou à criada:
– "Só nós jantamos em casa! Ponha três pratos..."
No dia seguinte à hora da reza, o moço chegou assustado, mas foi abrindo caminho, tomou seu costumeiro lugar junto de Mamãe:
– "Saia!"... disse ela baixinho, antes de começar a reza. Ele ouviu – e saiu, sem nem ao menos suplicar com os olhos.

84   A MORALISTA

Todas as cabeças o seguiram lentamente. Eu o vi de costas, já perto da porta, no seu andar discreto de mocinha de colégio, desembocar pela noite.

Daí a pouco a voz de Mamãe, meio trêmula, rezava:
– "Padre Nosso que estais no céu, santificado seja o Vosso Nome..."
Desta vez as vozes que a acompanhavam eram mais firmes do que nos últimos dias.

Ele não voltou para a sua cidade, onde era a caçoada geral. Naquela mesma noite, quando saía de Laterra, um fazendeiro viu como que um longo vulto balançando de uma árvore. Homem de coragem, pensou que fosse algum assaltante. Descobriu o moço. Fomos chamados. Eu também o vi. Mamãe não. À luz da lanterna o achei mais ridículo de que trágico, frágil e pendente como um judas de cara de pano roxo. Logo uma multidão enorme cercou a velha mangueira, depois se dispersou. Eu me convenci de que Laterra toda respirava aliviada. Era a prova! Sua senhora não transigira, sua moralista não falhara. Uma onda de desafogo espraiou pela cidade.

Em casa não falamos no assunto, por muito tempo. Porém, Mamãe, perfeita e perfumada como sempre, durante meses deixou de dar suas risadinhas, embora continuasse, agora sem grande convicção – eu o sabia – a dar os seus conselhos. Todavia punha, mesmo no jantar, vestidos escuros, cerrados no pescoço.

Edla van Steen

Atriz, ficcionista, jornalista e tradutora. Descendente de alemães, Edla nasceu em Florianópolis (SC) em 1936 e atualmente reside em São Paulo. Casada com o crítico de teatro Sábato Magaldi, pertence a várias associações culturais e se dedica também à literatura infanto-juvenil. Uma das mais entusiastas pesquisadoras da produção feminina, a autora organizou a obra *O conto da mulher brasileira* em 1978. Suas principais obras são: *Antes do amanhecer*, de 1977; *Memórias do medo*, de 1981; *A mão armada*, de 1996; *No silêncio das nuvens*, de 2001.

Amor pelas miniaturas

In memoriam
Sonya Grassmann

– Acordei me sentindo esquisita, Milena, não pensava em nada, como se tivesse acabado de nascer. Ou de morrer? Será que, finalmente, minha memória se apagou? Imagine a alegria. Fui para o banheiro, o espelho me mostrou um rosto que não reconheci – quem era? – não havia mais ninguém ali, portanto só podia ser minha aquela cara cansada. É evidente que sou eu. O perfil é inconfundível, a cara do meu pai, herdei os cabelos, ralos e lisos, que não passam de fiapos sem vida.
– Não exagere, Gilda.
– Veja essas rugas em volta da minha boca.
– Quantos anos você tem?
– Quarenta, Milena. E me sinto tão velha.
Não falou que seus braços balançam frouxos e as pernas estão cheias de veias pequenas, que formam um rendilhado entre o azul e o vermelho, difícil definir essa cor, nem que a musculatura... Deixa pra lá.

– Eu acho você bonita.
– Obrigada. O que me aflige, no momento, não é meu físico, e sim o excesso de memória. Eu me sinto como se fosse um pastiche, um monte de lixo. Isso mesmo, minha cabeça parece um lixão. Amontoou tantas besteiras. O que devo fazer para me livrar dessa porcaria toda, Milena? A impressão que eu tenho é que me falta espaço para guardar acontecimentos do presente. Tenho inveja de quem apagou informações e pergunta como é o nome daquele ator do filme tal? Se o vi, não preciso nem pensar, digo na hora. E, no entanto, seria melhor que eu o tivesse esquecido.
– Não é bom para você?
– Que é que eu ganho em me lembrar desse tipo de informação? Perda de tempo, minha amiga. Vira e mexe alguém me telefona para saber o autor de um livro, o diretor de um filme ou de uma peça. E alguns nem agradecem, sabia? Melhor que eu não conhecesse tanta frivolidade – quis se despedir da vizinha antes que o marido dela chegasse.
– Só me lembro do que quero – Milena afirmou.

Mulher bonita essa Milena Alvarez Filgueira. Excêntrica. Veste umas roupas que ninguém sabe de onde vêm. Muito veludo no inverno, cetim no verão, e rendas, saias longas, rodadas, corpetes apertados, blusas com mangas bufantes. Tudo muito colorido, de extremo bom gosto. Uma figura quase renascentista, não fossem as calças apertadas que usa de vez em quando, ou as de boca de sino. Costuma prender os longos cabelos negros em coque, e fica linda.

Ela engravidou logo depois do casamento com Ivan Filgueira. Mas, em vez de fazer tricô para a criança, se pôs a costurar roupas para a boneca antiga que comprou e que lhe custou todas as economias. Sorte o marido dela ser rico e não se incomodar com os gastos. Achou que a gravidez devia estar despertando na mulher um lado maternal inusitado.

— Adoro bonecas, Gilda. Desde criança. Olha este vestido de organza, que eu estou fazendo.

— E para o bebê que está esperando, nem uma camisinha?

— Minha sogra vai dar o enxoval pronto. Que tal este bordado, Gilda?

— Você é muito prendada.

— Aprendi sozinha. Olhando. Todos os dias trocava a boneca e conversava com ela.

— A Fabíola está resfriada. Com febre.

— Quem?

— A minha menina. Não dormi a noite toda, cuidando da pobrezinha.

— Sei. Vá descansar, então, Milena. Daqui a pouco seu marido chega para jantar e tem de estar alegre.

— Você cuida dela pra mim? Vou deixar aqui, neste canto. Ela não vai incomodar.

No aniversário Milena pediu outra boneca para o marido.

— É esta que eu quero — apontou o catálogo.

— E como é que se compra?

— No cartão de crédito. A loja manda entregar.

Ela exultava com a nova filha no colo e manifestava a alegria beijando Ivan.

— Me casei com uma garotinha.

Infelizmente, ou felizmente, nunca se sabe, naquela noite, a hemorragia levou-a ao hospital, onde perdeu a criança. Ivan parecia inconsolável, Milena não deu a menor importância.

– Tantas mulheres perdem a primeira gravidez, meu bem. Vamos fazer outro bebê. Não se preocupe.

Depois de seis meses a notícia de que Milena estava novamente prenhe alegrou o casal Filgueira. E uma terceira boneca selou a comemoração. Ela, que não gostava de sair de casa, se arrumava toda e ia comprar tecidos para fazer vestidos, chapéus, sapatos de pano, além de encomendar coisas às revistas estrangeiras.

– Não são maravilhosas as minhas filhas?
– Você já sabe o sexo da criança?
– Ainda não está na hora de fazer o ultra-som. Eu quero que seja menina, para brincar com as irmãs.

Eu me despedi. Às vezes ela me assustava com aquele mundo irreal em que vivia. Esquecia-se de tudo, inclusive do marido.

– Você não fez o jantar? Então vamos comer fora, Milena.
– Vou, se me deixar levar as meninas. Se não você pode ir sozinho.

E lá se foi, vestir as bonecas. No restaurante, sentou-as todas juntas, numa cadeira, orgulhosa de sua prole.

Ivan suspirou fundo. A gravidez devia afetar a mulher. Ela que tinha sido tão viva, tão original, não só na maneira de se vestir, também no jeito de inventar programas, de se divertir, agora era outra. Não se interessava por mais nada, só pelas bonecas. Verdade que ela continuava meiga e carinhosa e que demonstrava amá-lo como sempre. Mas o seu desligamento dos compromissos com a casa, as amigas, que nunca mais procurou, era inquietante. Ivan reconhecia que nada sabia de sua mulher e que tinha dificuldades para entendê-la.

– Você está tão diferente, meu bem. Vamos convidar amigos para jantar, sair.

– Claro, meu amor. Quando você quiser.
– Sexta-feira. Depois vamos dançar.
– E o que faço com as meninas?

Ivan teve ímpetos de brigar com a mulher, mas resolveu entrar no jogo.

– Peça à vizinha para cuidar delas.

Milena sorriu. Ela não vai se negar. Gilda é uma boa amiga. Eles se amavam tanto. Bastava vê-los juntos para sentir a harmonia do casal.

– Milena é a mulher da minha vida, pai. Não consigo achar alguém mais interessante. Além de linda e inteligente, tem senso de humor. Cozinha como uma deusa. Tudo o que faz é perfeito.

– Concordo, meu filho. No entanto, me parece que ela se coloca numa posição distante, inatingível, tem um mundo interior muito pessoal.

– Não se preocupe, meu pai. Um dia vai ver a nora adorável que tem. Aliás, estou aqui para contar que daqui a sete meses serei pai.

Os dois se despediram e Ivan foi procurar a mãe para contar a novidade.

– Eu me encarrego do enxoval, meu filho.

Ao chegar em casa encontrou a mulher lendo uma história infantil para as bonecas, ao lado de Gilda.

– Desde quando você gosta de bonecas, Milena?

– Não sei, Gilda. Não posso perguntar para ninguém. Mamãe morreu quando eu tinha sete anos, papai nunca estava em casa. Fui criada por uma tia, irmã dele, que era surda. Minha vida foi solitária, até ir para a faculdade.

– Qual?

– Turismo. Herdei do meu pai esse gosto pelas via-

gens. Conheci Ivan na Universidade. Ele cursava engenharia.
— Em quem você era mais ligada?
— Eu me lembro mais de minha mãe. Principalmente do perfume que ela usava: Chanel n. 5. Os olhos eram amendoados, castanhos. Parecia uma estrela de cinema. Meu pai disse que ela tinha sido convidada a fazer um filme. Não fez porque estava grávida. Ela adorava cozinhar e eu, desde pequena, ajudava a mexer as panelas. Talvez seja por isso que eu goste tanto de cozinha. Minhas colegas viviam dizendo que cozinhar era perder tempo, eu considero que é encher a vida. Você não vê que, de vez em quando, alguma amiga vem me procurar, desesperada? Em geral, estão sem grana para chamar banqueteira e entro na parada. Não ligo. Eu gosto de cozinhar e de ser útil. O Ivan até me sugeriu abrir uma pequena empresa. Sabe o que eu gostaria mesmo? De me estabelecer com uma loja de miniaturas.
— Seria ótimo. Adoro miniaturas! Eu iria trabalhar com você.
— Já pensei em fazer casinhas de bonecas. Na Holanda existe um museu cheio delas, sabia? Mas tenho de arranjar um marceneiro habilidoso.
— Meu cunhado conhece um. É colega dele. Faz molduras de madeira e de metal para vender. Dei várias de presente.
— Meu primeiro namorado me incentivava com as miniaturas. Sempre me trazia coisas. Guardo tudo numa caixa. Ele era músico. Quer dizer, ainda é.
— Que instrumento ele toca?
— Violão. Eu era louca por ele.
— O que aconteceu?
— O pai obrigou-o a se casar com a filha do sócio e transformou-o em executivo. Esperei por ele até que re-

cebi o convite para o casamento. Sofri à beça, viu? Pensei que fosse mais forte. Que resistisse.
— E a mãe?
— Concordou com o marido. Eles eram padrinhos de batismo da noiva, imagine. Eu não tinha a menor chance. Quase morri de tristeza. Depois conheci Ivan. Ele sim é um verdadeiro homem, se impõe, tem caráter. Meu sogro nunca disse nada, pelo contrário, é muito gentil, mas eu sei que ele preferia que o filho se casasse com alguém diferente de mim. Acho que implica com as minhas roupas e manias.
— Adora a sua comida. Ele mesmo me confessou. Você nunca mais viu o outro?
— Vi. Claro que vi. Ele e o Ivan são amigos, quer dizer, amigos não, conhecidos. Conversam.
— E sabe que vocês foram namorados?
— Eu nunca mentiria para ele.
— E o que Ivan acha das miniaturas?
— Por enquanto, nada.

O marido entrou na sala e deu um abraço apertado na mulher.

Fiquei uns meses sem ver Milena, porque fui visitar minha mãe e ela não me permitiu voltar logo. Acabei participando de um programa de televisão, que era visto apenas no interior, respondendo perguntas sobre artistas de cinema. O ator predileto do auditório era Elvis Presley. As pessoas queriam saber por que fora para o exército, como era a relação dele com a mãe, com a mulher e a filha, por que se tornara dependente de remédio, esse tipo de curiosidade. Ganhei um dinheirinho.

— Pode parar de reclamar da sua memória. Acabou dando lucro.

– Reclamo. Não tenho lugar para guardar mais nada. Se eu não esquecer o que já sei, não vou me renovar, entende? Por exemplo: esqueci o nome das suas bonecas.
– Venha ver a família. Fiz roupas novas. A Fabíola você conhece. Ela até falou mamãe pra me alegrar. Esta é a Marina, a Bianca, a Ester e a que acabou de chegar, Isabel.
Milena engordou pouco, como da outra vez.
– E então, menino ou menina?
– Não sei. Prefiro a surpresa.
– E o Ivan?
– Ele não liga. Diz que, se eu não quero saber o sexo, tudo bem. Antigamente ninguém se preocupava com isso.
A entonação deixava evidente que ela estava satisfeita. Só não escondia aquela espécie de perplexidade que transparecia nos gestos, na fala, nos olhos.
– Que você tem, Milena?
– Nada não, Gilda. Ando desanimada. Ivan fica tão pouco em casa. Parece que não gosta de me ver grávida. Estou feia?
– Que bobagem. Nunca vi você tão bonita.
– Faz de conta que eu acredito. Me fale de você, minha amiga. Já amou alguém, imagino.
– Quando eu tinha quinze anos me apaixonei por um vizinho. O primeiro – e único – namorado.
– Por que não teve outro?
– Não me pergunte, não sei a resposta. Nunca mais me interessei por ninguém. E não sinto falta. Tenho horror de sexo e não consegui vencer meu nojo. Acho que nasci sem algum detalhe importante.
Milena hesitou em continuar o assunto. Aquela confissão foi surpreendente: era possível alguém viver sem

sexo? Olhou a amiga com carinho. Era tão bondosa com suas filhas. Uma noite, em que ficara com elas, encontrou-a com as cinco deitadas ao seu lado, na cama, vendo televisão: ela também estava se afeiçoando às bichinhas.

– Seu namorado foi indelicado, machucou você de alguma forma?

– Não. Logo viu que eu não queria nada com ele, e se mandou. Hoje em dia está casado, tem filhos. É um famoso advogado da minha cidade. Defendeu, inclusive, uma causa de mamãe, contra a Prefeitura.

– Por que ela nunca vem visitar você?

– Cadê condições físicas, Milena? Tem artrose na coluna, catarata, sabe como é, fez setenta anos. Não é como alguém que mora aqui, com todos os cuidados.

– Entendo.

– Prometi que vou vê-la a cada três meses. E falamos por telefone todos os domingos. É o que posso fazer.

– E não se sente sozinha?

– Estou acostumada. Agora, eu jamais poderia aceitar que alguém morasse comigo. Não suportaria um intruso nos meus hábitos. Sou metódica demais.

– Oi, meu bem – Ivan chegou, carregando um grande pacote. – Vamos ver o que mamãe mandou para nós.

– Bem, eu já vou indo. Vejo você amanhã, Milena.

– Fique, por favor.

– Obrigada, mas...

– Me ajude aqui, Gilda.

Impecável, o enxoval em branco e amarelo da criança. Milena dobrou as roupinhas uma por uma e colocou no armário. Parecia triste.

– Algum problema?

– Não sei. Às vezes me sinto tão desarvorada.

Elas voltaram para a sala.

– Enxoval para príncipes ou princesas esse que sua mãe preparou, Ivan.
– Obrigado. Gostei também – ele vinha com champanhe e copos na mão. – Querida, tive uma idéia: que tal André?
– Que André?
– André Filgueira.
– Ah!
– Soa bem, não soa?
– Prefiro André Alvarez Filgueira.
– Certo. Que você acha, Gilda?
– Perfeito.
– Então, vamos fazer um brinde. Ao nosso esperado filho.
– Eu gostaria muito mais que fosse menina, Ivan.
– Para mim tanto faz, Milena.
– Se for, vai se chamar Andréia.
– Combinado.
Milena não foi fazer ultra-sonografia. Detestava ir ao médico, responder a um monte de perguntas idiotas e ouvir conselhos. Dentro de dois meses teria o bebê e pronto. Eu vinha visitá-la de vez em quando. Ivan trazia amigos para jantar: a mulher caprichava nos *menus*, encantando a todos pelo tempero especial e pelo capricho na arrumação dos pratos e da mesa.
Naquela noite, Milena acordou em prantos.
– Por que você está chorando, querida?
– Me leve para o hospital. Está na hora.
Andréia nasceu bem abaixo da altura e do peso. Com a amamentação no peito parecia se recuperar, aos poucos.
– Você nasceu antes do tempo, viu? Papai gosta de meninas pequenas. E de mulher *mignon* então, nem se fala.

Quando Andréia fez dois anos, Ivan permitiu que a mulher se estabelecesse com a loja de miniaturas, desde que levasse a filha com ela.
Milena se levantava cedíssimo para vestir a filha e as bonecas e finalmente transportá-las, no carrinho, até a loja.
A clientela elogiava a beleza de Andréia.
– Uma bonequinha. Tão linda e tão pequenininha.
Vez por outra alguém queria comprar uma de suas bonecas.
– Minhas filhas não são mercadorias. Estão na loja para me fazer companhia – desarmava a surpresa da cliente com um amável sorriso.
Andréia, nessa época, adorava as irmãs. Depois de beijar, uma por uma, se jogava no meu colo.
– Madrinha do meu coração, vamos até a praça? Quero brincar no balanço.
"Casinha da Milena" ia de vento em popa. Eu era a gerente e dividia responsabilidades. Se no princípio devia se importar tudo dos Estados Unidos, agora já se podia fazer encomendas a vários artesãos que lhes ofereceram móveis, molduras, quadros, variedade grande de objetos. A loja proporcionava a Milena e a mim conhecer pessoas interessantes. Fazíamos planos para ampliar as vitrinas.
– Você é um sucesso, querida.
– Graças a Gilda, que tem memória prodigiosa e uma capacidade de trabalho invejável. Conhece cada uma das clientes e o que compram. Sem ela a loja não iria tão bem e eu não teria tempo de cuidar das minhas filhas.
– De qualquer maneira o gosto é seu. Você é que tem amor pelas miniaturas – eu disse.

– Estou atrapalhada. Preciso ir a um jantar com o Ivan. Jantar de negócios. Você fica com a Andréia?

– Você sabe que eu adoro ficar com a minha afilhada.

Quando Andréia fez cinco anos, o casal soube que a filha tinha reais problemas de crescimento. Acondroplasia. Milena não quis ouvir o resto que o médico tinha a dizer. Foi para casa, abraçou a filha e cobriu-a de beijos.

O marido passou o dia preocupado, mas ao voltar do trabalho encontrou Milena e as seis filhas à janela, vendo a procissão passar, e se convenceu de que estavam todas muito felizes. Não havia nada a fazer.

O pai resolveu procurar, sozinho, médicos que pudessem curar Andréia. No Brasil e no exterior. A menina era linda e inteligente. Não permitiria que sofresse. Que não tivesse uma vida agradável.

Milena achou melhor não discordar do marido. Aprendera, naqueles anos de convivência, a controlar seus sentimentos. Era preciso que ele se acostumasse com a idéia.

O que não podia contar é que muitas vezes ela desejara que Andréia não crescesse nunca, que fosse como as suas outras filhas.

Mas Andréia crescia um pouquinho cada ano. O que mortificava as duas.

Aos dez, usava roupas de seis anos, e não queria freqüentar a escola. Sentia-se diferente e rejeitada. Milena convenceu o marido a deixar que contratasse uma professora particular, por um ano. Mais tarde ela voltaria para a escola. Gostava de ler, estudar, cantar e dançar. No entanto, meiga e carinhosa com os pais, Andréia passou a detestar as bonecas.

– São ridículas. Você gosta mais delas do que de mim, mamãe.

– Não é verdade, Andréia.
– Então guarde todas no armário.
– Vou levá-las para a loja.

Milena chegava antes da hora para mudar as filhas, causando a admiração das clientes que elogiavam as roupas, os penteados; só se aborrecia se alguma, desavisada, as quisesse comprar.

Andréia não voltou a freqüentar colégios, mas falava inglês e francês. Tinha talento para as línguas e para a pintura. Eram interessantes os seus quadros. O que mais impressionava é que ela pintava telas enormes. Não gostava de quadros pequenos. E ria.

Quando Milena teve um leve distúrbio cardíaco e precisou ficar em repouso, a filha veio me ajudar na loja e se deu muito bem. Era simpática e organizada.

Mas logo perdi a companhia. Nossa mais fiel e antiga cliente, a senhora Junqueira, trouxe o neto e apresentou-o a Andréia, sorrindo. Sabia o que estava fazendo. O jovem, apesar de ser mais alto do que ela, tinha baixa estatura também. E antes que Andréia completasse vinte anos foi pedida em casamento.

A cerimônia se realizou em casa, apenas para a família, clientes e fornecedores da loja. Gente como a gente – a mãe sorriu. Milena fez o enxoval todo bordado a mão e preparou a comida e os doces. Fazia uma única exigência: queria que as irmãs estivessem presentes. Andréia reagiu, mas acabou concordando. Lá estavam as cinco, sentadas no aparador de mármore, elegantíssimas em seus trajes de veludo. Como a mãe.

Os noivos não fizeram viagem de núpcias: para quê? Preferiram saborear a casa adaptada especialmente para eles. Andréia não via a hora de voltar a pintar no estúdio novo.

Eu continuo aqui, na loja, sentindo o enfraquecimento da memória: hoje em dia anoto tudo. Até que enfim estou me livrando de todo aquele lixo de informações inúteis. E Milena agora está feliz porque pode levar suas bonecas para casa.

Eneida de Morais

Eneida Villas-Boas Costa Morais nasceu em Belém (PA), em 24 de outubro de 1904, e faleceu em 27 de abril de 1971, no Rio de Janeiro. Uma das mais queridas e respeitadas personalidades do mundo intelectual e político entre as décadas de 1930 e 1970, viveu intensamente e lutou com coragem pelos ideais em que acreditava. Começou cedo a trabalhar na imprensa, no jornal *O Estado do Pará*. Em 1930, separada do marido, mudou-se para o Rio de Janeiro e passou a integrar o grupo de intelectuais constituído por Sérgio Buarque de Hollanda, Rachel de Queiroz, Murilo Mendes, Cícero Dias, Múcio Leão, Prudente de Morais Filho e outros. Participou intensamente dos movimentos políticos, como militante do Partido Comunista, tendo sido presa onze vezes durante o Estado Novo (Governo de Getúlio Vargas). Nessa condição, fez parte do grupo de mulheres encarceradas na Casa de Detenção da rua Frei Caneca (RJ), onde também se encontrava o escritor Graciliano Ramos, que a elas se refere no livro *Memórias do cárcere*, de 1953. Entre aquelas mulheres, estavam Maria de Moraes Werneck, Nise da Silveira, Olga Benário, Elisa Berger, Beatriz Bandeira Riff, Valentina Bastos e outras. Solta em 1946, passou a escrever para o jornal feminista *Momento Feminino*. Deixou estudo sobre o carnaval – *A história do carnaval carioca* –, o qual serviu de enredo para a escola de samba do Salgueiro, que, em 1973, depois da morte da cronista, a homenageou com o samba-enredo "Eneida – amor e fantasia".

BOA-NOITE, PROFESSOR

Severino ia e vinha: trocava pratos, enchia de água o copo, servia silenciosamente a mesa, certo de que, não demoraria muito, o professor ia dirigir-lhe a palavra.

– Tudo vai bem, Severino?

Esguio, ágil, elegante na sua pele escura, um resto de infância nos olhos, Severino pôs-se a falar da vida, difícil professor, cada vez mais difícil. Não sei como está vivendo o pobre, tudo caríssimo, um preço hoje, outro maior amanhã. Ontem dona Mariana amanheceu com dor de cabeça, pediu-me que fizesse as compras. Fiquei bobo, professor. Uma dúzia de bananas por quinhentos cruzeiros! Como pode o pobre viver?

– Ninguém está matando toda fome, professor.

– O pior, Severino, é que os jornais do governo afirmam que tudo navega num mar de rosas, que o custo de vida está baixando. Nunca se viu tanta mentira como agora. Falam em progresso, em prosperidade da nação, enquanto isso, vão passando para mãos estrangeiras as nossas riquezas, os nossos bens. Há muito tempo, um sábio disse que o Brasil era um vasto hospital. Agora qualquer pessoa pode dizer que o Brasil é um vasto campo de concentração.

Severino trouxe o café. O jantar terminara. Professor Nicolau olhou em torno de si. Os móveis de jacarandá, solenes, pesados, eram antigos mesmo e não dessas cópias ridículas feitas em lojas do Catete. Sobre eles brilhavam objetos de prata. Gostava de sua casa, daquele ambiente que criara em tantos anos de luta e de esforços. A grande janela aberta mostrava uma rua enfeitada de castanheiras e um céu enfeitado de estrelas. Levantou-se. Foi à cozinha e saudou:

– Até logo, dona Mariana. Muito obrigado pelo jantar. Estava ótimo.

– Boa noite, professor. Obrigada, digo eu.

Severino, Mariana, a arrumadeira Coralina, conheciam bem os hábitos do professor. Logo depois do jantar saía ele para a praia por onde caminharia uma, duas horas. Como gostava de andar o professor Nicolau.

Creio que será bom conhecermos um pouco de sua vida:

Viera de uma infância pobre e modesta. O pai, funcionário público lutando sempre com um salário pequenino; a mãe ajudando a casa com costuras e Nicolau nascendo, filho único, trazendo, para o pequeno orçamento do casal, despesas novas, extraordinárias. Mesmo assim, fora bem-vindo e amado. Um dia foi da morte do pai, no momento em que ele começava o ginásio. Do ginásio à Faculdade de Direito, trabalhando de noite, estudando de dia, estudando de noite e trabalhando de dia, pequeno burguês a quem se exige sapatos direitos, roupas limpas e dignas. Quantos sacrifícios mãe e filho se impuseram para que ninguém lhes conhecesse os problemas econômicos, monstros de enormes bocas sempre abertas, prontos a tragá-los. Era preciso lutar e lutar muito, não temer a realidade, fazer de todos os momentos, um momento heróico.

Assim veio, caminhando pelos anos o Dr. Nicolau dos Santos Araújo. No advogadozinho meio bisonho, uma vontade férrea: não temia concursos, não deixava de ficar noites e noites sem dormir, colado aos livros, agarrado em grossos volumes que lhe iam abrindo os olhos e a consciência para a análise da vida e a conquista da cultura.

Numa pequena sala num velho prédio da 1º de março uma placa modesta anunciava, depois de seu nome: escritório de advocacia. A primeira sala: mesa, duas cadeiras, um cabide para chapéus. Raramente apareciam clientes. Dessa mudou-se para outra melhor, ainda para outra e, nesta, já havia um tapete que o fazia sorrir: – imaginem, eu de tapete! Depois a clientela aumentando, o primeiro concurso ganho, o primeiro cargo público, o segundo, o terceiro, até obter o de catedrático da cadeira de Direito Público na Faculdade Nacional de Direito.

Não casara; namorara algumas vezes, chegara mesmo a amar e a pensar em casamento. Mas via sua mãe tão frágil, tão leve, tão marcada por um passado de lutas que sentia o quanto aquela mulherzinha se tornara forte para que ele pudesse vencer. Era justo que tudo lhe sacrificasse. Criar um novo lar seria arredá-la de qualquer modo de seu caminho e jamais cometeria essa traição. Teve afinal a felicidade de vê-la já sem deveres, tomando conta de sua casa, aquela casa da Barão de Ipanema, pertinho do mar – pobre mãe que sempre vivera nos subúrbios – sentada, pequenina, velhinha, nas altas cadeiras de jacarandá, presidindo o jantar, contando-lhe histórias do dia que passara (ambos não gostavam de relembrar o passado. Cutucar uma dor é fazê-la doer mais, dizia ela), do que fizera, os passeios que – enfim – agora podia dar.

Comprara a casa branca, assobradada, no tempo em que ainda era barata uma casa em Copacabana; mobiliara a seu gosto, mas sempre pensando que tudo era em homenagem a ela, heroína obscura, consciente de seu heroísmo. Viviam felizes como duas crianças, envelhecendo juntos. Seus cabelos foram negros e ele bem sabia que era, ainda agora, um homem bonito. Ainda agora nos seus cinqüenta anos, fazia sucesso nos salões que freqüentava. Não raro, senhoras mais afoitas ou moças em período matrimonial brincavam com o seu celibato.

Professor Nicolau, é verdade que o senhor não casou porque tem medo de mulher?

Ele ria – seu riso era muito claro – sorria, puxava com mais força pelo cigarro e costumava dizer que não casara por muito amor às mulheres em geral. Amava tanto, todas, que lhe parecia injusto casar com uma só.

Quando a mãe morreu – está fazendo agora três anos – pensou em casar. Mas habituara-se de tal modo aos seus livros, à sua casa, à sua liberdade que preferiu continuar visitando Maria Teresa, cercando-a de carinho, vendo-a, quando desejava, ela lá e eu aqui, compromisso apenas de amor. Antes de Maria Teresa outras Marias, casos que duravam muito, ou que não duravam nada, mas todos sempre pondo as alegrias do amor no celibato do professor Nicolau.

– Nem tão celibatário assim, pensava ele.

Noite realmente bela, aquela. O céu cheio de estrelas, automóveis cortando a praia, deslizando no asfalto, entrando em ruas: automóveis com ou sem destino. Espremida entre arranha-céus, a casa branca do professor: no andar superior duas janelas altas, com grades de ferro abauladas saudavam a rua; no térreo também havia outrora duas janelas que, um dia, o professor mandara transformar numa só iluminando seu gabinete de estudos (ele chamava a minha oficina), com livros subindo pelas estantes, livros demonstrando leitura (há quem os use apenas como decoração), manuseio, contatos íntimos. Na frente da casa um jardinzinho muito bem cuidado (seu Antônio, o jardineiro, esmerava-se). No fundo do terreno, plantada no quintal, uma outra casa, essa de construção mais recente. Ali residiam os empregados. Jamais professor Nicolau permitiria que uma empregada morasse nesses cubículos que nos anúncios de jornais são chamados "dependências de empregadas". A moradia do professor destacava-se não apenas pela brancura, pelo estilo antigo, mas pelas suas qualidades de casa propriamente dita. Mais de três incorporadores perseguiam-no com propostas, algumas vantajosas. Professor, construiremos aqui um *big* arranha-céu. Seu terreno é enorme. Não se usa mais jardim e quintal em Copacabana. O senhor pode ficar com dois andares. E as propostas de venda se sucediam; diante delas o professor apenas sorria. Uma velha tia, por parte de pai, e seus filhos que resolvessem depois de sua morte. Mas morrer o professor não queria nem pensava; morreria contra a sua vontade tanto amava a Vida, seus alunos, seu trabalho, seus hábitos, as manhãs de sol, as noites de lua e, principalmente, a Humanidade.

Ir do posto um ao seis, voltar, caminhar pelo meio-fio vendo bem perto a praia e sentindo o cheiro do mar era um enorme prazer para o professor. Enquanto caminhava, anúncios luminosos proclamavam nomes de hotéis, noticiavam *shows*, diziam de postos de gasolina e ele andava, analisava problemas sociais brasileiros que tanto o preocupavam, rememorava fatos e, muitas vezes, mentalmente, preparava lições do dia seguinte. Não raro, caminhando, ouvia: – Boa-noite, professor Nicolau. Tudo bem? Respondia ao jovem que podia ser uma moça ou um rapaz, na certeza de que aquele ou aquela fora ou seria seu aluno na Faculdade.

Na noite clara, mais claros eram os seus cabelos e sua elegância era tão eloqüente que passava despercebida.

Aqui foi o Wonder Bar onde um grupo com roupas tirolesas tocava a noite inteira canções e músicas do Tirol; vivia cheio de gente. Ali foi o Bar Alpino. Parece que a orquestra de saxões louros saiu do Alpino para o Wonder Bar. Durante muitos anos o Bar Alpino foi o lugar do melhor chope do bairro; alemães gordíssimos saudavam-se alegremente com canções, emborcando enormes canecas de chope. Tantas casas senhoriais viraram arranha-céus. Tantos bancos, agora e sempre tão luxuosos que mais parecem boates. Por que andam escrevendo tantos livros contra Copacabana como se este bairro fosse dissoluto? Juventude transviada? Mas não é produto de Copacabana, é da época. Puxadores, curradores há no Méier, nos subúrbios mais distantes. Nunca vêem o lado bom de Copacabana; não sentem que aqui, como em outros bairros, para uns a vida é prazer, riqueza, para outros é luta, muita luta, miséria, sofrimentos. E Copacabana é tão linda!

Na volta darei uma olhada na Livraria Francesa; deve haver novidades.
Boa-noite, professor. Dando sua voltinha? Como vai professor? Naquela noite demorou-se um pouco mais. Chegou em casa passando da meia-noite. Quando se aproximou das grades do jardim, estranhou. Havia no primeiro andar uma luz vacilante. Não seria de uma lâmpada acesa, descuido de Severino ou da arrumadeira. Conhecia-os bem. Jamais iriam sair ou dormir sem deixar tudo em ordem. Atravessou o jardinzinho, subiu os quatro degraus que levavam à porta de entrada e viu que ela estava apenas encostada. Quem a teria aberto? A calma, sua companheira inseparável, envolveu-o todo. Entrou no escuro, preocupado em não fazer o menor ruído. Sentou-se na poltrona do *hall* que ficava bem em frente da escada atapetada que levava ao andar superior. Quis acender um cigarro, mas achou mais prudente ficar envolto na escuridão e esperar. Lá em cima alguém andava de um lado para o outro. Depois ouviu pés começando a descer a escada; quando sentiu que faltavam apenas alguns degraus para o visitante pousar no rés-do-chão, o professor acendeu a luz do abajur que ficava ao lado da poltrona. Um homem grande, forte, escuro, jovem, sobraçava enorme embrulho.

— Boa-noite, senhor ladrão.

O choque recebido pelo ladrão foi tão inesperado, tão violento que não teve tempo de reagir.

— Então veio roubar-me? Logo a mim, veja o senhor, a mim que sei o que o senhor não sabe. Pensa que nasceu para ladrão, que nasceu para roubar? Tolice. Quem faz o ladrão é a sociedade em que vivemos, uma sociedade de exploração do homem pelo homem, de opressão, negando à maioria o direito de ser gente, não dando escolas a todos, não ajudando a criança pobre em nenhum sentido. O senhor sabia disso? Sente-se aqui. Não seja tolo. Vai puxar arma para quê? Meus empregados ouvirão o tiro e virão correndo. Matando-me o senhor vai na certa para a cadeia e creio que já sabe, cadeia é a pior coisa do mundo. Faço-lhe uma proposta: vamos ver o que o senhor roubou. Há, realmente, nesta casa muita coisa inútil. Presentes de amigos e de alunos. Mas vamos ver: ah! esse candelabro o senhor pode levar. É de prata e nunca me acostumei com ele, tão inútil é. Dois relógios de pulso. São bonitos mas não funcionam; aliás creio que o senhor terá dificuldade em vendê-los. Este é alemão, não há na praça peças para substituir as quebradas. Este outro não vale nada. Pode levá-los. Ah, não. Isso desculpe, mas vai me fazer muita falta. Não sei se o senhor é como eu em matéria de escovas para cabelos. Foi uma luta achar esta que é da melhor qualidade. Não; esta escova e o pente que a acompanha fazem parte de minha vida, me são muito necessários. Vamos ver o resto.

Passaram objetos e mais objetos; de muitos o professor abria mão dando ao ladrão o direito de levá-los. Não; essas abotoadoras o senhor não leva; foram o último presente de minha mãe. Não têm grande valor, mas acho que o senhor compreende. Minha mãe morreu logo depois. O senhor deve ter mãe, sabe como é. Gostou dessa estatueta? Pois olhe eu acho-a de um mau gosto incrível. Leve-a, leve-a. Não, esta espátula de prata é de abrir livros. O senhor sabe, sou professor, leio muito e ainda há livros que vêm com páginas fechadas. Não imagina como é chato ter que abrir livros. Tenho

outras espátulas, mas essa é a melhor. Esta, desculpe, o senhor não leva.
O homem grande, forte, escuro, jovem, estava inteiramente dominado. Aquele outro homem de cabeça branca, também forte, tão bonito, tão bem vestido tratava-o de igual para igual, falava com uma voz serena, de timbre agradável. Na hora da repartição das roupas riu muito: nada disso serve no senhor, disse. Era impossível reagir? Nunca lhe acontecera um caso daqueles. Que homem era aquele? A partilha durou muito tempo. Ia chegando a madrugada quando o professor disse:
– Eu podia lhe oferecer qualquer coisa para comer ou beber; podíamos mesmo conversar melhor, mas é hora do senhor partir porque daqui a pouco começa o movimento da rua. Leve o que é seu e, boa-noite.
O ladrão pegou a maleta que o professor lhe dera:
– Não use embrulhos que chamam muito atenção. Uma maleta é melhor; parece que o senhor vai viajar.
Olhou o dono da casa. Professor Nicolau levou-o à porta, despediu-o dizendo: era bom que o senhor deixasse de ser ladrão. Lute contra isso; sei que é difícil. Quando uma pessoa é presa como ladrão a polícia se encarrega de fazê-lo ladrão a vida inteira. Olhe: se o senhor quiser deixar essa profissão, quem sabe lhe arranjarei um emprego? Pense bem. Não volte mais, custou-me muito e muito trabalho fazer esta casa com tudo o que ela tem.

O ladrão atordoado, vencido, esmagado, espantado, saiu para a rua e, sem saber por que, foi andando firme como se não devesse nada a ninguém.
O Professor subiu as escadas, atingiu o segundo andar, recolocou nos devidos lugares tudo que o ladrão re-

tirara. Seu quarto de dormir e o de vestir pareciam ter saído de um terremoto.

— Coralina amanhã vai ter muito trabalho.

Preparou-se para deitar. Pensou: hoje não lerei nada; é muito tarde. E em voz alta: — Um jovem, um jovem. Que miséria.

Flávia Savary

Nasceu no Rio de Janeiro em 1956. Escritora, ilustradora e dramaturga. Filha da escritora Olga Savary. Graduou-se em Letras pela UFRJ em 1980. Participou de exposições bem como de várias antologias poéticas e de contos, no Brasil e no exterior. Recebeu mais de 40 prêmios literários, entre eles menção honrosa no Concurso Guimarães Rosa/1998, Paris/França, por *Meninos, eu vi*. Obras: *25 sinos de acordar Natal*, de 2001; *Querido amigo*, de 2002, ambas ilustradas pela própria autora.

Doce de Teresa

Teresa, não. As outras não sei, mas ela, com certeza, não. Nunca reclama. Parece um doce que não desanda. Sentada na varanda da sua casinha modesta, mas limpinha, casinha branca de janelas azuis, tão de brinquedo que parece uma pintura. Florezinhas plantadas em latas de óleo vazias, um gato malhado que dorme no primeiro degrau. Borboletas voando que estalam as asas, feito quem diz: "Ai, que bom viver! Ai, que delícia". Ali não é um lugar, é uma lembrança de infância.
Será por isso que os filhos nunca aparecem? Nem para as festas? As comadres falam "que absurdo!" e outras exclamações cheias de vogais. Teresa, não. Nunca reclama. Ao invés, faz mais doces, mais e mais. E tão difícil que é, veja só: num fogão de lenha! Tem que catar graveto, que ela não tem dinheiro para encomendar lenha já cortada, como a vizinha Salete, aposentada do Correio. Que quê tem? Graveto dá no chão, graveto dá de graça. É só pegar.

Teresa pega as coisas do ar. Com seus olhinhos de jabuticaba, só faz sonhar. Por isso que a vida não dói. Fazendo beiradas de paninhos de copa, vai cabeceando, cabeceando até cochilar. Entra no sonho, toma um sorvete com o primeiro namorado, brinca de roda com as amigas de longas tranças, banho de rio, rouba goiaba e faz doce de tacho... Acorda com o cheiro do doce de verdade. Quase passou da hora de tirar do fogo!

Teresa gostava muito de filme de bangue-bangue. Perdia tempo escrevendo cartas compridas para uma sua prima do interior mais interior que o dela. E tendo já uma queda para o doce, ia matando menos índios, dando menos tiros, amansando os gritos, aumentando os romances e suspiros, terminando por fazer do tal filme, um melado. Mas agradava. A prima sempre respondia agradecida, dizendo que não perderia de jeito nenhum o tal filme quando passasse em sua cidade. Que nunca ia ser: no interior do interior ninguém nem sabia o que era filme, que dirá cinema.

Isso quando era menina-moça. Depois, o marido largou dela e teve de pelejar para criar os sete filhos. Só. Com doce. O que ficava de menino com o nariz espetado na janela, que nem pardal querendo roubar pão da mesa de gente, nem de conto. Um mundo! Esqueceu dos filmes. E o doce? Levado em potes para as casas com mais abastança. Nem por isso acabava de brotar do seu coração, mais doce, mais e mais. Quem não tem vocação para amarga, venha a onda que for – não arrasta. Nem salga.

Nesse meio tempo, teve de botar as cartas, as letras, os filmes, histórias de lado. Para depois. Mais depois sempre vem. Os sete filhos criados foram cada um para um lado. Nenhum puxou o jeito doce, todos traziam o selo do pai: sério, preocupado com essa coisa de fazer dinheiro. Os filhos, iguais, foram buscar o ouro no pote do final do arco-íris. Teresa queria era o pote. E o arco-íris. O ouro, se tivesse, botava de enfeite num bolo.

Um dia, procurando cortes de fazenda para fazer um vestido novo de Natal, deu com as cartas da prima. Que saudade de escrever! A prima, já morta, escrever para quem? Os filhos trabalhavam tanto, os netos e bisnetos nunca iriam responder...

– Pra mim, ué. Então, eu não sou ninguém?

A mão, treinada de doce, buscava um gosto de começar. Com canela ou sem? Pitada de baunilha, sim ou não? E foi soltando a imaginação, brotando o caldo em calda. Uma vida toda para contar, bem temperada. Doce que nem ela. Feito compotas guardadas em porões secretos, coisas simplezinhas que, envelhecidas, se tornam finas iguarias que adoçam a mesa dos reis. Escreveu, escreveu, escreveu. Depois amarrou o monte de cadernos de espiral com uma tira de chita florida. E deixou para lá.

Até que um dia... (sempre tem um dia que as coisas mudam, sei lá por quê). Um dia, os filhos disseram que vinham para o Natal. Com a família completa. Vai ver assistiram a um desses filmes xaroposos na televisão, em que morre a mãe velhinha, sofrendo da horrível dor da solidão e do abandono. É verdade que é triste isso de passar borracha em gente, mas Teresa... Teresa, não. Nunca reclama. Achou boa a idéia. E foi fazer doce.

Trabalhou que foi uma enormidade. Mas quando se tem noventa e seis anos já não se é mais uma menina. Vá convencer Teresa disso! Arrumou a casa, preparou tudo, os meninos chegavam daí a pouco. Terminou, guardou o avental e foi se sentar na varanda, na hora da Ave-Maria. Que pôr de sol bonito! Parecia um caldo de goiabada esparramado nem chão de azulejo azul. Foi cabeceando, cabeceando até cochilar.

Nem o barulho das gentes chegando acordou Teresa. Nem os beijos dos bebês, cheios de lágrimas do medo de ver um rosto tão marcado de rugas. Nem os presentes de todo tamanho. Nem chamando pelo nome, que fazia tempo ela não ouvia de boca outra que não a própria. Nem balançando de leve a cadeirinha. Nem sacudindo, sacudindo. Teresa entrou no sonho e era um sonho tão doce, doce, mais e mais. Nem deu vontade de sair. Parecia um sonho de verdade, não como aqueles de padaria. Dos feitos em casa.

Depois do enterro, a família voltou para casa com pressa de ir embora. Não cabiam mais ali. Distribuíram os muitos doces entre si, arrumando as coisas igual quem quer fugir. Quase iam deixando o principal para trás. Porém um menino soltou do colo da mãe e, andando por aí, deu com uma ponta de chita florida embaixo da cama. Foram abrindo os cadernos, um por um, lendo devagar, sentando no chão para apreciar. Aquilo é que era doce!

Não sei... É por essas e outras que eu acho que a vida devia começar pela sobremesa. O salgado vinha depois. Porque, às vezes, quando o doce chega, não tem mais espaço...

Helena Parente Cunha

Natural de Salvador (BA). Nasceu em 13 de outubro de 1930. Radicou-se no Rio de Janeiro, onde vive até hoje. Poeta, ficcionista, tradutora, professora universitária, pesquisadora, ensaísta e crítica literária. Em 1960 estreou com o livro de poemas *Corpo do gozo*, premiado no Concurso de Poesia da Secretaria de Educação e Cultura da Guanabara, em 1965. Em 1980 publicou *Maramar* (poesia experimentalista) e *Os provisórios* (contos). A partir de *A mulher no espelho*, de 1985, consolidou-se na temática da escritora a preocupação com as questões relativas à identidade feminina, como se vê na ficção de *As doze cores do vermelho*, de 1998, e nos contos de *A casa e as casas*, de 1996. Outras obras: *Jeremias, a palavra poética*, de 1979; *O lírico e o trágico em Leopardi*, de 1980; *Cem mentiras de verdade*, de 1985; *O outro lado do dia*, de 1995; *Mulheres inventadas-1*, de 1996; *Mulheres inventadas-2*, de 1997; *Vento ventania vendaval*, de 1997. Traduzidos no exterior: *A mulher no espelho* (alemão e inglês) e *A casa e as casas* (alemão). Sobre esta autora, conclui Nelly Novaes Coelho: "Consciente do presente em devir e interrogante do passado, onde os alicerces foram lançados, a obra de Helena Parente Cunha é testemunho e abertura para o futuro."

O PAI

Aquele cansaço de existir, aquela gosma impregnando os ossos, os músculos, os tecidos, o sangue estagnado sob a pele desbotada, nem mesmo um gesto a se estender no ar, ela parada na porta, nem indo nem vindo, só ali, não se mexendo, há quanto tempo a última alegria? o último sorriso? cansaço, esforço inútil de respirar, gosma grudando o ar e a parca luz do quarto fechado, cada um na sua bolha fofa e fria, frágil fio por partir num sopro.

O pai parado na porta entre o quarto e agora. Por que você chegou tarde? Onde já se viu moça de família na rua a estas horas? Você sabe que horas são? Há anos são dez horas da noite, nunca mais amanheceu. Quem é aquele vagabundo que estava com você na saída da escola? A manhã inteira esfregando a saia de flanela azul pregueada no banco, o quadrado da hipotenusa é igual à soma do quadrado dos catetos, no universo nada se perde, tudo se transforma. Tudo se transforma em quê?

Quem é aquele sacana que estava com você na saída da escola? A escola, sempre a escola. Professora ou aluna, sempre a escola. Diante da turma, que vontade de mandar todos os alunos para aquele lugar, que horror, de que adianta ensinar o teorema de Pitágoras? as meninas esfregando nos bancos as calças *blue jeans*, o que é cateto? já pensou, o quadrado do cacete?

O pai parado na porta, entre o triângulo e a buzina do carro. Quem é aquele desgraçado que lhe deu carona? São dez horas da noite no universo inteiro e tudo se transforma em triângulos exatos. Quem é aquele... Pelo amor de Deus, pai, eu tenho quarenta anos, até quando você vai pedir satisfações de minha vida? Desculpe, pai, papaizinho, eu rasguei meu vestido brincando no quintal, desculpe.

O pai parado na porta, entre a boneca e a tarde. Quem é aquele menino que estava correndo na rua atrás de você? Você não sabe que é feio menina brincar com menino? E o muro? Você não sabe que menina não sobe em muro? Desculpe, papai, eu só queria ver o que havia do outro lado. Do outro lado do muro havia o havia. As meninas se encontravam com os meninos atrás do muro. Mas papai, eu quero tanto ir ao aniversário de Teresinha, não tem nada demais, eu já estudei, já fiz todos os deveres, estou cansada. Cansaço gosmento na cabeça, nos olhos inchados.

O pai parado na porta, entre o barulho dos ônibus e o tapa. Quem é aquele rapaz que estava conversando com você na esquina? Não tem nada de quinze anos nem nada, sua mãe nunca conversou comigo sozinha antes do casamento. Mas papai, a gente não mora na roça.

O pai parado na porta, entre o caixão que saía e o retrato da mãe vestida de noiva, o retrato pendurado na parede. De agora em diante, minha filha, você tem que tomar conta de seu pai, fazer companhia a ele, seja uma boa filha. Namorar? Quem é aquele miserável que quer desgraçar a sua vida? Você não tem pena de seu pai? Você sabe que horas são? Onde já se viu escola terminar a esta hora? Que reunião que nada. A escola, sempre a escola. Os ângulos de um triângulo somam 180°. Por quê? Nunca, mas nunca mesmo poderá mudar? Esta soma será eternamente mesma num universo onde nada se perde e tudo se transforma? Nada se perde, nem os dias nem os anos nem as horas, nada se perde, mas tudo se transforma num monturo de lembranças rançosas de tudo que não pôde ser no baile de formatura. Professora, sim, senhora, parabéns. A parentada toda despejou-se do interior, aqueles parentes tabaréus, as mulheres com o rosto todo caiado de pó de arroz, os homens com as cabeças engorduradas de brilhantina, todos atarantados junto dela, que vergonha, as tias e as primas enfiadas nos vestidos de tafetá chamalotado, cheios de franzidos, sem saberem se seguravam as bolsas ou os chapéus de palha enfeitados de flores as mais indefectíveis, ah que vergonha, os ternos desajeitados de casimira listrada dos tios e dos primos amarrados às gravatas de cores desgovernadas, sim senhora, parabéns, professora, a primeira aluna de toda a faculdade, vejam só, ela estudou na faculdade, pena que a mãe não esteja mais na terra pra ver, coitada.

Em todo o correr dos anos, tudo se transforma. Pitágoras, não, nem se perde nem se transforma, irredutível na sua exatidão geométrica, os alunos se transformam, os alunos esfregando os bancos, as calças cáqui de brim, os *blue jeans*, você é menino ou menina?

O pai paradíssimo na porta, entre um ano e outro ano. Quem é aquele veado que estava com você no ponto de ônibus? Ah! é uma amiga, este mundo está perdido e você ainda reclama porque eu me preocupo com você. Hoje nós vamos ao cinema juntos. Hoje nós vamos ao aniversário de sua tia. Por que você quer sair sozinha? Filha ingrata, eu faço tudo para lhe distrair e você fica aí toda

emburrada. Domingo que vem nós vamos passar o dia em Itaparica na casa de seu padrinho (mas papai) você não quer ir por quê? Você tem que espairecer. O pai parado na porta, entre um anúncio e um comprimido. Ainda bem que você chegou cedo, vamos ver a novela das oito na televisão. É boa esta novela, eu gosto muito de novela, você precisa ver novela, distrai muito. Sim papai, de agora em diante, eu vou ver todas as novelas, a das seis a das sete a das oito a das dez, tem das onze? Não, é bom que não tenha porque a gente dorme cedo, você tem que acordar cedo para ir à aula. Por que você quer fazer curso de pós-graduação? Pra quê? Bobagem, minha filha, você já estudou muito, trabalha muito, já não é criança, de noite precisa descansar. Sim, o cansaço, tanto cansaço, torpor guardando os membros e os pés no chão, não quero sair não, papai, vamos ver televisão.
 O pai parado na porta, entre a bengala e o catarro. Quem é aquele velho sem-vergonha que saiu com você da escola? Será possível que você não sabe o que os outros vão pensar? Mas papai.
 O pai parado na porta, atravessado entre a hora de sair e a hora de nunca mais. Papai?
 Cansaço. Cansaço de existir. Ela parada na porta, entre ficar e não sair, o corpo colado numa gosma nem fria nem quente, um amarrado nos ossos, um grude se enfiando pelos poros, alguém tocou a campainha? Ninguém entra ninguém sai, o teorema de Pitágoras demonstrando para sempre até as mais densas profundezas do cansaço essencial. O quadrado do sim é igual à soma dos quadrados de todos os nãos incendiados na medula. Cansaço de viver e não viver. Nada se perde nada se ganha. O universo inteiro transformado num atoleiro bolorento de esquecimentos do que nunca aconteceu em nenhum dia, em nenhuma hora, atrás do muro da escola, onde houve um menino e uma menina.

Heloisa Seixas

Romancista e contista contemporânea, Heloisa Seixas nasceu no Rio de Janeiro em 1952. Cursou jornalismo na Universidade Federal Fluminense. Foi diretora da Rio-Gráfica editora e trabalhou na Agência de Notícias UPI. Tem um público leitor fiel, que cresceu depois que passou a publicar semanalmente na revista "Domingo" do *Jornal do Brasil* uma coluna com seus "Contos mínimos". Entre suas obras estão os romances *A porta*, de 1996, e *Diário de Perséfone*, de 1998.

ASSOMBRAÇÃO

Clara deu uma risada nervosa quando ouviu a insistência de Clarice ao telefone:
— Eles fazem questão de que você vá. Querem que você conheça o sítio mal-assombrado.
— Mas... você tem certeza de que vai ter lugar para todo mundo? — indagou. Sabia que Clarice iria com os dois filhos. Ela mesma teria de levar seu menino, pois o ex-marido estaria viajando no fim de semana. Contando com os donos do sítio e mais um casal convidado, que ia com o filho adolescente, seriam ao todo dez pessoas.
— Talvez fosse melhor nós irmos num fim de semana em que eles não tenham outros convidados — argumentou.
— Não seja boba, Clara. Tem lugar, sim. Senão eles não teriam insistido tanto. Não adianta vir com desculpas. O que há? Está com medo?
— Claro que não! Você sabe muito bem que eu não acredito nessas coisas — retrucou.

Não, não era medo. Sentia uma inquietação. Sim, estava inquieta, tinha de admitir. Como se pressentisse a aproximação de um perigo. Mas sabia que isso era uma bobagem. O que poderia haver, afinal? Seu filho, Pedro, de sete anos, estava louco para ir. E ela própria ficara curiosa com as histórias de fantasmas.

Vinha ouvindo as tais histórias havia meses, desde que conhecera Clarice. Os olhos castanhos da amiga brilhavam de excitação quando ela as contava. Clarice. Era engraçado pensar que só a conhecia havia... quantos meses? Junho, julho, agosto, setembro. Quatro. Só quatro meses. Sentia como se fossem amigas de infância. As crianças também. Pedro e os dois meninos se entendiam e desentendiam como irmãos. E de certa forma o eram. Pelo menos Pedro e Paulo. Os dois, o filho de Clara e o filho mais novo de Clarice, haviam nascido na mesma época, com uma diferença de apenas dois dias. Nada demais, não fosse por um detalhe, descoberto por acaso: um dia em que Clarice aparecera com a certidão de nascimento de Paulo, as duas viram, com grande surpresa, que o nome da testemunha no documento era do ex-marido de Clara, pai de Pedrinho. Como é de praxe em cartórios, os pais que estão na fila do registro assinam como testemunhas uns dos outros. A coincidência engraçada era que os ex-maridos de Clara e Clarice tivessem ido ao mesmo cartório, no mesmo dia e na mesma hora para registrar os filhos, sete anos antes de elas duas se conhecerem.

Clara sorri, lembrando-se do espanto de Clarice ao fazer a descoberta. Sempre tão engraçada, tão alegre, Clarice prendia a atenção de todos onde chegava. Era uma mulher bonita, de cabelos muito negros, pele morena aveludada como a superfície de um pêssego, olhos de um castanho líquido que pareciam a todo momento umedecer seus longos cílios. Uma pessoa tão doce... Pena que se metesse em tantas loucuras. A própria Clarice lhe contava suas aventuras, suas noites de bebedeiras e drogas, a sucessão interminável de namorados, como se quisesse se vingar dos dez anos de casamento que tanto a haviam atormentado. Errava pelos bares à noite em companhia de pessoas que pareciam dispostas apenas a sugá-la, aproveitando-se de sua bondade, gravitando em torno dela como vampiros sedentos. Bebia demais e quanto mais se misturava àquela gente mais compulsiva se tornava. Drogava-se com freqüência, às vezes mesmo subindo morros com os companheiros de noitada, em busca de droga. Clara temia por ela, pelas crianças. Procurava dar-lhe conselhos, mas de nada adiantava. Havia nela, naquela mulher tão delicada, uma poderosa sede de autodestruição, que a subjugava. O tal casal dono do sítio mal-assombrado era talvez um dos poucos de seu círculo de amigos, além da própria Clara, que não vivia metido em loucuras.

O sítio. O sítio mal-assombrado. Ia afinal conhecê-lo. Clarice falava tanto nele... Clara não podia negar que estava curiosa. Outro dia, num jantar em casa de amigos comuns, o sítio mal-assombrado fora o assunto da noite. Clara lembrava-se bem. Todos falavam com naturalidade dos fantasmas, parecendo mesmo divertir-se com a situação. Ninguém tinha medo. Clara tampouco. Na verdade ouvia aquilo com grande dose de incredulidade. Mas sentira uma sensação desagradável ao ouvir dos donos do sítio a explicação para tanta assombração: segundo eles, o antigo dono do lugar se suicidara lá, enforcando-se junto a uma bela cachoeira existente dentro da propriedade.

Clara arrepiara-se ao ouvir aquilo. Tinha horror a enforcamentos. Desde muito pequena, quando ouvia na escola as histórias de Tiradentes, fixava na professora os olhinhos muito abertos, sentindo um nó na garganta, como se uma invisível corda ali lhe apertasse. Perguntara ao casal como eles tinham ficado sabendo daquilo. Por intermédio dos próprios herdeiros, de quem haviam comprado a propriedade, disseram. Clara engolira em seco.

Eram muitas, as histórias. Todos ou quase todos os amigos do casal que já haviam passado dias no sítio tinham um caso para contar. Um rapaz, de nome Caio, relatara que certa vez vira uma mulher agachada chorando num canto da sala. Ia passando distraído quando dera com ela. Voltara-se para olhar uma segunda vez, a fim de se certificar do que estava vendo, e ela já havia desaparecido. Alguém perguntou se ele não tinha bebido muito naquela noite e ele teve de admitir que sim. Todos riram.

Outra amiga relatara sua experiência, dizendo ter acordado no meio da noite com um infernal barulho de pratos e panelas na cozinha. Como muitas pessoas estavam hospedadas no sítio naquele fim de semana, levantara-se furiosa pensando em reclamar com a turma que fazia o barulhento lanche da madrugada – e ao chegar ao fim do corredor se deparara com a cozinha silenciosa e vazia.

Havia também o caso do suspiro. Este se dera com Pablito, rapaz solteiro e mulherengo que era velho freqüentador dos fins de semana assombrados. Na ocasião, ainda se vangloriava de ser um dos poucos que jamais tinham visto uma alma penada na casa. Certa noite, já estava deitado sozinho no quarto, com as luzes apagadas, quando ouvira, a seu lado na cama de casal, um suspiro. Um suspiro profundo e sentido, um suspiro de mulher. Logo imaginara que alguma das moças hospedadas na casa fora refugiar-se a seu lado. Levantara-se, intrigado. Fora, às apalpadelas, até a parede junto à porta em busca do interruptor, já que o abajur estava sem lâmpada. Acendera a luz. A cama estava vazia. E no mesmo instante ele se lembrara, sentindo-se gelar da cabeça aos pés, de que havia trancado a porta por dentro antes de se deitar. Desde então nunca mais duvidara das histórias de assombração.

Clara ouvira aquelas histórias com curiosidade mas, por um motivo ou por outro, fora adiando a ida ao sítio. Agora, ao que parecia, chegara a hora. Tempo de enfrentar os fantasmas, pensou, com um sorriso de incredulidade. Dali a três dias.

Já lhe tinham dito que o sítio era um local belíssimo, encravado num vale em meio a montanhas, mas Clara se surpreendeu. Que lugar! Assim que os carros deixaram a Rio–Petrópolis, tomando à direita um caminhozinho de terra, todo esburacado, ela sentiu como se penetrassem um mundo intocado pelo homem. O caminho de terra, que só dava passagem para um carro de cada vez, cortava a mata fechada, com cipós pendurados. Nas margens, tapetes de marias-sem-vergonha e no ar um cheiro penetrante de folhas apodrecidas.

Era úmido ali. A mata quase se fechava sobre a estradinha e, como ainda havia muita névoa, o caminho se tornava mais sombrio. Fazia frio, muito frio. Fecharam as janelas. Vidros embaçados, mal se enxergava o caminho à frente e os três carros seguiam devagar, pelo chão de barro escorregadio. Risadas nervosas cortavam o silêncio.

De repente, Clara viu surgir o vale à sua frente, deslumbrante. Era um descampado cheio de sol, cercado de montanhas sombrias por todos os lados. A trilha úmida terminava de repente, desembocando em toda aquela luminosidade que quase cegou.

Saltaram. A casa, daquelas antigas, com varandões em arco e janelas pintadas de azul colonial, ficava a um canto, junto a um imenso *flamboyant*. À frente, estendia-se o gramado, salpicado por troncos com bromélias e alguns arbustos. Era um vale descarnado em meio às montanhas cobertas por mata fechada, num lindo contraste.

– Não parece uma casa mal-assombrada – comentou Clara.

Clarice sorriu, sem nada dizer. E a amiga do casal, mãe do adolescente, dando de ombros:

– De noite é que vamos saber.

A primeira coisa que fizeram, depois de deixar a bagagem nos quartos, foi sair para conhecer a cachoeira, o lugar mais bonito do sítio, pelo que todos diziam.

Do lado esquerdo da casa, havia uma pequena trilha na mata que levava até lá. Um caminho menos sombreado do que a estrada de carro. Ali, a luminosidade penetrava pelo trançado das folhas. Junto à trilha, grandes touceiras de colônias, lírios e xaxins formavam a vegetação.

À medida que caminhavam, Clara sentia como se a mata os envolvesse, com seus cheiros de flores e terra úmida, seus murmúrios e zumbidos que se fundiam em uníssono, como uma respiração. Caminharam assim durante algum tempo, até que começaram a ouvir o som das águas. Chegavam ao fim da trilha. A pequena clareira, ornada pelas pedras do regato, foi o ponto onde todos pararam, hipnotizados pela beleza do lugar. A cachoeira era um santuário. Um fio d'água se despejando sobre um laguinho verde-escuro, pequeno e gelado, como um cenário de cinema. Era tudo tão perfeito, tão harmônico e bonito, que o primeiro pensamento de Clara foi que era difícil entender como alguém podia se matar num lugar assim. Arrepiou-se ao pensar nisso. Ficou por um tempo sentada sobre uma pedra limosa, olhando toda aquela beleza. Depois tomou coragem e mergulhou na água cor de esmeralda. Tão gelada que sentiu vontade de rir e chorar. Começou a nadar para se aquecer. Nadou em direção à queda-d'água. Quando já sentia os respingos gelados sobre sua cabeça, parou de nadar e olhou para cima. A água parecia fumaça de gelo seco. E os respingos que lhe caíam no rosto produziam uma sensação de choque na pele. Ficou assim por uns segundos, tentando manter os olhos abertos apesar da água que caía com força.

Foi quando sentiu a tontura. Uma tontura tão forte que precisou se segurar na parede de pedra para não afundar. Agarrou-se a ela, respirando fundo, os olhos arregalados, com a sensação de que ia desmaiar. Procurou acalmar-se. Sabia que não havia perigo, já estava passando. E depois todos estavam ali, nada de mal lhe poderia acontecer. Com o coração batendo forte, nadou de volta para a parte rasa.

Chegou ofegante.

– Está fora de forma, hein? – brincou alguém.

Clara deu um sorriso sem graça:

– Foi o frio.

Quando a água ia ficando cada vez mais gelada e as crianças já começavam a reclamar de fome, decidiram

que era hora de voltar. Tomaram outra vez a trilha estreita, um atrás do outro, por entre as árvores. Clarice ia bem à frente de Clara, sempre brigando com o filho, Paulo, que ameaçava embrenhar-se no mato a cada instante.
De repente Clara sentiu o cheiro. Um cheiro doce e inconfundível de caju. Caju maduro, já meio pisado, quando dele escorre líquido, fazendo juntar mosquitos. Cheiro forte e gostoso, quente, que destoava da paisagem fria da montanha.
– Que engraçado... que cheiro de caju! – disse para Clarice, à sua frente.
Ouviu com nitidez a resposta dela, embora Clarice não chegasse a se virar para trás.
– É ele. Ele gostava muito de cajus.
Clara bateu no ombro da amiga.
– Ele quem?
Clarice virou-se e olhou para ela.
– O quê?
– De quem você estava falando? – insistiu Clara.
Clarice franziu a testa, com ar debochado.
– Ficou maluca, é? Do que *você* está falando?
– Eu estava falando sobre o cheiro de caju. E você respondeu alguma coisa sobre alguém que gosta de cajus...
Clarice olhou para ela, espantada.
– Eu? Eu não abri a boca! – disse.
E depois de uma pausa:
– ... e além do mais com o frio que faz nestas montanhas, não sei como você pode estar sentindo cheiro de caju. Um pé de caju aqui morreria congelado...

A noite chegou muito fria, mas nada assombrada. Clara sorriu ao pensar nisto. Estivera inquieta todo o dia, por causa dos acontecimentos estranhos na cachoeira, mas já quase se recuperara. A tonteira, claro, fora conseqüência do frio. Ou estômago vazio, talvez. E o comentário de Clarice... bem, com certeza se enganara, ouvira errado. Ou talvez fosse molecagem de Clarice, para testar seu medo. Sorriu. Respirou fundo. Precisava livrar-se daquele aperto no peito. O lugar era tão bonito, tudo tão agradável. Não havia razão para se sentir inquieta.

Assim que a noite caiu completamente, todos foram até a varanda olhar o céu. Um céu de planetário. Fundo negro e estrelas, estrelas, estrelas, como só é possível ver num lugar assim. E em torno das montanhas, suas sombras imensas, silenciosas. Nenhum ponto de luz na mata, nada. Nenhum vestígio do ser humano.

Depois do jantar, aquecidos por vários copos de vinho tinto, foram todos lá para fora. As crianças também, muito bem agasalhadas, pois o frio era cada vez mais cortante. Iam, por sugestão dos donos da casa, brincar de se pendurar no céu.

Estenderam cobertores no gramado em frente à casa e se deitaram, depois de apagar todas as luzes. A brincadeira consistia no seguinte: cada um devia ficar deitado, de olhos fixos no céu, e tentar imaginar que estava em cima dele, pregado em uma abóbada e vendo o infinito a seus pés. Preso ali na crosta terrestre pela força da gravidade, como no brinquedo rotor dos parques de diversão.

Clara sorria com excitação. Depois de alguns minutos imóvel ali, a sensação começou. Logo já era perfeitamente nítida. Sentia mesmo como se estivesse no alto, pendurada, grudada, com o céu lá embaixo. Era uma sensação deliciosa e surpreendente.

Até as crianças pareciam hipnotizadas pela ilusão da brincadeira. Logo descobriram que quando alguém falava a sensação se perdia. E ficaram em silêncio.

Ouviam apenas os grilos, os murmúrios da mata. Clara estremeceu com o frio, mas esforçou-se para se manter imóvel, sabendo que do contrário quebraria o encanto, perderia a sensação de euforia e domínio, de estar acima do céu, senhora do infinito.

Era impressionante o silêncio. Parecia fechar-se cada vez mais em torno dela, denso, quase palpável. Ouvia os zumbidos da mata mais e mais fortes, de novo como uma respiração, como lhe parecera na cachoeira.

Teve de repente a sensação de estar só ali, apenas ela e as estrelas na noite silenciosa. E ao redor a mata, com seu zumbido que crescia, crescia, como se... a espreitasse. Abriu muito os olhos, assaltada por um medo súbito, a nítida impressão de que ia cair. A vertigem outra vez! Isto não pode acontecer agora, não agora que está ali sozinha, pendurada na crosta da terra. Se não se agarrar com força, vai se desgrudar e despencar no infinito!

– Não!!! – Senta-se, assustada.

Todos se levantam e olham para ela.

– Ah, você estragou a brincadeira! – reclama uma das crianças.

Clara se desculpa.

– Acho que cochilei e tive um pesadelo...

Pouco depois entram. O frio já se tornara insuportável.

Comentam a beleza do espetáculo, excitados ainda, como meninos saindo de um circo. Apenas Clara está quieta.

Acendem as luzes a contragosto, com pena de macular com sua presença humana aquela noite primitiva e bela. Depois, sentam-se ao redor da mesa tosca, para jogar buraco. O frio os faz beber sem parar, sorvendo em grandes goles o vinho tinto de garrafão, acre, rascante. As crianças se divertem assando na lareira batatas-doces envoltas em papel laminado, que depois comem com melado, entre gritinhos e sopros.

O tempo passa. O jogo de buraco se arrasta, entre bocejos e esfregar de olhos vermelhos. Logo as crianças começam a cochilar nos sofás ao redor da lareira. No silêncio, ouve-se o crepitar da lenha, enquanto as chamas fazem dançar as sombras projetadas na parede. O velho cuco de madeira faz seu tique-taque seco, em meio ao lento arrastar das correntes que sustentam os pesos do relógio.

Súbito, ouvem passos lá fora.

Passos de alguém correndo em volta da casa, passadas rápidas e pesadas no cimento do passeio que circunda a construção. Entreolham-se, sem nada dizer. Clara franze o rosto. Levanta-se e já se prepara para abrir a porta quando a dona do sítio a retém.

– Aonde você vai?
– Ver quem está lá fora. Quem pode ser, com este frio? – indaga.
– É melhor deixar para lá, Clara. Já ouvimos isto muitas vezes. Procuramos simplesmente não dar importância. É isto. É melhor pensar que não ouvimos nada. E depois, não sei... talvez sejam os cachorros – diz a amiga.

Clara senta-se, sentindo voltar o aperto no peito, na garganta. Cachorros... Tem certeza de que eram passos humanos. Não é possível! Devem estar querendo pregar-lhe alguma peça. Olha em torno. Onde está Clarice? Teria sido ela? Clarice não estava na sala. Fora lá para dentro havia pouco e não mais voltara. Clara anuncia que está cansada, que não tem mais vontade de jogar. Levanta-se outra vez. Vai até o corredor, mas logo se detém. As portas entreabertas lhe revelam a escuridão dos quartos e um frio de medo lhe percorre a espinha. Decide entrar no banheiro, o grande banheiro de azulejos pintados, que fica à esquerda, logo no início do corredor.

Acende a luz. Olha-se no espelho que toma quase toda a parede do banheiro. Chega mais perto, olhando-

se. Decide retocar o batom, pois vê que seus lábios estão cada vez mais ressequidos pelo frio. Tira do bolso o batom que traz sempre consigo e começa lentamente a fazer o desenho dos lábios. É quando vê Clarice surgir às suas costas. Sorri para ela através do espelho. Mas Clarice está séria. Tem os olhos avermelhados, olhos de quem bebeu demais. Fica ali alguns segundos, em silêncio junto à porta. Clara a encara com ar interrogativo, o bastão do batom parado no ar.
– Onde você estava?
Silêncio.
– O que houve? – insiste.
Clarice a olha com seus olhos líquidos.
– Você já sabe, não é?
Clara franze o rosto, como quem não compreende.
– Sei o quê?
Clarice sorri e leva aos lábios o copo de vinho que tem nas mãos.
– Sabe, sim – diz. E desaparece na penumbra do corredor.

Clara entra na cozinha em busca de um copo d'água, a boca subitamente seca. Encontra a dona da casa, guardando pratos. Ela percebe a inquietação de Clara e sorri com doçura:
– Você já sabe, não é?
– Já sei o quê? – Clara recua.
– A história dos cajus. Clarice não lhe contou? Ela me disse que lhe contaria.
– Ah... não, ela não me contou – Clara retruca, confusa. – Qual é a história dos... cajus?
– Clarice me falou do cheiro que você sentiu na cachoeira – diz a dona do sítio. – Não é a primeira vez que acontece, sabia? Houve outros casos. Um dia comentei com a neta dele, a que nos vendeu o sítio, e ela me

disse que ele tinha verdadeira loucura por cajus. Era sua fruta preferida. Talvez seja por isso que...
— Pra mim chega! – corta Clara, com a voz alterada.
– Estou farta dessas histórias ridículas!
E sai da cozinha, batendo com força a porta atrás de si.

Na divisão dos quartos, Clara havia ficado com Pedro no cômodo ao lado de Clarice, que dormiria com os dois filhos. Só que, na hora de deitar, Pedro preferiu dormir com os outros meninos. E Clara acabou ficando com um quarto só para ela. Não se importou. Talvez fosse até melhor, pensou, pois assim conseguiria dormir até mais tarde. Já havia recuperado seu bom humor e até pedira desculpas à dona da casa por sua irritação na cozinha. Afinal, tudo aquilo não passava de uma grande bobagem, não havia mesmo razão para se irritar.

Olhou o quarto à sua volta. Era aconchegante. Tinha cortinas de babadinhos feitas em tecido xadrez azul e branco, igual ao forro da cama. Móveis pesados, de madeira escura, assoalho de parquê desenhado, tapete de corda no chão. Sobre a penteadeira, um escovão antigo e um arranjo de flores secas, com pinhões. O abajur também tinha a cúpula quadriculada, mas logo percebeu, desapontada, que não tinha lâmpada.

Vendo a cama de casal, lembrou-se da história. Ouvira quando Pablito, o amigo dos donos do sítio, descrevera o quarto. Com certeza fora ali. Era aquele o quarto. O quarto dos suspiros. Seus olhos examinaram a cama vazia e pousaram nos travesseiros, primeiro um depois o outro, como se procurando adivinhar onde se deitara o fantasma. Mal conteve o riso nervoso ao pensar nisto. Devo ser muito impressionável mesmo, concluiu. Outra vez pensando bobagens. Encolheu os ombros e voltou a concentrar-se no abajur sem lâmpada, em dúvida sobre se valeria a pena ler com a luz de cima e depois ser obrigada a levantar-se para apagá-la. Decidiu afinal que não leria. Estava com tanto sono que não conseguiria ler mais do que duas páginas do livro.

Encostou a porta, apagou a luz e deitou-se. Logo seus olhos acostumaram-se à escuridão e ela percebeu a luminosidade que penetrava pela fresta embaixo da porta. Era a luzinha vermelha que a dona do sítio deixava acesa no corredor, para que as pessoas não se perdessem a caminho do banheiro. Sentiu um doce torpor envolvê-la. Vertigem? Suave vertigem de sonho, enredando-a pouco a pouco, como um novelo de lã, macio e quente.

Bruma, névoa. Vertigem. Suave vertigem de sonho, enredando-a pouco a pouco, como um novelo de lã, macio e quente.

Agora tudo é silêncio. Clara não se move, não pode fazê-lo. É um ser sem vontade própria, envolto pela escuridão que o acolhe. Nada vê. Mas todo seu corpo está à espreita, aguardando, pressentindo. Súbito o silêncio é rompido por um rangido de porta e Clara sente seu corpo ser golpeado pelo sopro do ar frio. Está chegando. Seu coração pára ao perceber a aproximação da presença assombrada. Ouve os passos imateriais, murmúrios, suspiros. Continua imóvel, como se a noite a atasse.

De repente, sente o toque das mãos, primeiro em seu rosto, depois descendo lentamente pelo pescoço, pelos ombros. Nos vapores da noite, o hálito espectral se aproxima, buscando-a. Continua inerte. É um sonho estranho, feito apenas de tato e cheiro. Arrepia-se, estremece. Pensa que é preciso abrir os olhos e encarar a presença assombrada, mas não o faz. Apenas se mantém à espera, imóvel e silenciosa, para que ela a possua, envolvendo-a no ectoplasma daquele amor proibido. Assombração, fantasma, espectro, fino tecido translúcido vindo de outro mundo, emergindo das sombras, para tomá-la. Tremendo de pavor e desejo, Clara se entrega. Está agora presa na teia mágica de longos fios, cabelos de seda com cheiro de almíscar que a encobrem e rodeiam, formando a doce tenda que abrigará o beijo, afinal. Sim, o beijo. Lábios carnudos e molhados que tocam os seus, primeiro suavemente, depois com mais e mais ardor, molhando, sugando, buscando, explorando-lhe a boca, sorvendo-lhe a língua, bebendo-lhes a saliva com louca paixão.

O beijo vai agora tomando posse de todo seu corpo, sanguessuga que a percorre inteira, vencendo as formas, subjugando a matéria, acendendo-lhe, com seu sopro imaterial, o fogo do mais louco desejo. Cada parte de seu corpo é uma cidadela que cai ante a fúria daquele beijo úmido e quente, que transforma tudo por onde passa em chama acesa. Seus seios se entregam e, mal são tomados, já seu ventre se arqueia na busca do contato com aqueles lábios que a devoram como animais selvagens. Logo toda ela é uma flor que se abre para revelar seu mais secreto perfume, essência da fenda misteriosa onde o beijo vai penetrar para sorver-lhe a alma. Aroma, néctar, pólen, mágicas poções do amor, todas as delícias que ali se escondem já não são suas, perderam-se na morna mistura de saliva que lhe inundou o ventre, torrente caudalosa que a arrebata, arrastando-a por mares e rios, arrancando as folhas das margens, tomando tudo, tudo dominando, para atirá-la no louco redemoinho do prazer, vertigem que a faz cair no infinito, tendo o céu a seus pés, como se mergulhasse num sonho dentro de um sonho.

Não, não está sonhando. Clara sabe. Sabe que já não precisa fugir, que é tudo real. E no entanto o medo cessou. Já não sente pavor ou inquietação. O cheiro doce do prazer impregnou o ar com suas essências eternas, que através dos séculos encharcam o leito dos amantes. Clara abre os olhos. Em meio à penumbra rosada que penetra pela porta entreaberta, ela vê o brilho dos olhos, derramando-se liquefeitos. Olhos vermelhos, como vermelha é a luz que as envolve. Olhos de Clarice. Sim, Clara sabe que não foi um sonho. Sabe que está presa na teia daquele amor de mulher, doce e proibido. Pressentira-o há tempos, lutara contra ele, fingira não vê-lo, mas agora já não pode fugir. Está frente a frente com sua assombração.

Ivana Arruda Leite

Nasceu em 1951, em Araçatuba. É socióloga e mora em São Paulo há muito tempo. Publicou dois livros de contos: *Histórias da mulher do fim do século*, de 1997; *Falo de mulher*, de 2002; e um livro juvenil: *Confidencial – Anotações secretas de uma adolescente*, de 2003. Participou das antologias: *Geração 90: os transgressores*, de 2003; e *Ficções fraternas*, de 2003. Tem contos publicados nas revistas *Ácaro*, *Coyote* e *PS:SP*.

Rondó

Luísa julgava impossível terminar seu caso com Mário. Um dia, tenra como um pintinho saído da casca, chamou Mário à sua casa e pediu que não a procurasse mais. Ele relutou, mas foi. Ela nem chorou. Abriu a bolsa, apanhou a agenda e anotou o único compromisso para o próximo fim de semana: ser feliz.
   Luísa julgava impossível terminar seu caso com Mário. Sofria da síndrome do fracasso prévio, já tentara mil vezes e nunca havia conseguido. Um dia, tenra como um pintinho saído da casca, chamou Mário à sua casa e pediu que não a procurasse mais. Ele relutou, mas foi. Ela nem chorou. Abriu a bolsa, apanhou a agenda e anotou o único compromisso para o próximo fim de semana: ser feliz.
   Luísa julgava impossível terminar seu caso com Mário. Sofria da síndrome do fracasso prévio, já tentara mil vezes e nunca havia conseguido. Aquele amor mais parecia um câncer ou vício que não se cura. Ela esperava que um

milagre acontecesse. Um dia, tenra como um pintinho saído da casca, chamou Mário à sua casa e pediu que não a procurasse mais. Antes, porém, sentou no colo e falou que talvez ainda valesse a pena tentar. Mário não disse palavra. Ela fez pé firme e pediu que ele fosse embora de uma vez. Ele relutou, mas foi. Ela nem chorou. Fez um café, sentou-se na sala e acendeu um cigarro. Abriu a bolsa, apanhou a agenda e anotou o único compromisso para o próximo fim de semana: ser feliz.

Luísa julgava impossível terminar seu caso com Mário. Sofria da síndrome do fracasso prévio. Já tentara mil vezes e nunca havia conseguido. Estavam juntos há mais de oito anos, mas Mário só prometia casamento quando bebia além da conta. Aquele amor mais parecia um câncer ou vício que não se cura. Ela esperava que um milagre acontecesse. Um dia, tenra como um pintinho saído da casca, chamou Mário à sua casa e pediu que não a procurasse mais. Antes, porém, sentou no colo e falou que talvez ainda valesse a pena tentar. Mário não disse palavra. Nisso tocou o telefone. Era a mulher de Mário dizendo que hoje era o último dia para pagar o Credicard. Mário pediu dinheiro emprestado a Luísa e foi entregar à mulher que estava esperando lá embaixo. Com o talão de cheques aberto sobre a mesa, Luísa disse olhando fundo nos seus olhos: você não tem dó de mim? Mais do que você pensa, ele respondeu. Tava na cara que aquilo era frase feita, ele nunca quis mudar a situação. Ela fez pé firme e pediu que ele fosse embora de uma vez. Ele relutou, mas foi. Ela nem chorou. E eu ainda lhe paguei o Credicard. Fez café, sentou-se na sala e acendeu um cigarro. Abriu a bolsa, apanhou a agenda e anotou o único compromisso para o próximo fim de semana: ser feliz.

Luísa julgava impossível terminar seu caso com Mário. Sofria da síndrome do fracasso prévio, já tentara mil vezes e nunca havia conseguido. Estavam juntos há mais de oito anos, mas Mário só prometia casamento quando bebia além da conta. No começo foi um romance muito apaixonado. Acreditavam que haviam nascido um para o outro. Hoje, aquele amor mais parecia um câncer ou vício que não se cura. Ela esperava que um milagre acontecesse. Um dia, tenra como um pintinho saído da casca, chamou Mário à sua casa e pediu que não a procurasse mais. Antes, porém, sentou no colo e falou que talvez ainda valesse a pena tentar. Mário não disse palavra. Nisso tocou o telefone. Era a mulher de Mário dizendo que hoje era o último dia para pagar o Credicard. Mário pediu dinheiro emprestado a Luísa e foi entregar à mulher que estava esperando lá embaixo. Com o talão de cheques aberto sobre a mesa, Luísa disse olhando fundo nos seus olhos: você não tem dó de mim? Mais do que você pensa, ele respondeu. Tava na cara que aquilo era frase feita, ele nunca quis mudar a situação. Ela fez pé firme e pediu que ele fosse embora de uma vez. Não sei se se fez de surdo ou de bobo, mas sugeriu que fossem comprar cerveja pra lavar a serpentina. Luísa disse que não estava afim de cerveja porcaria nenhuma e que não queria prolongar aquele inferno por mais nenhum minuto. Ele relutou, mas foi. Ela nem chorou. E eu ainda lhe paguei o Credicard. Fez café, sentou-se na sala e acendeu um cigarro. Abriu a bolsa, apanhou a agenda e anotou o único compromisso para o próximo fim de semana: ser feliz.

 Meu nome é Luísa, tenho trinta e sete anos e sempre julguei impossível terminar meu caso com Mário. Passei a sofrer a síndrome do fracasso prévio, já tentara mil vezes e nunca havia conseguido. Estávamos juntos há mais de oito anos, mas Mário só prometia casamento quando bebia além da conta. Sóbrio, tinha sempre um punhado de razões: o filho, os cachorros, a casa, a mulher, o papagaio, a mãe doente, a grana. No começo foi um romance muito apaixonado. Acreditávamos que havíamos nascido um para o outro. Hoje, aquele amor mais parecia um câncer ou vício que não se cura. Sempre esperei que um milagre acontecesse. Um dia, tenra como um pintinho saído da casca, chamei Mário à minha casa e pedi que não me procurasse mais. Antes, porém, sentei no colo e falei que talvez ainda valesse a pena tentar. Mário não disse palavra. Depois riu: você já me falou isto mil vezes. Nisso tocou o telefone. Era a mulher dele dizendo que hoje era o último dia para pagar o Credicard. Pois ele teve a cara de pau de me pedir dinheiro emprestado e levar à mulher que estava esperando lá embaixo. Quando perguntei: e nós? E a nossa situação? Ele me disse: hoje é o último dia pra pagar o Credicard e você quer que eu pense na nossa situação? Ao subir, me encontrou feito estátua na sala de jantar. Olhei fundo nos seus olhos e perguntei: você não tem dó de mim? Mais do que você pensa, ele respondeu. Tava na cara que aquilo era frase feita, Mário nunca quis mudar a situação. Fiz pé firme e pedi que ele fosse embora de uma vez. Não sei se se fez de surdo ou de bobo, mas sugeriu que fôssemos comprar cerveja pra lavar a serpentina. Disse-lhe que não estava afim de cerveja porcaria nenhuma e que não queria prolongar aquele inferno por mais nenhum minuto. Ele relutou, mas foi. Eu nem chorei. E eu ainda lhe paguei o Credicard. Depois que ele saiu, fiz café, sentei-me na sala e acendi um cigarro. Nunca mais fui feliz.

Júlia Lopes de Almeida

A escritora Júlia Valentina da Silveira Lopes de Almeida nasceu no dia 24 de setembro de 1862 em Nova Friburgo, no Rio de Janeiro, e morreu em Campinas (SP) em 1934. Uma das primeiras escritoras brasileiras, foi também e principalmente jornalista, colaborando para diversos jornais como *O Correio Paulistano* e a *Gazeta de Campinas*. Casada com o escritor português Filinto de Almeida, teve dois filhos, também escritores, Afonso Lopes de Almeida e Margarida Lopes de Almeida. Participou das reuniões da fundação da Academia Brasileira de Letras e foi co-fundadora da Legião da Mulher Brasileira, criada em 1919. Em 1962, o governo do Estado de São Paulo, para homenageá-la, deu seu nome a uma escola no Município de Osasco, em São Paulo.

MEMÓRIAS DE UM LEQUE

À Virginia Gomes Leitão

Um dia, ao abrir uma gaveta de objetos desprezados há muito, a velha condessa deparou com um leque, amarrotado e triste, de cor já duvidosa e lânguida. Parou a olhar para ele, tomou-o depois nas mãos enrugadas, e, encostando-se mais na almofada da cadeira, quedou-se cismativa a ver se se recordava da época em que o comprara... Tê-la-iam presenteado com ele?... Positivamente a sua memória enfraquecida não a auxiliava e a condessa, cuidando que investigava o passado, adormecia!

O leque então moveu-se, descaindo-lhe das mãos inertes sobre o estofo de seda do vestido preto, e baixinho, principiou serenamente a sua história.

Só quem vive na nossa intimidade pode avaliar-nos o mérito, o espírito, a inteligente graciosidade, quando temos a ventura de cair em mãos que nos compreendem, que nos dão em meneios gentis a participação de sentimentos íntimos, que nos sabem fazer intérpretes dessa linguagem *coquette*, em que a menor das nossas ondulações é um luminoso rastro de reticências encantadoras... Eu tinha um medo doido, no pouco tempo que vivi exposto em posição pretenciosa e firme, de ir parar nas mãos indiferentes de qualquer burguesa. Hoje, velho, inválido, esquecido, rio-me dessas veleidades, lamentando-as até! O meu almejo, o sonho brilhante que me acalentava era ser de uma mulher nova, bela, elegante, branca como a neve imaculada das montanhas, perfumada como os lírios das grutas musgosas e sombrias, risonha e fresca como uma alvorada, mimosa e doidejante como um colibri! Queria descansar num quarto guarnecido de sedas e pinturas, descobrir segredos inocentes ou maliciosos, dormir entre as finas dobras da mantilha de rendas deixada sobre o mármore cor de opala de um toucador.

Por isso no dia em que, entre todos os meus companheiros, fui escolhido por uma senhora bonita e moça, experimentei um delicioso e inexplicável prazer! Era levado em mãos irrepreensivelmente enluvadas, dentro de um *coupé* magnífico, sentia um não sei que, uma sensação indefinível de orgulho e de alegria, um desejo de chegar ao termo da viagem, de observar o meu novo domicílio. Cheguei e vi que toda a minha aspiração se realizava. O que me rodeava era deslumbrante de riqueza e de gosto.

Vivi dois dias preguiçosos, deitado sobre o cetim acolchoado duma caixa a rever-me no espelho, que lhe forrava a tampa. Vendo a minha imagem fiquei satisfeito comigo mesmo e preparei-me para entrar em cena, pronto para toda a espécie de aventuras.

Quando fui arrancado daquele *dolce far niente*, comecei num exercício vivo e alegre. Fui feliz; choviam sobre mim os elogios e sobre a minha dona, frases lisonjeiras. Eu, com a minha perspicácia de leque travesso, desconfiava de tantas amabilidades e vingava-me rindo umas gargalhadas francas, em que cada uma das minhas varetas cantava uma nota à proporção que a mãozinha nervosa de Amélia abria-me e fechava-me com indolência ou rapidez.

De todos os trechos dessas cenas de galanteio, em que me empregava, o mais do meu gosto era positivamente aquele em que Amélia me punha em contato com as suas faces, que ousei comparar ao meu cetim, por terem a mesma maciez e a mesma cor de rosa fina e pálida. Ali eu senti-lhe o calor da respiração e via-lhe bem de perto o fulgor deslumbrante dos olhos!

Quantas e quantas vezes servi de anteparo a olhares inoportunos! Quantas e quantas vezes cobri, como uma asa benévola, palavras indiscretas, sorrisos amorosos!

Uma noite levou-me Amélia ao teatro. Nunca a vi tão graciosa, tão amável, tão bonita. Num dos intervalos do drama subiu ao nosso camarote um rapaz alto e elegante que, depois de ter dito muita coisa lisonjeira com certa intimidade, notou a minha singeleza.

– É o que me desagrada! exclamou a minha adorada *coquette*. Desejava antes ver pintada sobre este pano alguma coisa que me servisse de pretexto a um olhar, quando quisesse desviar a atenção de qualquer ponto...

– Se V. Exª consentir, encarregar-me-ei de desenhar nele um pensamento... uma fantasia...

Amélia sorriu agradecendo com um olhar longo e doce, eu... estremeci!

Temi que a minha placidez, comparável à serenidade dos lagos, quando nas madrugadas quentes, refletem o rosicler do céu, fosse transformada barbaramente numa confusão fantástica de flores chinesas, de coloridos flamantes, carregados, feitios grotescos e impossíveis.

No dia seguinte fui na caixa de veludo acolchoada para casa do pintor.

Ele, o artista, ao receber-me, comovido, aspirou inebriado o meu aroma e apertou-me contra o coração.

Espantou-me aquele excesso de ternura. Compreendi então, por aquele movimento espontâneo num lugar solitário, que o amor não era o que eu julgava!

O coração de Amélia segredara-me que se amava na vida a muitos homens, simultaneamente, conforme qualquer pretexto melindroso ou fútil; o coração do artista disse-me o contrário: que toda a vida era pouca para se amar uma pessoa só!

Depois de um instante de indecisão o apaixonado pela minha senhora e dona abriu-me, colocou-me sobre uma mesa, com o cuidado de quem espeta uma borboleta temendo ofender-lhe as asas. Ia principiar o desenho quando entrou no quarto um velho que, rindo da puerilidade da tela, participou-lhe que se ia casar...

– Veja o amigo, dizia o conde torcendo o bigode branco, há uma pequena que deseja ser *condessa* e como eu gosto dela aproveito a pretensão... E ria-se contente. Depois chegando-se mais perto e batendo-lhe familiarmente no braço pronunciou o nome da noiva. O meu pintor, fechando-me convulso, fez-se pálido.

Era o teu nome, Amélia!

Dias depois voltei. A noiva conversava ao lado do piano, com uma amiga. Ouvi-lhe repetidas vezes dizer:

quando eu for *condessa*... antes de me tirar do meu esquifezinho aveludado.
— Que pintura imaginas que ele fez?
— Uma figura representando a traição...
— Qual!...
— Um cupido a chorar sobre um ramo de saudades...
— Não seja mazinha, sra. *condessa*... disse-lhe maliciosamente a amiga. Vá, abra o leque.

E, as mãos de Amélia, sem a mais leve agitação de remorso, abriram-me vagarosamente.

Ouvi um gritinho de surpresa, uma exclamação de prazer. É que Amélia reconhecera numa esplêndida cabeça de mulher, meio encoberta por um tênue véu branco, o seu retrato nítido, perfeito!

Passaram-se dias, muitos dias de bulício e de alegria. Chegou a tarde do casamento. Minutos antes de se ajoelhar aos pés do altar, foi a mesma desvelada confidente de Amélia dizer-lhe que o seu adorador e desprezado artista morrera nessa manhã!

Eu contemplei aquela cena, sobre o mármore cor de opala do toucador, meio envolto num lenço de rendas de Inglaterra, ao lado de umas rosas muito abertas, mostrando o miolo vermelho escuro, como o sangue pisado de um coração doente...

Correram o reposteiro do *bondoir* para a capela.

Cercada de amigas, Amélia caminhou para a sala onde a esperava o noivo.

Houve um instante de silêncio. Depois os sons do órgão repercutiram-se pelo aposento.

Quando se concluiu a cerimônia, eu, estremecendo, caí no chão onde senti que se estalavam as minhas delicadas varetas.

A condessa acordou sobressaltada com a bulha quase silenciosa do seu leque, que, resvalando pelo vestido, tinha-lhe tombados aos pés... Ergueu-se, e, demorando nele um olhar umedecido e triste, reconstruiu, graças ao sonho, todo o seu passado.

Julieta de Godoy Ladeira

Contista e romancista nascida em São Paulo em 1935, onde faleceu em 1997. Atuava no campo da publicidade e em trabalhos para revistas. Sobre a profissão, escreveu o volume de contos *Dia de matar o patrão*, de 1978. Na ficção, estreou com *Passe as férias em Nassau* (contos), de 1962. É autora do elogiado *Entre lobo e cão* (contos), de 1971, e coautora, com o escritor Osman Lins, seu marido, de *La Paz existe?* (relato de uma viagem aos Andes), de 1978. Também com Osman Lins idealizou o livro *Missa do Galo - variações sobre o mesmo tema*, de 1977, no qual vários escritores de relevo apresentam uma reescritura do famoso conto de Machado de Assis. Tem vários títulos publicados sobre literatura infanto-juvenil, entre eles *Antes que a Terra fuja - pela limpeza do meio ambiente*, de 1997, da Coleção Viramundo.

Retrato em revista

Vestido longo. Está em pé, mão pousada na cômoda colonial. Santos barrocos, jarros de prata, um pequeno pássaro de louça e a Bíblia da enciclopédia (oferta especial) aberta em página marcada por longa fita de cetim vermelho. Maria Ernestina, casada com o diretor-presidente de uma financeira. Eleita entre as dez senhoras mais elegantes do ano passado. Ato de justiça, sem dúvida, pois raras terão se esforçado tanto para isso quanto ela, mudando de roupa cinco vezes por dia no inverno, seis no verão – vendendo depois vestidos e sapatos à mulher do Méier que os revende às que não se casaram com diretores-presidentes de financeiras.

Ganhou um *poodle* e ele está no retrato, junto à poltrona de veludo azul. Já teve outros cães, menos puros, é verdade, quem sabe mais dignos. Como tantas coisas e pessoas, foi perdendo ou esquecendo através da vida movimentada que levou em vários bairros e domicílios diferentes. Há sombras estranhas junto à cômoda. Búzios suspensos no ar. Ou serão reflexos das luzes? Sorri. É de uma beleza um tanto pesada, mas em seus grandes dias esses traços, amenizados pela juventude – a boca agressiva – o olhar mortiço – devem ter contribuído a seu modo para os sucessos maiores.

Chamou-se Dóris, Marlene, Lindamar.

Nasceu Maria Ernestina, em Jacarepaguá. Filha de Zenaide Lázaro, prendas domésticas, e de pai desconhecido. A mãe fazia empadas que ela entregava em tabuleiro coberto por toalha quadriculada. Saía cedo, o sol ainda não muito quente. A cidade, dentro da névoa, tornava-se várias outras que não conhecia. Acompanhavam seus passos modificando-se, desfazendo-se e surgindo em torres diferentes, casas de formas bizarras, igrejas de mármore, de barro, de tijolos ou madeira – cobertas de heras ou de luzes – cantava baixinho e as cidades seguiam, tantas, oscilantes, dos dois lados da rua, e iam diminuindo quando o calor aumentava e a claridade era muita, pontos brilhantes alternando-se num espelho, ponto diminuto procurado pela mão queimada, unhas roídas, para tocar a campainha e entregar as encomendas. Assim conheceu a mulher vinda de Minas que lia a sorte, morava numa casa semi-abandonada, o mato do jardim cobrindo a escada, invadindo a varanda onde em velhas cadeiras de vime gatos se espetavam, custando a se acomodar entre pedaços partidos da palha. Na sala, o globo de vidro, lanternas japonesas. Punha cartas e via o futuro nos búzios em mesa coberta com pano de seda, franja desbotada cobrindo a bainha. As clientes saíam. Então a mulher apagava a luz da sala, ia para a cozinha, mandava-a esperar. Tirava o dinheiro do bolso do avental pendurado atrás da porta. Abria a geladeira, pegava uma garrafa de cerveja, sentava-se perto do fogão para tomá-la. Deixe as empadas aí na pia. Você está crescendo, hein? Ficando moça. Me dê uma para experimentar. Estavam quentes, a senhora demorou, esfriaram. Não faz mal, não tenho luxo. O que é isso na sua mão? Carta de namorado? O papel com o nome do remédio. Para minha mãe. O que é que ela tem? Dor nas costas. Não se preocupe, isso não é nada, nevralgia. A mulher desembrulhava a panela de arroz envolta em jornais. Repartia um pouco num prato. Eu vejo muita coisa boa na sua vida. Viagens. Dinheiro. Maria Ernestina não responde. Uma pessoa vai aparecer em noite de lua cheia e mudar seu destino. A mulher repete o mesmo a quase todas as clientes, está cansada de ouvir quando leva as encomendas e espera por ali. Depois, sem querer, às vezes pensa nisso. E no olhar fixo com que um dia a mulher a contemplou por rápido instante, fósforo aceso esquecido entre os dedos, gás aberto. Como se descobrisse em seu rosto alguma coisa fora do comum. Frio, certo medo. A mulher apagou o fósforo, acendeu outro, pôs a panela de água para ferver como se aquele olhar não tivesse acontecido. Dias depois pediu uma dúzia e meia de empadas de galinha. Sábado, muita gente, senhoras aguardavam entre as samambaias, as cadeiras de vime, os gatos e o cheiro de mofo das antigas almofadas. Maria Ernestina esperou na entrada da cozinha, a mulher saiu um instante, pegou a encomenda, deu o dinheiro, voltou-se de repente antes de entrar. A senhora quer mais alguma coisa? Não, isso dá para o lanche. Agora só na semana que vem. Sabe o que é? Outro dia vi seu rosto diferente. Você com duzentos anos e essa mesma roupa, esse jeito de menina. Deve ser bom sinal. Vida longa. Em que mês você nasceu? Fim de janeiro? Aquário. Cuide bem da saúde, descanse. Entrou na meia-obscuridade das lanternas japonesas. Alma, histórias de cemitérios. Maria Ernestina não dormiu com medo de ver no espelho aquele rosto centenário, depois esqueceu, bobagem da mulher, coisa inventada. Vida longa. Sai muito cedo, diverte-se com as cidades imaginárias, os moleques que vendem água empurram barris, dão bom-dia, passam correndo. As empadas iguais, enfileiradas nas assadeiras, as mãos da mãe trabalhando, farinha, o forno, início da madrugada. Ajuda-a. Besunta as formas com manteiga, gema de ovo sobre a massa. Olha para fora: quarto minguante. A hora não chega. Virá? A dor não passa. Com a mão entrevada, as encomendas diminuem. Vão para a fila do Instituto às três horas da manhã. As cidades não a acompanham. Nem os aguadeiros. Há sombras pesadas nas esquinas. Ao meio-dia chegam ao guichê, um funcionário olha os papéis. Faltam documentos. Estivemos aqui há dois dias perguntando, ninguém avisou nada, pediram só isso, corremos para arranjar tudo. Quem? Uma senhora de branco, cabelos escuros. A que horas? Duas e meia, mais ou menos, vai lá dentro perguntar. Demora. Aparece novamente. Deve ter sido dona Margarida, ela não veio hoje. Voltem amanhã. Chama o seguinte.

Desanimam. Procuram as freguesas mais antigas, perguntam se podem indicar algum médico que atenda de graça, um hospital onde haja vaga. Estão viajando, outras saíram. Algumas mandam a empregada dizer que infelizmente isso é muito difícil. O padeiro conhece um zelador de um prédio em Copacabana, fala com ele, o zelador diz que vai ver, há médicos no edifício, no outro domingo aparece? Nunca mais. Fecham o caixão, levam-na. A mãe. Acham que Deus quis. Maria Ernestina procura emprego na Zona Sul. Só, sem que nada a distraia pelas ruas, a dor daquela morte cercando-a de pessoas e de coisas imóveis, sem magia.

Arrumadeira: lavar banheiros, arear torneiras, lustrar móveis, guardar roupa jogada. Subir no parapeito das ja-

nelas, limpar os vidros. Detergente, sabão, palhinha – seu mundo.
Pajem: folga uma tarde, cada quinze dias. A criança chora de noite. De manhã ela está de pé para ver cedo as mamadeiras, passar fraldas. A criança tosse. Você deixou a menina tomar vento? Tem sarampo. Por que levou a menina para brincar perto de quem não conhece? Cozinheira: só o trivial. Pouca gente. Sempre outras pessoas, muitas outras. Ernestina, você entende letra de forma, faça um esforço, leia receitas. Começa a ver revistas. Purê de damascos, saladas coloridas, mulheres queimadas de sol, carnes recheadas com ovos e cenouras. O ar condicionado resseca a pele? Vamos fazer pastéis. A criança de Gêmeos está sempre descobrindo coisas novas, cores esportivas para seus lábios, $^1/_2$ kg de sobras de carne de porco em cubinhos, depois das férias um programa hidratante de beleza.

Compra creme para o rosto, aos domingos põe batom e pinta as unhas. Acaba tarde a cozinha, faz doces e vai à feira buscar frutas que não come, empregada não tem ordem de mexer na geladeira. Então vê que é quarto crescente. O namorado é quem diz o endereço. Na Barata Ribeiro, perto da República do Peru. Dona Miriam, cabeleireira. Precisa de gente.

Assim Maria Ernestina fica Dóris e vai para a Lapa de vestido curto e botas apertadas que esquentam muito mas acha bonitas, chamam a atenção.

Não se dá bem: afeiçoa-se aos clientes. Esconde lanche para os que viajam, fica pensando se voltam, às vezes chora com saudades de algum com quem passou tão pouco tempo, por onde andará, quando sabe de incêndios, desastres ou inundações, preocupa-se – imagina em perigo rostos que não esquece, nomes que não sabe. Esse modo de se dar às vezes aborrece. Não é o que esperam. Alguns, os mais solitários, se surpreendem, gostam mas desconfiam. Não querem se fiar. Apesar da boca rasgada e dos grandes olhos, das pernas brancas de veias violáceas – ganha pouco, paga a comissão a dona Miriam. Pensa, faz contas, junta alguma coisa e foge, aluga quarto em Ramos, passa a trabalhar por conta própria. Essa opção pela iniciativa privada dura pouco. Une-se a um paraguaio. Feirante. Ajuda-o a montar barraca, coloca as frutas em ordem, aprende a pesar, a pôr a mão na balança. Engravida. E daí? Arranje outro para ser *el padre*. *La he conocido en la calle*. E dívidas não faltam. Ele mostra papéis. Família, nessa altura, não dá pé.

Maria Ernestina não tem dinheiro para abortar nem para ter o filho. Ronda fábricas: não há vagas, talvez no fim do mês. Como é que vai esperar? Em casa de patroa sabe o que passou, não quer voltar. Torna a buscar as botas e a saia curta apertada, o cós não fecha, tira o zíper, põe alfinete. Acredita em destino, diz que a vida é assim mesmo. Tempo de guerra. Saxofones e clarinetas repetem músicas de filmes na Penha, no Estácio, em Vila Isabel. Ela freqüenta o Bolero. Nenhuma luz voltada para o mar. Começa seu curso de inglês. Prático, não tão prático. *Sentence: Are you coming with us? Echo: Yes, I am*. Laboratório: pequenos hotéis, escadas soturnas, degraus emendados com pedaços de zinco e sarrafos de madeira. O verde das cédulas sob as lâmpadas fracas. Aprende gíria e canções da marinha americana. Resolve ter o filho – perde-o no quinto mês. Apanha doença venérea. Harry James toca *Estrellita*. Também se morre e há campos de concentração. Maria Ernestina, em enfermaria comum, não se lembra disso. Chora, ouvindo *Star dust*.

O armistício tem mistérios. Encontra-a em Copacabana, perfumada (cabelo curto, demonstradora de cosméticos numa drogaria). Acha que subiu de nível. É comerciária. Mora em quarto, sala *kitchnette*. Não quer mais saber de gringos (diz que todos têm uma tara). Escolhe clientes – prefere profissões liberais. Durante o dia vende cremes, loções que asseguram a aparência dos vinte anos. É boa vendedora. Convence. Não era quem, desde cedo, saía com o tabuleiro? Cremes ou empadas – quase a mesma coisa. Faz amizades. Um estudante, no fim do ano terá Bolsa na França. Rondam de automóvel pela cidade, passeiam de mãos dadas pelos caminhos da Tijuca. Deitados no sofá-cama, janela aberta, vêem palmeiras ao longe e pensam ouvir o mar. Compra a camisola preta que está em moda. Um chinelo de cetim. Como é que vão se despedir? Maria Ernestina quer ir junto. Para comprar a passagem deixa a drogaria, precisa dar tempo integral no apartamento.

Paris. Hotel na rua Dauphine. Pagam pouco, só têm direito a cobertor durante a noite. Ela sai, gosta de olhar vitrines de miudezas, produtos exóticos, ervas aromáticas, dragões de jade do tamanho de uma unha. Paisagens recortadas em papel. Postais antigos. Mulheres gordas reclinadas em canapés adamascados, as franjas dos xales caindo pelos braços cobertos de pulseiras, um leque fechado pendendo do decote. Bocas pequenas, cabelos fartos, olhos mortiços como os seus. Sonha veludos e almofadas. Tem medo de exercer a profissão. Não fala francês, só conhece letra de forma. Vê-se morta pelas colegas, procurada por estranguladores, a garganta cortada a navalha antes que entenda o que eles querem. Pretende ser garçonete, lavar louça, servir em bar. Não sabe como. Anda pela cidade, descobrindo-a, desconfiando não ser verdadeira, não pode ser, aquelas torres que cintilam, as pontes cercadas por luzes e esculturas, cavalos dourados no meio das praças – um dia acha que nada encontrará ao sair de manhã, uma extensão de névoa diante da porta. Esse sentimento estende-se a si mesma, não parece existir e não sabe direito onde está. Acredita-se dentro das cidades que surgiam acompanhando-a, num plano móvel, entre o cheiro atual de castanhas assadas, fumaça, manteiga derretida em pão torrado. Come pelas ruas, só mas acompanhada pela cidade, suas vozes estranhas, suas mesas, seus cristais, as pedras das igrejas, pára e fecha os olhos, trêmula de frio, quando ouve os sinos. Certa noite o rapaz chega da aula mais cedo, falando animado. Traz Beaujolais. Pede o abridor. Você, Maria Ernestina, imagine, será onça na Follies Bergères. Onça. Não é formidável? Duzentas onças entram em cena por pouco tempo. Espécie de balé. Movem-se no meio de uma grande gaiola prateada. Não aparecem direito. O primeiro plano é dos bailarinos. A fantasia cobre o rosto e todo o corpo. Dinheiro certo no fim do mês. Maria Ernestina faz um teste, passa. Feliz, acha que é estrela do *show-business*.

Vai-se o inverno. Ao sair do metrô para os ensaios vê as primeiras flores que brotam nos canteiros, entre a grama verde até então coberta pela neve. As onças atravessam com êxito a primavera e o verão. Tornam-se grandes gatos cor-de-rosa no outono. Enquanto houver onças e gatos Maria Ernestina sabe ter seu pão, seu queijo, cobertor também durante o dia e o pequeno *studio* que alugam perto do Odeon.

Mas há o momento em que ser gato também cansa, mesmo entre dourados e escadas de espelho por onde descem criaturas sacudindo seios, plumas, *pailletés*. E há o momento em que estudantes deixam de ter poesia, tornam-se o homem que pergunta onde diabo guardaram a tesourinha, por que a meia está mal lavada, e começam a achar que quem foi o que foi no Rio de Janeiro deve levantar as mãos para o céu e agradecer a nova condição, mesmo que seja a de saber que há outra e ficar quieta. E há o momento em que mesmo quem nunca deixou de ser onça ou gato vai saindo do teatro e é tomada por uma das coristas, das que sobem na plataforma de vidro na hora da apoteose, sombrinha transparente aberta e poucas, muito poucas lantejoulas sobre o corpo maquiado.

O engano, esclarecido durante um chocolate com torradas no café mais próximo, leva-a a uma *garçonnière* na avenida Montaigne, onde passa a viver. Homem de terno inglês, casaco de *tweed*, unhas cor de cobre, apoiando-se em bengala (sem ninguém saber por quê). Diretor de empresa: fragmentadoras de papel. "Transforma os papéis confidenciais em matérias-primas úteis sem violar seu sigilo." Paciente, ele freqüenta a embaixada. Grandes horas, longos coquetéis. Tem a sabedoria de cruzar as pernas e fumar, seguindo com os olhos a fumaça até que se desfaça. Senta-se, tranqüilo, nos cafés. Repete os drinques. Sem nenhuma pressa. Demora-se onde está. Encontram-se todas as noites, depois do espetáculo. Maria Ernestina ganha anel de platina e novo casaco. Jantam *aux chandelles* e se amam sob o olhar de Napoleão que de um grande quadro os contempla em seu cavalo, as patas dianteiras erguidas, a cama coberta de veludo vermelho, tão macia como ela nunca tinha visto. O que de sussurros, doces palavras, ouvem o imperador e sua montaria. Cuida-se. Compra vestidos. Ele explica que não se pega no garfo desse jeito. E a faca deve ser colocada deste lado. Não se esquece o guardanapo dobrado sobre a mesa e com peixe não se toma vinho tinto. Voltam juntos. Olhar nostálgico para a rua Dauphine quando passam de táxi, a caminho da estação. De Marselha, voltarão por mar.

Chega ao Rio novamente Ernestina. Maria Ernestina. De casaco de pele, suando os 30 graus da praça Mauá e da avenida Rio Branco. Aguarda-a um tempo feito de esperas. Não sai porque ele pode chegar de uma hora para outra. Cada instante passa a contar muito. É o homem que, entre todos, ficará – tem certeza. Seja qual for o rumo de seus dias, o rumo do futuro que só consegue ver multiplicando-se em sombras, como as cidades de sua infância e adolescência – ele ficará. Talvez nem mesmo em sua lembrança diária em que de tanto esquecemos, mas doendo no centro da pele, no fundo do sangue. Respeita-o como a uma espécie de dono ou de patrão, ama-o como a um milagre instalado em sua vida. Tantas revistas, livros que não entende. Ajeita a sala, muda os móveis de lugar. Rua cercada pelas árvores, o guarda-sol do sorveteiro entre carros estacionados. Refletem-se nos metais nomes de lojas, rostos, lanchonetes.

Dá-se com pouca gente no prédio. Disfarça quando a convidam para festas. Meu marido está viajando. Vai só. Ou não vai. Meu marido trabalha num jornal, chega à noite muito tarde. Raras pessoas o vêem. Aos sábados e domingos poucas vezes aparece. Por que você não se distrai, não vai à praia? Tenta ir, volta cansada, muita gente, tanto sol, ninguém para conversar. Senta-se, espera. Almoça e espera. Então o uísque ou o martini, fatos ligados à empresa, o amor à tarde com as persianas fechadas, a cama que fez questão de ter macia como a da avenida Montaigne. Um dia ganha um cachorro. Sabe que para ajudar a preencher as horas maiores. Pelo menos tem com quem falar – antes conversava com o rádio. Hora marcada para descer, parar nas árvores, nos postes. Afeiçoa-se. É atropelado e morre numa sexta-feira de manhã, no Posto 4, perto da rua Santa Clara. Não quer mais saber de bichos. Só anos depois terá o *poodle* do retrato.

Aguarda os dias, as horas, aguarda a vida que parece ter parado e não sabe como fazer para que volte. Aguarda o desquite prometido, o tempo novo que virá. Aguarda sem acreditar. Acha que quem foi onça, foi gato, corista por engano, quem falava mastigando e não sabia onde pôr a faca não pode ser a mulher de um homem como esse. Só lê letra de forma mas conhece as palavras, sabe as que existem, as que seria bom se pudessem existir. E essa é a paixão de toda a sua vida. Economiza o que recebe para a feira e compra a camisa que sabe de seu gosto, a gravata francesa que viu numa vitrine. Aprende a fazer *galantine*, a arrumar a mesa com castiçais, flores, copos grandes e pequenos – para tantas noites em que termina jantando na cozinha, guardando o vinho que não abriu porque o menino teve febre, ou a reunião demorou muito, ou havia um compromisso já marcado, não sabia. Todas as coisas parecem inadiáveis. Assumem um ar de grande importância. Têm seu movimento próprio, seu ritmo, sua vontade – menos o ponto imóvel onde ela se encontra. Há o fim do ano, o Natal comemorado à hora do almoço, na véspera (tudo acontece na véspera ou no dia seguinte), troca de presentes, depois todos os feriados em que o segue mentalmente, amando-o até não poder mais, desejando um sinal, a voz ao telefone para dizer alguma coisa, um som humano só para saber não estar de todo esquecida, e a alegria das férias, algumas noites juntos todo o tempo. Noites que amanhecem muito cedo, relâmpagos, madrugada, alvorecer. Procura aproximar-se do que existe. Ir ao escritório quando sabe que não está, passar pela casa, ver a criada abrir o portão, varrer a calçada, começar a lavar o terraço. Abrem no alto a veneziana de um dos quartos. A cortina esvoaça. As crianças saem para o colégio. A vizinha bate o tapete vermelho na sacada, a poeira espalha-se no ar, dourada, a manhã é de sol. Maria Ernestina tem sono, pássaros deixam uma árvore por outra, as sombras atravessam os gramados, as pessoas caminham quase correndo à procura de um endereço, um local, à procura de outras pessoas. Um ponto para onde ir. Ela não teve mais nenhum desde o barracão onde havia a mãe, amarga, queixando-se do frio e do calor, do dia e da noite, mas uma presença, um eixo. Fazer o quê? Já pensou em se enforcar com uma echarpe assinada por Lanvin. Ele afaga sua cabeça, gestos lentos, tranqüiliza-a. Ela pede, por favor, que a empregue em algum lugar.

Recepcionista. Indústria de riscos para bordados. Não precisa senão perguntar "da onde é" e "qual o assunto?" duas ou três vezes para conseguir entender e esquecer logo depois, perguntando de novo. Ali, pessoas de muita idade pintam em talagarça figuras para tapetes e almofadas. Rostos de palhaço, pajens, arlequins, cabeças de cavalo, damas empoadas. As figuras têm expressões voluptuosas, gestos lúbricos, criadas por mentes um tanto depravadas que neles recordam ardores de outras épocas. As reuniões são longas, agridem-se, querem que seja grená o chapéu de um mosqueteiro, há gritos dizendo que em azul fica melhor. Apopléticos, atiram-se contra as paredes, agarram-se pelas roupas. O presidente da companhia, ventre abaulado, colete e relógio de bolso, ergue furioso um anjo inacabado, dá socos na mesa, rubro, batendo os pés. A secretária entra na sala levando num prato de sobremesa uma tangerina descascada, os gomos separados. E o guardanapo. Prende-o em seu colarinho para o suco da fruta não manchar a gravata. Senta-se para comer. A reunião é interrompida. Os dezoito sócios aguardam ao redor, em silêncio.

Terminada a tangerina, volta – agora mais calmo – a dizer que o chapéu tem que ser azul, é o maior acionista, sua voz deve ser ouvida. Concordam. Vem o café. Saem cochichando pelos corredores. Maria Ernestina vê o que se passa, ouve o falatório a meia voz. Sabe o que acontece e o que vai acontecer. Há pessoas que são logo recebidas, outras para as quais toda a gente está em reunião. Escuta confidências. Dá conselhos. Chamam-na, perguntam o que acha da campanha publicitária a ser lançada. O diretor da agência olha-a de alto a baixo, prestes a estourar. Ela diz o que pensa. Se não gosta vai mentir? Entende os títulos. São em letra de forma. Sua opinião é muito acatada por toda a direção. Consideram-na o tipo da dona-de-casa, representa a consumidora.

Gerentes de bancos esperam pouco, são atendidos antes dos outros. Um deles gosta de contar histórias. Viajava como vendedor. Maria Ernestina tem sono, levanta cedo, fica quieta. Tomam a sonolência por virtude, sabe ouvir, uma atenção. Torna-se conhecida como pessoa de boas maneiras, moça fina. Sucedem-se recordações de trens noturnos, companheiros de cabine, acidentes em estradas, episódios sobrenaturais ocorridos em Araraquara, Lavras, Jaboatão. O gerente ex-caixeiro-viajante convida-a para jantar. E a paixão de toda a sua vida, o homem calmo, dos chocolates depois do teatro? Trabalhando, Maria Ernestina o vê pouco e apesar do desquite iminente, há tanto tempo iminente, despedem-se porque ele desta vez vai à Europa com a família: a mulher, os filhos, a sogra, a governanta e o menino de recados. O jornal mostra-os na escada do avião, carregando bolsas e casacos, a mulher com um ramo de flores, ele segurando a bengala, sorrindo, acenando para quem? "Diretor das fragmentadoras de papéis em viagem de negócios ao exterior." (Cartas, bilhetes, sabe Deus que contas e poemas transformados em matérias-primas úteis. Não suas cartas. Úteis para quê? Ela jamais escreveu um recado. Não para ele. Fragmentos de outro gênero. Entrando em máquinas, serras, britadeiras, turbinas, fornos, tantas máquinas, a máquina.) O restaurante e seus ventiladores niquelados. Junto à caixa uma tira dourada que atrai moscas. Lembra-se das unhas cor de cobre. O ex-caixeiro-viajante pede cerveja e macarrão. Maria Ernestina atravessa a porta aberta para a névoa. Invadida, a partir desse momento, pelo ar que irá destruir os contornos de sua espera. Aparas. Frestas calafetadas, aberto em seu íntimo o bico de gás, recordações se desfazendo, o cavalo de Napoleão baixando as patas dianteiras em agonia, lentamente, e a avenida Montaigne perdendo-se nas sombras. Essa tarde de inverno.

Ao jantar seguem-se almoços, lanches, sanduíches, chegando as refeições ao café da manhã no apartamento – e ao champanhe (nacional) que estoura junto ao bolo de noiva entre aplausos, brancuras, bons votos do pessoal da fábrica de riscos onde circulam listas para o liquidificador, a batedeira elétrica e a Vênus de Milo (em gesso) recebidos com fartas lágrimas e abraços demorados.

Casa em Madureira, varanda e quintal, empregada. Maria Ernestina agora à noitinha tem um marido que chega neurastênico e cansado, mas que seu *know-how* duramente conseguido em camas tão diferentes torna apaziguado e de bom humor. Há altas na Bolsa, há negócios diversos, presentes que chegam de clientes do Banco que ela considera muito amáveis, generosos. Jarra de prata, serviço de louça. Um dia ganham um automóvel. Mais tarde, no fim do ano, o apartamento na Lagoa. Desenvolvimento. Dinamismo. Reina paz em todo o país. Camponeses colhem café (sorrindo). Máquinas abrem estradas (técnica: valsa de Strauss). Homens de capacete azul (ou amarelo) constroem represas e jovens saudáveis trabalham em laboratórios. Panorâmica dos tubos de ensaio. Todos brancos, homens e mulheres. Bons dentes, roupas limpas. O país caminha para seu destino glorioso. Uma assinatura branca sobre fundo azul. Agora vamos ver o *trailer*. Depois o filme principal. Nessa época, após várias reuniões secretas no meio da noite com homens de ternos brilhantes, ele monta a financeira. Juros. Promissórias. Não há prorrogações. Se não pagar em dia, cartório. Passam a ter garçom e chofer. Filhos? Perigoso. Maria Ernestina não é jovem. Mas vai à Suíça e volta de criança no braço, retratos da clínica, a mãe na cama, o bebê ao lado, vaso de flores, cabelo pintado, o segundo chega fácil, sem alfândega, sem Alpes, sem retrato colorido, mas com o lábio leporino que depois operam e fica bom.

Ela aprendeu sobre vinhos e talheres na avenida Montaigne: começa a receber.

O casal é convidado para coquetéis, jantares no Jóquei Clube com presidentes estrangeiros. Todos os anos, durante o Carnaval, frisas bem colocadas. No clichê, Maria Ernestina com as plumas que viu e não usou em seu tempo de onça e gato. O *flash* imobiliza o rosto endurecido, olhos vazios, boca escancarada, feições contraídas. Esgar. Gesto. Sorriso? Azul e prata pesando nas pálpebras suadas, reduzidas por sábios bisturis. "Presença definitiva na noite carioca." Aquela senhora na frisa, à esquerda. É ela: braços levantados, jogando serpentinas no salão.

As outras, e os desfiles, partidas beneficentes de *bridge*, telefonam, visitas a escolas de samba, aparecem, o motorista leva recados, volta, reuniões de pais e mestres, aulas de balé, a menina faz ginástica de barra, cem nereidas entrando pelo espelho. Maria Ernestina percebe, afinal, que apesar disso há sempre quem faça empadas, ou nem empadas possa fazer, e vá às três horas da manhã para a fila, com dor nas costas, tosse, o homem do guichê mandando voltar no dia seguinte – e elas dando ordem às empregadas para dizerem que saíram, e elas bordando seus tapetes, e elas em bingos, em quermesse, em festas de colégios, numa série de horas flutuantes – a mulher das empadas se acabando e a filha percorrendo quilômetros todas as noites num só quarteirão. Aquele carro, será que vai parar? As botas apertam. Um círculo fecha as pessoas como o que a cercava no palco, os gatos e as onças movimentam-se devagar, só quando o círculo se abrir poderão caminhar, livres. E ver. Respirar. Mas ignora (nem mesmo lê jornais) se isso um dia acontecerá. Sonha com grandes gaiolas prateadas e com a bola de cristal da mulher vinda de Minas. Em ritmo crescente despe-se, veste-se. O homem que tomava cerveja e comia macarrão quer que apareça em revistas, vestido longo, perto da cômoda colonial, a cômoda de sacristia mandada fazer em Itaipava. Madeira envelhecida. Falsos vermes. Sua imagem faz parte das imagens que ele vende, que ele compra. Já não fala em viagens, esqueceu o mistério das estradas. Mas Maria Ernestina tem RG, tem CIC, letras de câmbio e, como quase toda a gente, tem um marido que chega à noite neurastênico e cansado. Nenhuma disposição para apaziguá-lo. Os vulcões abrem-se, os juros escorrem silenciosamente soterrando casas, guardados, o presente e o futuro. Amplia-se, nos Bancos, o saldo do casal. Ela assiste a novelas. Acorda banhada de suor, entre verdades que não conhece. A vida se estilhaça. Ouve ecos de gritos, gemidos atrás

de lâminas de vidro. Onde? Nunca soube achar, nunca soube ver.
Lembra-se das lanternas japonesas. A casa já não existe, entre a demolição há apenas capim alto, tijolos, um pedaço de portão, a banheira coberta de ferrugem. Vê-se dentro da bola de cristal e do lado de fora, contemplando-se. Estranha, acha-se muito estranha. O rosto, a maquilagem, o corpo cheirando a sauna, ao lado de mulheres que sorriem nas revistas o mesmo sorriso de duzentos anos, dentes, lábios entre dois ríctus – rostos cada vez menores, os cabelos soltos com brilho artificial, fios artificiais, os braços recolocados, as pernas movendo-se com molas, os olhos fecham-se e abrem-se através de peças internas de platina, a fala é eletrônica, o cérebro de isopor, os orgasmos sintéticos. Essa engrenagem é oferecida em branco e preto e a cores, todas as semanas, e há o domingo em que aparece entre outras na tevê, as mais elegantes do Brasil, o orgulho nacional, a beleza que se projeta para o futuro – para trezentos anos, para quinhentos anos. Reconhece sempre as mesmas, fabricadas para um longo desempenho. Maria Ernestina nada sabe sobre o Laos, o massacre de Moçambique, o índice da tuberculose, mas tem medo, aqueles rostos, cabeças reduzidas sobre jóias e vestidos de noite (seu rosto, dentro em pouco?) – não há mais para onde ir, quando podia não foi, será que pôde alguma vez?
A mulher viu. O fósforo foi se apagando entre seus dedos. Aquário. Cuidar da saúde, descansar. A repórter chega para a entrevista. O que a senhora pensa do feminismo? Sente-se realizada? Sabe as respostas das demais. Falam em meio-termo. Mostram-se felizes. Poetas? Citam o *Pequeno Príncipe*, Chico Buarque, Vinícius de Moraes. Prestimosas, avançadas, boas esposas, excelen-

tes mães de crianças muito louras, primeiras da classe. O *poodle* pula a seu colo. Acariciando-o, olhando longe, pergunta se a moça quer tomar café, quanto ganha, que idade tem. Aquela saia presa com alfinete, o vozerio da feira, tanajuras no quarto de Ramos, apagava a lâmpada, sentia-as no silêncio, movimento de asas, diz que na juventude morou na Gávea. Repete. Na juventude morei na Gávea. Para que o gravador? Se a senhora quiser eu desligo. Melhor. E conta que está dentro de um pequeno círculo, sempre esteve. Talvez dentro de um búzio ou de vários búzios, a repórter não percebe as paredes tão próximas? Houve o tempo das cidades diferentes se alternando dos dois lados da rua. Depois casas e igrejas se imobilizaram. Está cercada por tanta gente. Reconhece companheiros de fila, de rua, de condução. Companheiros de um outro tempo. Alguém sairá? Se ao menos pudesse falar com eles. As vozes já não se encontram. Elas olham para os que estão ali dentro sufocados como a mulher vinda de Minas olhava para a bola de cristal. Têm feições alteradas por injeções de silicone. Veja a revista. Aqui. Página 20. Viúvas notórias, princesas errantes, senhoras de reis de autopeças e de *hamburguers* com *bacon*. A moça pensa que é ironia. Não a conhece. Maria Ernestina sempre fala sério. Olhe estas fotos. A jornalista, ressabiada, aceita o café, elogia os móveis, está com pressa, acha a imagem do círculo banal, Maria Ernestina pensa em letra de forma, sofre em letra de forma, nem por isso sofre menos. A menina sai e diz para o chefe que a mulher é meio doida. Redige a entrevista, escolhe a foto. E corre para dar cobertura a um desabamento em São Conrado. Corre dentro do círculo. Corre presa entre os búzios. Mas viveu pouco, não os vê.

Lucia Castello Branco

Professora universitária, ensaísta e contista, Lucia Castello Branco nasceu no Rio de Janeiro em 1955. Formada em Letras, vive hoje em Belo Horizonte, onde leciona e escreve. Suas obras principais são: *O que é erotismo*, de 1984; *A traição de Penélope*: uma escrita da leitura feminina da memória, de 1990; e *A falta*, de 1997.

Cuja mãe não disse

— Não vai doer muito não, vai?

Assim disse a mãe cuja filha não disse o que diriam as filhas em situações normais e cujos olhos eram então os mesmos olhos da filha, aqueles olhos para os quais ela, a mãe, mais tarde olharia e reconheceria por detrás das lentes *ray-ban* a filha. Não, não pode ser ela, ela, a mãe pensaria, não pode ser aquela que um dia eu deixei entre os tapetes do gato e as angústias do irmão, aquela que se aninhava com olhos de espanto à beira do sofá então sumiê de um velho apartamento na Avenida Vinte e Oito de Setembro, não pode, meu Deus, onde está o meu cigarro, onde está o meu velho ar teatral da mãe das imagens do cinema e da TV, onde está o meu sopro angélico-diabólico que contra tudo pode já que contra tudo pôde naquela noite em que um *tailleur* me apertava a cintura e os meus dentes então mais brancos, recuperados por um tratamento dentário que aquele santo homem resolvera pagar (não, você não vai assim com esses dentes estragados pros braços do teu novo homem, toma esse dinheiro, compra um *tailleur* novo e pelo amor de Deus cuida desses dentes), e um travo na garganta, o mesmo certamente que a filha sentira nos seus dois imaginários anos de idade, enquanto repetia para si mesma, em seu quase balbucio infantil: menina, você não vai chorar porque agora é a vez do teu irmão chorar e de chorarem os olhos secos do teu pai, esse santo homem que jamais fará mal a alguém, porque agora é a vez do vizinho histérico e homossexual dar seus gritos de dor em nome da partida de Teresa, então Theresinha, aquela que para sempre se vai de nós todos desta casa e desta família que ora se desintegra para nunca mais nunca mais.

– Não sei – disse a filha. – Não sei mesmo se vai doer em você porque não te conheço e minha memória é falha porque afinal eu só tinha dois anos e agora tenho vinte e cinco e tudo o que sei de você é o que dizem os jornais sobre o seu estúdio, a sua gravadora, o seu marido, os seus cinco filhos-peixinhos, as suas receitas homeopáticas, as suas homeopáticas doses de inesperado amor quando por exemplo é manhã de um domingo de manhã e eu abro o *Jornal de domingo* e quem está lá é ela, a minha mãe, aquela mistura de madame Mim com bruxa Medéia que nem a beleza dos meus sonhos tem, meu Deus, como a vida é tão cheia de realidade.

Assim não pensava a filha porque não lhe era dado pensar num momento de tantas emoções e hemorragias. Talvez a única coisa que coubesse ali naquele momento se referisse justamente ao mais banal dos fatos. Assim: afinal, como vou sair dessa em que me meti porque não tinha outra saída, onde estão os meus absorventes, sinto que estou sangrando demais e daqui a pouco vou estar molhada pelas pernas e a vergonha será maior, reencon-

trar minha mãe com essa hemorragia, pedindo humilhada para usar o banheiro e me lavar. E o que veio não foi então inesperado:
— Eu não quis assim, mas você me obrigou. Tive que fingir, tive que trocar de nome, de profissão, de identidade. Tinha medo de você não me receber.
Para logo depois se arrepender da banalidade de tão toscas palavras vãs que nada significavam diante daquela grandeza, diante daquela mãe madame Mim que agora caminhava à sua frente, já que há poucos momentos, justamente aquele em que a pouca luz de São Paulo atravessou a janela e fez fulgurar os olhos da menina, então com vinte e cinco anos, ela soube, ela teve a certeza: esta é minha filha, Deus, dai-me forças. E as forças parecem ter vindo, sabe-se lá de onde, força é o que nunca faltou a ela, a mãe, e talvez nem mesmo a ela, a filha, mas naquele momento, com aquele sangue quente no meio das pernas, meu Deus, pensava, vou desmaiar aqui neste estúdio e ninguém, nem mesmo ela talvez, vai entender.

Foi quando então a mãe desfez o silêncio que não houve (a mãe jamais suportou por longo tempo o silêncio) e, após acender cinematograficamente um cigarro absurdamente real, e após não tremer nem por um segundo as tão ansiadas trêmulas mãos, pediu, num tom de súplica sedutora e covarde:
— Tira os óculos pra que eu veja teus olhos.
Ao que a filha, rapidamente como convém às filhas embevecidas, aquiesceu, dizendo para si mesma: sim, eu faço parte deste *script*, é esta a cena em que me reconheço, esta talvez uma perfeita continuação para a descontinuidade deste meu filme meio *nouvelle vague* que ainda desenrolo de uma moviola intermitente. E tirou os óculos e mostrou os olhos já então completamente baços de lágrimas, porque a filha chorava não em soluços como

cabe às filhas chorar, mas vagarosamente, lentamente, como anos atrás ela aprendera a chorar, teatralmente, diante do espelho, diante dos golpes secos do irmão, aquele demônio que a atormentava nos seus doze anos de idade e diante da amiga que, surpresa, reagiria: você chora tão bonito, nem mesmo faz careta. Sim, é porque eu ensaio nas horas vagas. Nas horas vagas de choro, pensava agora. Ou não pensava. Porque naquele momento nenhum pensamento cabia, apenas lágrimas, copiosas lágrimas, intermitentes como sua moviola imaginária. E a mãe completaria a cena:
– Você ficou muito bonita. Desde que eu a vi lá embaixo, desde que vi esses olhos por detrás dos óculos pensei ela deve ser da família, filha da Luíza ou então.
Ou então. Ou então o que, sua cretina, por que não fala, sua vagabunda, por que não diz pelo menos aqui que estamos trancadas e que ninguém nos vê, por que não diz minha filha, por que não pega seus olhos de verdade, seus olhos reais como seu absurdo cigarro, e olha pra mim de verdade e não através de mim, por que não desiste de uma vez desse cinema, dessa película barata que não terminamos, que jamais terminaremos de ensaiar?
Mas a mãe não desistia. Como também a filha que, apesar de seu jogo interno da verdade, bem que gostava um pouco daquele *script* Almodóvar depurado, com clichês sem muito pudor e com sua dose regular de melodramaticidade. Meu Deus, ela pensava, o que farei depois com essa cena, com essa vida tão cheia de realidade?
Desde menina era assim. Desde menina era como no cinema. Mesmo antes do cinema. Mesmo antes de saber qualquer coisa dessa história fantástica de uma mãe e seus filhos não-filhos. Mesmo antes, mesmo desde sempre, quando a mãe ainda vivia com eles naquele velho apartamento da Avenida Vinte e Oito de Setembro e cos-

tumava às vezes andar nua e apontar para o sexo chamando-o de gato diante dos olhos aterrados do irmão mais velho, então pequeno ainda e cheio de amor por aquela enormidade de mãe. Mesmo naquela época, mesmo naquele apartamento em que ninguém era absurdamente feliz ou mesmo irreparavelmente infeliz, a mãe já era uma personagem, um sol, um astro fulgurante, uma atriz. E mesmo aos dois anos de idade a menina já podia compreender, não exatamente ali, mas depois, quando então revisitasse na memória aquelas cenas em torno daquele velho sofá esgarçado, que tudo não passava de um incorrigível *script* barato.

Lygia Fagundes Telles

Escritora de romances, contos e ensaios, Lygia de Azevedo Fagundes nasceu na capital paulista em 19 de abril de 1923. Seu pai, delegado e promotor público, viveu em diversas cidades do interior paulista, o que obrigou Lygia a se mudar constantemente quando criança. Boa leitora e escrevendo desde menina, a escritora publica *Porão e sobrado*, seu primeiro livro de contos, em 1938. Inicia o curso de Direito em São Paulo em 1941, freqüentando as reuniões literárias ali iniciadas. Conhece Mário e Oswald de Andrade, Drummond e outros escritores. Três anos depois publica *Praia viva*, sua segunda coletânea de contos. Em 1950 casa-se com Goffredo da Silva Telles Jr., seu professor na faculdade, e mudam-se para o Rio de Janeiro. Já de volta a São Paulo, dá à luz, em 1954, seu filho Goffredo da Silva Telles Neto. No mesmo ano publica um de seus mais famosos romances, *Ciranda de pedra*. Em 1961, separada do marido, passa a trabalhar como procuradora do Instituto de Previdência do Estado de São Paulo. Em 1963, casa-se com o cineasta Paulo Emílio Salles Gomes. Começa a escrever *As meninas*, romance que registra o momento político por que passava o país com a repressão da ditadura, o qual só viria a ser publicado em 1973, com grande sucesso. Seu livro de contos *Antes do baile verde*, publicado em 1970, receberia o "Grande Prêmio Internacional Feminino" na França. Em 1977, viúva, substitui Paulo Emílio na direção da Cinemateca Brasileira. É eleita para a Academia Brasileira de Letras em 1985 e em 1989 lança o romance *As horas nuas*. Republica, em 1991, um conjunto de contos sob o título *A estrutura da bolha de sabão*. Em 1995, aparece novo livro de contos, *A noite escura e mais eu*. Muito e sempre premiada, lança em 2001 *Invenção e memória*, que também ganha o prêmio Jabuti do ano.

A ESTRUTURA DA BOLHA DE SABÃO

Era o que ele estudava. "A estrutura, quer dizer, a estrutura", ele repetia e abria a mão branquíssima ao esboçar o gesto redondo. Eu ficava olhando seu gesto impreciso porque uma bolha de sabão é mesmo imprecisa, nem sólida nem líquida, nem realidade nem sonho. Película e oco. "A estrutura da bolha de sabão, compreende?" Não compreendia. Não tinha importância. Importante era o quintal da minha meninice com seus verdes canudos de mamoeiro, quando cortava os mais tenros, que sopravam as bolas maiores, mais perfeitas. Uma de cada vez. Amor calculado, porque na afobação o sopro desencadeava o processo e um delírio de cachos escorriam pelo canudo e vinham rebentar na minha boca, a espuma descendo pelo queixo. Molhando o peito. Então eu jogava longe canudo e caneca. Para recomeçar no dia seguinte, sim, as bolas de sabão. Mas e a estrutura? "A estrutura", ele insistia. E seu gesto delgado de envolvimento e fuga parecia tocar mas guardava distância, cuidado, cuidadinho, ô! a paciência. A paixão. No escuro eu sentia essa paixão contornando sutilíssima meu corpo. Estou me espiritualizando, eu disse e ele riu fazendo fremir os dedos-asas, a mão distendida imitando libélula na superfície da água mas sem se comprometer com o fundo, divagações à flor da pele, ô! amor de ritual sem sangue. Sem grito. Amor de transparências e membranas, condenado à ruptura. Ainda fechei a janela para retê-la, mas com sua superfície que refletia tudo ela avançou cega contra o vidro. Milhares de olhos e não enxergava. Deixou um círculo de espuma. Foi simplesmente isso, pensei quando ele tomou a mulher pelo braço e perguntou: "Vocês já se conheciam?" Sabia muito bem que nunca tínhamos nos visto mas gostava dessas frases acolchoando situações, pessoas. Estávamos num bar e seus olhos de egípcia se retraíam apertados. A fumaça, pensei. Aumentavam e diminuíam até que se reduziram a dois riscos de lápis-lazúli e assim ficaram. A boca polpuda também se apertou, mesquinha. Tem boca à-toa, pensei. Artificiosamente sensual, à-toa. Mas como é que um homem como ele, um físico que estudava a estrutura das bolhas, podia amar uma mulher assim? Mistérios, eu disse e ele sorriu, nos divertíamos em dizer fragmentos de idéias, peças soltas de um jogo que jogávamos meio ao acaso, sem encaixe.

    Convidaram-me e sentei, os joelhos de ambos encostados nos meus, a mesa pequena enfeixando copos e hálitos. Me refugiei nos cubos de gelo amontoados no fundo do copo, cheguei a sugerir, ele podia estudar a estrutura do gelo, não era mais fácil? Mas ela queria fazer perguntas. Uma antiga amizade? Uma antiga amizade. Fomos colegas? Não, nos conhecemos numa praia, onde? Por aí, numa praia. Ah. Aos poucos o ciúme foi tomando forma e transbordando espesso como um licor azul-verde, do tom da pintura dos seus olhos. Escorreu pelas nossas roupas, empapou a toalha da mesa, pingou gota a gota. Usava um perfume adocicado. Veio a dor de cabeça: "Estou com dor de cabeça", repetiu não sei quantas vezes. Uma dor fulgurante que começava na nuca e se irradiava até a testa, na altura das sobrancelhas. Empurrou o copo de uísque. "Fulgurante." Empurrou para trás a cadeira e antes que empurrasse a mesa ele pediu a conta. Noutra ocasião a gente poderia se ver, de acordo? Sim, noutra ocasião, é evidente. Na rua, ele pensou em me beijar de leve, como sempre, mas ficou desamparado e eu o tranqüilizei, Está bem, querido, está tudo bem, já entendi. Tomo um táxi, vá depressa! Quando me voltei, dobravam a esquina. Que palavras estariam dizendo enquanto dobravam a esquina? Fingi me interessar pela valise de plástico de xadrez vermelho, estava diante de uma vitrina de valises. Me vi pálida no vidro. Mas como era possível. Choro em casa, resolvi. Em casa telefonei a um amigo, fomos jantar e ele concluiu que o meu cientista estava felicíssimo.

Felicíssimo, repeti quando no dia seguinte cedo ele telefonou para explicar. Cortei a explicação com o *felicíssimo* e lá do outro lado da linha senti-o rir como uma bolha de sabão seria capaz de rir. A única coisa inquietante era aquele ciúme. Mudei logo de assunto com o licoroso pressentimento de que ela ouvia na extensão, era mulher de ficar ouvindo na extensão. Enveredei para as amenidades, oh, o teatro. A poesia. Então ela desligou.

O segundo encontro foi numa exposição de pintura. No começo aquela cordialidade. A boca pródiga. Ele me puxou para ver um quadro de que tinha gostado muito. Não ficamos distantes dela nem cinco minutos. Quando voltamos, os olhos já estavam reduzidos aos dois riscos. Passou a mão na nuca. Furtivamente acariciou a testa. Despedi-me antes da dor fulgurante. Vai virar sinusite, pensei. A sinusite do ciúme, bom nome para um quadro ou ensaio. "Ele está doente, sabia? Aquele cara que estuda bolhas, não é seu amigo?" Em redor, a massa fervilhante de gente. Música. Calor. Quem é que está doente? perguntei. Sabia perfeitamente que se tratava dele mas precisei perguntar de novo, é preciso perguntar uma, duas vezes para ouvir a mesma resposta, que aquele cara, aquele que estuda essa frescura da bolha, não era meu amigo? Pois estava muito doente, quem contou foi a própria mulher, bonita, sem dúvida, mas um pouco sobre a grossa. Fora casada com um industrial meio fascista que veio para cá com passaporte falso. Até a Interpol já estava avisada, durante a guerra se associou com um tipo que se dizia conde italiano mas não passava de um contrabandista. Estendi a mão e agarrei seu braço porque a ramificação da conversa se alastrava pelas veredas, mal podia vislumbrar o desdobramento da raiz varando por entre pernas, sapatos, croquetes pisados, palitos, fugia pela escada na descida vertiginosa até a porta da rua, Espera! eu disse. Espera. Mas o que é que ele tem? Esse meu amigo. A bandeja de uísque oscilou perigosamente acima do nível das nossas cabeças. Os copos tilintaram na inclinação para a direita, para a esquerda, deslizando num só bloco na dança de um convés na tempestade. O que ele tinha? O homem bebeu metade do copo antes de responder, não sabia os detalhes e nem se interessara em saber, afinal, a única coisa gozada era um cara estudar a estrutura da bolha, mas que idéia! Tirei-lhe o copo e bebi devagar o resto do uísque com o cubo de gelo colado ao meu lábio, queimando. Não ele, meu Deus. Não ele, repeti. Embora grave, curiosamente minha voz varou todas as camadas do meu peito até tocar no fundo onde

A ESTRUTURA DA BOLHA DE SABÃO 191

as pontas todas acabam por dar, que nome tinha? Esse fundo, perguntei e fiquei sorrindo para o homem e seu espanto. Expliquei-lhe que era o jogo que eu costumava jogar com ele, com esse meu amigo, o físico. O informante riu. "Juro que nunca pensei que fosse encontrar no mundo um cara que estudasse um troço desses", resmungou, voltando-se rápido para apanhar mais dois copos na bandeja, ô! tão longe ia a bandeja e tudo o mais, fazia quanto tempo? "Me diga uma coisa, vocês não viveram juntos?", lembrou-se o homem de perguntar. Peguei no ar o copo borrifando na tormenta. Estava nua na praia. Mais ou menos, respondi.

Mais ou menos, eu disse ao motorista que perguntou se eu sabia onde ficava essa rua. Tinha pensado em pedir notícias por telefone mas a extensão me travou. E agora ela abria a porta, bem-humorada. Contente de me ver? A mim?! Elogiou minha bolsa. Meu penteado despenteado. Nenhum sinal da sinusite. Mas daqui a pouco vai começar. Fulgurante.

"Foi mesmo um grande susto", ela disse. "Mas passou, ele está ótimo ou quase", acrescentou levantando a voz. Do quarto ele poderia ouvir se quisesse. Não perguntei nada.

A casa. Aparentemente, não mudara, mas reparando melhor, tinha menos livros. Mais cheiros, flores de perfume ativo na jarra, óleos perfumados nos móveis. E seu próprio perfume. Objetos frívolos – os múltiplos – substituindo em profusão os únicos, aqueles que ficavam obscuros nas antigas prateleiras da estante. Examinei-a enquanto me mostrava um tapete que tecera nos dias em que ele ficou no hospital. E a fulgurante? Os olhos continuavam bem abertos, a boca descontraída. Ainda não.

"Você poderia ter se levantado, hem, meu amor? Mas anda muito mimado", disse ela quando entramos no quar-

to. E começou a contar muito satisfeita a história de um ladrão que entrara pelo porão da casa ao lado, "A casa da mãezinha", acrescentou afagando os pés dele debaixo da manta de lã. Acordaram no meio da noite com o ladrão aos berros, pedindo socorro com a mão na ratoeira, tinha ratos no porão e na véspera a mãezinha armara uma enorme ratoeira para pegar o rei de todos, lembra, amor? O amor estava de chambre verde, recostado na cama cheia de almofadas. As mãos branquíssimas descansando entrelaçadas na altura do peito. Ao lado, um livro aberto e cujo título deixei para ler depois e não fiquei sabendo. Ele mostrou interesse pelo caso do ladrão mas estava distante do ladrão, de mim e dela. De quando em quando me olhava interrogativo, sugerindo lembranças mas eu sabia que era por delicadeza, sempre foi delicadíssimo. Atento e desligado. Onde? Onde estaria com seu chambre largo demais? Era devido àquelas dobras todas que fiquei com a impressão de que emagrecera? Duas vezes empalideceu, ficou quase lívido.
    Comecei a sentir falta de alguma coisa, era do cigarro? Acendi um e ainda a sensação aflitiva de que alguma coisa faltava, mas o que estava errado ali? Na hora da pílula lilás ela foi buscar o copo d'água e então ele me olhou lá do seu mundo de estruturas. Bolhas. Por um momento relaxei completamente, "Jogar?" Rimos um para o outro.
    "Engole, amor, engole", pediu ela segurando-lhe a cabeça. E voltou-se para mim: "Preciso ir aqui na casa da mãezinha e minha empregada está fora, você não se importa em ficar mais um pouco? Não demoro muito, a casa é ao lado", acrescentou. Ofereceu-me uísque, não queria mesmo? Se quisesse, estava tudo na copa, uísque, gelo, ficasse à vontade. O telefone tocando será que eu podia?...
    Saiu e fechou a porta. Fechou-nos. Então descobri o que estava faltando, ô! Deus. Agora eu sabia que ele ia morrer.

ANTES DO BAILE VERDE

O rancho azul e branco desfilava com seus passistas vestidos à Luís XV e sua porta-estandarte de peruca prateada em forma de pirâmide, os cachos desabados na testa, a cauda do vestido de cetim arrastando-se enxovalhada pelo asfalto. O negro do bumbo fez uma profunda reverência diante das duas mulheres debruçadas na janela e prosseguiu com seu chapéu de três bicos, fazendo flutuar a capa encharcada de suor.

– Ele gostou de você – disse a jovem, voltando-se para a mulher que ainda aplaudia. – O cumprimento foi na sua direção, viu que chique?

A preta deu uma risadinha.

– Meu homem é mil vezes mais bonito, pelo menos na minha opinião. E já deve estar chegando, ficou de me pegar às dez na esquina. Se me atraso, ele começa a encher a caveira e pronto, não sai mais nada.

A jovem tomou-a pelo braço e arrastou-a até a mesa de cabeceira. O quarto estava revolvido como se um ladrão tivesse passado por ali e despejado caixas e gavetas.

– Estou atrasadíssima, Lu! Essa fantasia é fogo... Tenha paciência, mas você vai me ajudar um pouquinho.

– Mas você ainda não acabou?

Sentando-se na cama, a jovem abriu sobre os joelhos o saiote verde. Usava biquíni e meias rendadas também verdes.

– Acabei o que, falta pregar tudo isto ainda, olha aí... Fui inventar um raio de pierrete dificílima!

A preta aproximou-se, alisando com as mãos o quimono de seda brilhante. Espetado na carapinha trazia um crisântemo de papel-crepom vermelho. Sentou-se ao lado da moça.

– O Raimundo já deve estar chegando, ele fica uma onça se me atraso. A gente vai ver os ranchos, hoje quero ver todos.

– Tem tempo, sossega – atalhou a jovem. Afastou os cabelos que lhe caíam nos olhos. Levantou o abajur que tombou na mesinha. – Não sei como fui me atrasar desse jeito.

– Mas não posso perder o desfile, viu, Tatisa? Tudo, menos perder o desfile!

– E quem está dizendo que você vai perder?

A mulher enfiou o dedo no pote de cola e baixou-o de leve na lantejoulas do pires. Em seguida, levou o dedo até o saiote e ali deixou as lantejoulas formando uma constelação desordenada. Colheu uma lantejoula que escapara e delicadamente tocou com ela na cola. Depositou-a no saiote, fixando-a com pequenos movimentos circulares.

— Mas se tiver que pregar as lantejoulas em todo o saiote...
— Já começou a queixação? Achei que dava tempo e agora não posso largar a coisa pela metade, vê se entende! Você ajudando vai num instante, já me pintei, olha aí, que tal minha cara? Você nem disse nada, sua bruxa! Hein?... Que tal?
A mulher sorriu.
— Ficou bonito, Tatisa. Com o cabelo assim verde, você está parecendo uma alcachofra, tão gozado. Não gosto é desse verde na unha, fica esquisito.
Num movimento brusco, a jovem levantou a cabeça para respirar melhor. Passou o dorso da mão na face afogueada.
— Mas as unhas é que dão a nota, sua tonta. É um baile verde, as fantasias têm que ser verdes, tudo verde. Mas não precisa ficar me olhando, vamos, não pare, pode falar, mas vá trabalhando. Falta mais da metade, Lu!
— Estou sem óculos, não enxergo direito sem os óculos.
— Não faz mal — disse a jovem, limpando no lençol o excesso de cola que lhe escorreu pelo dedo. — Vá grudando de qualquer jeito que lá dentro ninguém vai reparar, vai ter gente à beça. O que está me endoidando é este calor, não agüento mais, tenho a impressão de que estou me derretendo, você não sente? Calor bárbaro!
A mulher tentou prender o crisântemo que resvalara para o pescoço. Franziu a testa e baixou o tom de voz.
— Estive lá.
— E daí?
— Ele está morrendo.
Um carro passou na rua, buzinando freneticamente. Alguns meninos puseram-se a cantar aos gritos, o com-

passo marcado pelas batidas numa frigideira: *A coroa do rei não é de ouro nem de prata...*
— Parece que estou num forno — gemeu a jovem, dilatando as narinas porejadas de suor. — Se soubesse, teria inventado uma fantasia mais leve.
— Mais leve do que isso? Você está quase nua, Tatisa. Eu ia com a minha havaiana, mas só porque aparece um pedaço da coxa o Raimundo implica. Imagine você então...
Com a ponta da unha, Tatisa colheu uma lantejoula que se enredara na renda da meia. Deixou-a cair na pequena constelação que ia armando na barra do saiote e ficou raspando pensativamente um pingo ressequido de cola que lhe caíra no joelho. Vagava o olhar pelos objetos, sem fixar-se em nenhum. Falou num tom sombrio:
— Você acha, Lu?
— Acha o quê?
— Que ele está morrendo?
— Ah, está, sim. Conheço bem isso, já vi um monte de gente morrer, agora já sei como é. Ele não passa desta noite.
— Mas você já se enganou uma vez, lembra? Disse que ele ia morrer, que estava nas últimas... E no dia seguinte ele já pedia leite, radiante.
— Radiante? — espantou-se a empregada. Fechou num muxoxo os lábios pintados de vermelho-violeta. — E depois, eu não disse não senhora que ia morrer, eu disse que ele estava ruim, foi o que eu disse. Mas hoje é diferente, Tatisa. Espiei da porta, nem precisei entrar para ver que ele está morrendo.
— Mas quando fui lá ele estava dormindo tão calmo, Lu.
— Aquilo não é sono. É outra coisa.

Afastando bruscamente o saiote aberto nos joelhos, a jovem levantou-se. Foi até a mesa, pegou a garrafa de uísque e procurou um copo em meio da desordem dos frascos e caixas. Achou-o debaixo da esponja de arminho. Soprou o fundo cheio de pó-de-arroz e bebeu em largos goles, apertando os maxilares. Respirou de boca aberta. Dirigiu-se à preta.
– Quer?
– Tomei muita cerveja, se misturo dá ânsia.
A jovem despejou mais uísque no copo.
– Minha pintura não está derretendo? Veja se o verde dos olhos não borrou... Nunca transpirei tanto, sinto o sangue ferver.
– Você está bebendo demais. E nessa correria... Também não sei por que essa invenção de saiote bordado, as lantejoulas vão se desgrudar todas no aperto. E o pior é que não posso caprichar, com o pensamento no Raimundo lá na esquina...
– Você é chata, não, Lu? Mil vezes fica repetindo a mesma coisa, taque-taque-taque-taque! Esse cara não pode esperar um pouco?
A mulher não respondeu. Ouvia com expressão deliciada a música de um bloco que passava já longínquo. Cantarolou em falsete: *Acabou chorando... acabou chorando...*
– No outro carnaval entrei num bloco de *sujos* e me diverti à grande. Meu sapato até desmanchou de tanto que dancei.
– E eu na cama, podre de gripe, lembra? Neste quero me esbaldar.
– E seu pai?
Lentamente a jovem foi limpando no lenço as pontas dos dedos esbranquiçados de cola. Tomou um gole de uísque. Voltou a afundar o dedo no pote.

— Você quer que eu fique aqui chorando, não é isso que você quer? Quer que eu cubra a cabeça com cinza e fique de joelhos rezando, não é isso que você está querendo? — Ficou olhando para a ponta do dedo coberto de lantejoulas. Foi deixando no saiote o dedal cintilante. — Que é que eu posso fazer? Não sou Deus, sou? Então? Se ele está pior, que culpa tenho eu?

— Não estou dizendo que você é culpada, Tatisa. Não tenho nada com isso, ele é seu pai, não meu. Faça o que bem entender.

— Mas você começa a dizer que ele está morrendo!

— Pois está mesmo.

— Está nada! Também espiei, ele está dormindo, ninguém morre dormindo daquele jeito.

— Então não está.

A jovem foi até a janela e ofereceu a face ao céu roxo. Na calçada, um bando de meninos brincava com bisnagas de plástico em formato de banana, esguichando água um na cara do outro. Interromperam a brincadeira para vaiar um homem que passou vestido de mulher, pisando para fora nos sapatos de saltos altíssimos. "Minha lindura, vem comigo, minha lindura!" — gritou o moleque maior, correndo atrás do homem. Ela assistia à cena com indiferença. Puxou com força as meias presas aos elásticos do biquíni.

— Estou transpirando feito um cavalo. Juro que, se não tivesse me pintado, metia-me agora num chuveiro, besteira a gente se pintar antes.

— E eu não agüento mais de sede — resmungou a empregada, arregaçando as mangas do quimono. — Ai! uma cerveja bem geladinha. Gosto mesmo é de cerveja, mas o Raimundo prefere cachaça. No ano passado, ele ficou de porre os três dias, fui sozinha no desfile. Tinha um car-

ro que foi o mais bonito de todos, representava um mar. Você precisava ver aquele monte de sereias enroladas em pérolas. Tinha pescador, tinha pirata, tinha polvo, tinha tudo! Bem lá em cima, dentro de uma concha abrindo e fechando, a rainha do mar coberta de jóias...
– Você já se enganou uma vez – atalhou a jovem. – Ele não pode estar morrendo, não pode. Também estive lá antes de você, ele estava dormindo tão sossegado. E hoje cedo até me reconheceu, ficou me olhando, me olhando e depois sorriu. Você está bem, papai?, perguntei e ele não respondeu, mas vi que entendeu perfeitamente o que eu disse.
– Ele se fez de forte, coitado.
– De forte, como?
– Sabe que você tem o seu baile, não quer atrapalhar.
– Ih, como é difícil conversar com gente ignorante – explodiu a jovem, atirando no chão as roupas amontoadas na cama. Revistou os bolsos de uma calça comprida. – Você pegou meu cigarro?
– Tenho minha marca, não preciso dos seus.
– Escuta, Luzinha, escuta – começou ela, ajeitando a flor na carapinha da mulher. – Eu não estou inventando, tenho certeza de que ainda hoje cedo ele me reconheceu. Acho que nessa hora sentiu alguma dor, porque uma lágrima foi escorrendo daquele lado paralisado. Nunca vi ele chorar daquele lado, nunca. Chorou só daquele lado, uma lágrima tão escura...
– Ele estava se despedindo.
– Lá vem você de novo, merda! Pare de bancar o corvo, até parece que você quer que seja hoje. Por que tem que repetir isso, por quê?
– Você mesma pergunta e não quer que eu responda. Não vou mentir, Tatisa.

A jovem espiou debaixo da cama. Puxou um pé de sapato. Agachou-se mais, roçando os cabelos verdes no chão. Levantou-se, olhou em redor. E foi-se ajoelhando devagarinho diante da preta. Apanhou o pote de cola.

– E se você desse um pulo lá só para ver?

– Mas você quer ou não que eu acabe isto? – a mulher gemeu exasperada, abrindo e fechando os dedos ressequidos de cola. – O Raimundo tem ódio de esperar, hoje ainda apanho!

A jovem levantou-se. Fungou, andando rápida num andar de bicho na jaula. Chutou um sapato que encontrou no caminho.

– Aquele médico miserável. Tudo culpa daquela bicha. Eu bem disse que não podia ficar com ele aqui em casa, eu disse que não sei tratar de doente, não tenho jeito, não posso! Se você fosse boazinha, você me ajudava, mas você não passa de uma egoísta, uma chata que não quer saber de nada. Sua egoísta!

– Mas, Tatisa, ele não é meu pai, não tenho nada com isso, até que tenho ajudado muito, sim senhora, como não? Todos esses meses quem é que tem agüentado o tranco? Não me queixo, porque ele é muito bom, coitado. Mas tenha a santa paciência, hoje não! Até que estou fazendo muito aqui plantada quando devia estar na rua.

Com um gesto fatigado, a jovem abriu a porta do armário. Olhou-se no espelho. Beliscou a cintura.

– Engordei, Lu.

– Você, gorda? Mas você é só osso, menina. Seu namorado não tem onde pegar. Ou tem?

Ela ensaiou com os quadris um movimento lascivo. Riu. Os olhos animaram-se:

– Lu, Lu, pelo amor de Deus, acabe logo, que à meia-noite ele vem me buscar. Mandou fazer um pierrô verde.

– Também já me fantasiei de pierrô. Mas faz tempo.
– Vem num Tufão, viu que chique?
– Que é isso?
– É um carro muito bacana, vermelho. Mas não fique aí me olhando, depressa, Lu, você não vê que... – Passou ansiosamente a mão no pescoço. – Lu, Lu, por que ele não ficou no hospital?! Estava tão bem no hospital...
– Hospital de graça é assim mesmo, Tatisa. Eles não podem ficar a vida inteira com um doente que não resolve, tem doente esperando até na calçada.
– Há meses que venho pensando nesse baile. Ele viveu sessenta e seis anos. Não podia viver mais um dia?
A preta sacudiu o saiote e examinou-o a uma certa distância. Abriu-o de novo no colo e inclinou-se para o pires de lantejoulas.
– Falta só um pedaço.
– Um dia mais...
– Vem me ajudar, Tatisa, nós duas pregando vai num instante.
Agora ambas trabalhavam num ritmo acelerado, as mãos indo e vindo do pote de cola ao pires e do pires ao saiote, curvo como uma asa verde, pesada de lantejoulas.
– Hoje o Raimundo me mata – recomeçou a mulher, grudando as lantejoulas meio ao acaso. Passou o dorso da mão na testa molhada. Ficou com a mão parada no ar. – Você não ouviu?
A jovem demorou para responder.
– O quê?
– Parece que ouvi um gemido.
Ela baixou o olhar.
– Foi na rua.
Inclinaram as cabeças irmanadas sob a luz amarela do abajur.

– Escuta, Lu, se você pudesse ficar hoje, só hoje – começou ela num tom manso. Apressou-se: – Eu te daria meu vestido branco, aquele meu branco, sabe qual é? E também os sapatos, estão novos ainda, você sabe que eles estão novos. Você pode sair amanhã, você pode sair todos os dias, mas pelo amor de Deus, Lu, fica hoje!

A empregada empertigou-se, triunfante.

– Custou, Tatisa, custou. Desde o começo eu já estava esperando. Ah, mas hoje nem que me matasse eu ficava, hoje não. – O crisântemo caiu enquanto ela sacudia a cabeça. Prendeu-o com um grampo que abriu entre os dentes. – Perder esse desfile? Nunca! Já fiz muito – acrescentou, sacudindo o saiote. – Pronto, pode vestir. Está um serviço porco, mas ninguém vai reparar.

– Eu podia te dar o casaco azul – murmurou a jovem, limpando os dedos no lençol.

– Nem que fosse para ficar com meu pai eu ficava, ouviu isso, Tatisa? Nem com o meu pai, hoje não.

Levantando-se de um salto, a moça foi até a garrafa e bebeu de olhos fechados mais alguns goles. Vestiu o saiote.

– Brrrr! Esse uísque é uma bomba – resmungou, aproximando-se do espelho. – Anda, venha aqui me abotoar, não precisa ficar aí com essa cara. Sua chata.

A mulher tateou os dedos por entre o tule.

– Não acho os colchetes...

A jovem ficou diante do espelho, as pernas abertas, a cabeça levantada. Olhou para a mulher, através do espelho:

– Morrendo coisa nenhuma, Lu. Você estava sem os óculos quando entrou no quarto, não estava? Então não viu direito, ele estava dormindo.

– Pode ser que me enganasse mesmo...

— Claro que se enganou. Ele estava dormindo. A mulher franziu a testa, enxugando na manga do quimono o suor do queixo. Repetiu como um eco:
— Estava dormindo, sim.
— Depressa, Lu, faz uma hora que você está com esses colchetes!
— Pronto — disse a outra, baixinho, enquanto recuava até a porta. — Você não precisa mais de mim, não é?
— Espera! — ordenou a moça, perfumando-se rapidamente. Retocou os lábios, atirou o pincel ao lado do vidro destapado. — Já estou pronta, vamos descer juntas.
— Tenho que ir, Tatisa!
— Espera, já disse que estou pronta — repetiu, baixando a voz. — Só vou pegar a bolsa...
— Você vai deixar a luz acesa?
— Melhor, não? A casa fica mais alegre assim.

No topo da escada ficaram mais juntas. Olharam na mesma direção: a porta estava fechada. Imóveis como se tivessem sido petrificadas na fuga, as duas mulheres ficaram ouvindo o relógio da sala. Foi a preta quem primeiro se moveu. A voz era um sopro:
— Quer ir dar uma espiada, Tatisa?
— Vá você, Lu...

Trocaram um rápido olhar. Bagas de suor escorriam pelas têmporas verdes da jovem, um suor turvo como o sumo de uma casca de limão. O som prolongado de uma buzina foi-se fragmentando lá fora. Subiu poderoso o som do relógio. Brandamente a empregada desprendeu-se da mão da jovem. Foi descendo a escada na ponta dos pés. Abriu a porta da rua.
— Lu, Lu! — a jovem chamou num sobressalto. Continha-se para não gritar. — Espera aí, já vou indo...

E, apoiando-se ao corrimão, colada a ele, desceu precipitadamente. Quando bateu a porta atrás de si, rolaram pela escada algumas lantejoulas verdes na mesma direção, como se quisessem alcançá-la.

Márcia Denser

Jornalista e ficcionista, Márcia Denser nasceu em São Paulo em 1949, onde vive e trabalha. Foi editora e articulista da revista NOVA até 1979. Estudou Comunicação na Universidade Mackenzie e trabalha atualmente no Centro Cultural de São Paulo. Sua estréia literária se deu em 1976 com os contos eróticos *Tango fantasma*. Uma de suas obras mais conhecidas é o volume *O animal dos motéis*, de 1981. Outras obras: *Diana, a caçadora*, de 1986; *A ponte de estrelas*, de 1990; e *Toda prosa*, de 2001.

A IRRESISTÍVEL VIVIEN O'HARA

Para minha mãe

Life, lie, não era uma personagem de O'Neil que mostrava como a vida e a mentira estão separadas apenas por uma única, inocente letra?

Alguém que anda por aí, JÚLIO CORTÁZAR

De origem obscura e controversa, mistura de celtas, italianos e irlandeses, filha de Rosa e Dionísio Trask, um casal de fazendeiros do interior cuja numerosa e estrídula família – seis meninas e dois varões – emigrou para a capital durante a segunda guerra, Vivien possuía uma espécie de síntese de todo o capital estético das divas de Hollywood dos anos 50, mas como quem saca sem fundos. Quem tentasse analisá-la traço por traço, perceberia por que: eram todos irregulares. Um exame decepcionante e tão inútil quanto seguir pistas falsas. Vistos em conjunto produziam a tal síntese – a desconcertante alquimia da beleza. Conseguia parecer-se com Vivien Leigh e Maureen O'Hara ao mesmo tempo, sobrando personalidade bastante para si própria.

De forma que Vivien deveria ter sido catastroficamente bela posto que única e, conseqüentemente, irrepetível. Mas isto não deve ter ocorrido a Álvaro quando a quis por mulher e mãe dos seus filhos.

Vejamos: os negros olhos circunflexos abrigavam um demônio fixo de rocha e pássaro, a boca, fina como um risco, subitamente se alastrava num esfuziante sorriso inacessível marcado por covinhas: a beleza não admite pontos finais. Os cabelos ruivos ocultavam o crânio irregular onde o nariz despontava atrevido, ou seja, Rita Haywoorth com pudor, sem as luvas negras ou o decote expectorante, mas a sugestão velada de tudo isso. Sutil desequilíbrio de luz e sombra, fixidez e instabilidade, estrela de uma constelação movendo-se para dentro de um universo pessoal que aguardava em suspenso a vinda de Tyrone Power que a levaria para outro céu de néon e cetim cor-de-rosa, essa garota tão tola, tão simplória, tão Cinderela montada no leão da Metro.

"Depois do banho ela imitava a Rita Haywoorth diante da penteadeira, atirando para trás os cabelos vermelhos", dizia Júlia.

"Um negócio bem repugnante. Parecia *borsh*", Amanda fazia uma careta.

"Nunca haverá mulher como Gilda", exclamava Vivien.

"Nunca haveria mulher como Vivien, queria dizer", retificava Júlia.

Naturalmente podia-se mencionar a pele salpicada de sardas de gata irlandesa, os tornozelos grossos, a ressurreição lenta pela manhã e apenas um curso primário, detalhes que a tornavam ainda mais bela, porque as mulheres verdadeiramente belas são as de carne e osso, deste lado da realidade, aquém do sonho, da foto na parede da juventude, das promessas do celulóide e ao alcance dos homens, do amor, de Álvaro especialmente.

A irmandade materna feminina emergiu com o sonho americano na década de 50 e pergunto-me até que ponto não foram os mesmos sonhos que assombraram minha infância quando, encantada, contemplava tia Jane ou tia Marjorie na penteadeira iluminada por lâmpadas de camarim, porque Marjie era cabeleireira tendo, presumo, íntimas ligações com circos e teatros de revista, a mesma relação feérica de rugas prematuras, cosméticas cicatrizes acrobáticas que viviam misteriosamente mudando de lugar ao sabor da fantasia além desse perfume abafado pela colcha chinesa de péssimo gosto, misturado ao típico ranço de mulher amanhecida que ninguém e todos sabiam o que fazia nas noites de sábado.

A irmandade materna emigrou do interior com a guerra, a crise do café, o *cinemascope*, o *know-how*, as raízes cortadas pela miséria, daí o trabalho nas fábricas de biscoitos, nos laboratórios farmacêuticos, na Casa Anglo-Brasileira, solidariamente amontoados nos cortiços do Bixiga, desmantelados e febris, mas obedecendo uma ordem invisível – as leis não escritas dos movimentos migratórios – a determinar que os jovens venham na frente abrir espaço para os pais e avós, o suficiente talvez para conter uma cadeira de palhinha na porta ensolarada do beco onde quietamente será confinada a velhice, a ruína, o orgulho espezinhado, como também os fundamentos do altar da memória, tão mais grandiosa quanto mais distante no tempo e no espaço, nos estreitos limites de um beco, de um assento de palhinha.

O pequeno Dionísio, o avô irlandês, jogador e sanfoneiro arruinado, filho único de três fazendas perdidas em mesas de pôquer, cuja qualificação profissional consistia em não ter nenhuma graças à sua alma de moleque e reprodutor passivo de nove filhos, o avô Dionísio depressa arranjou um posto de vigia noturno na CMTC para manter as aparências de chefe de família, enquanto durante o dia lampeiramente fazia progressos na auspiciosa carreira de bicheiro, "Uma verdadeira mina!" proclamava entre duas risotas velhacas e apostava todo o salário na borboleta. Perseguiu-a até a morte, este bichinho tão poético.

Tia Jane seria a eterna Miss Cinelândia, por incríveis sistemas paramnésicos a Jane, namorada do Tarzan, ou Glória Grahame, amante de Lee Marvin, o gângster que lhe atira ácido na face; ela e Marjorie, mulheres mais fatais a si próprias, fatias em carne e osso do produto ao avesso do sonho americano, do grande engano, acalentado na penumbra das salas de projeção cheias de pulgas de terceira classe, as mesmas que, mais tarde, estariam picando e sugando por baixo da colcha chinesa de péssimo gosto, após o intervalo esquecido do amor entre aquele sonho e este aqui, mais próximo, feito de lençóis gosmentos e mau-hálito, racionalizando o esquecimento dos intervalos espúrios do amor, porque a vida realmente não era tão cor-de-rosa.

Em 1947 o verdadeiro nome do amor vinha impresso em letras douradas, assumia as formas ovais e oblongas das caixas de bombom, brilhava nos créditos e títulos na marquise do cine Marrocos anunciando *E o vento levou*, nos vestidos e toaletes, absurdas simbioses de cortinas velhas e retalhos de sofá, "Viu só, Marjie? Scarlett O'Hara faz o mesmo!" tagarelava Jane como quem fala da vizinha, de forma que se a invenção é filha da necessidade, em 1947 o pai era Darryl Zannuck.

E a juventude, os bolinhos do entardecer, os tipos mal-encarados, os bondes, as longas filas do pão e novamente os bondes, as matinês dançantes, as novelas da rádio São Paulo.

Vivien, cabeça cheia de sonho, pés plantados na realidade. Ao acordar, lavava o rosto com sabão amarelo espiando pela vidraça o fuliginoso casario sob um céu verdolengo de filme polonês a amanhecer por entre nuvens sujas. Tinha apenas um casaco e um par de sapa-

A IRRESISTÍVEL VIVIEN O'HARA   211

tos de cor indefinida mas, ao sair, os cabelos ruivos adejavam no espelho do porta-chapéus, deixando um rastro de fagulhas elétricas, um perfume de madressilvas. E tinha dezoito anos. O bastante para ser feliz.

Vivien o conheceu em maio de 1948 numa matinê dançante do Trianon. Naquela época, Álvaro fazia um gênero misto de Humphrey Bogart e Carlos Gardel, secretamente considerando-se irmão gêmeo de *Bogie*, não lhe importando a mínima que fosse parecido com Tyrone Power, galã romântico e pouco másculo na sua opinião.

Vestia-se rigorosamente no Minelli como um gângster de Chicago: ternos risca de giz, ombreiras largas, gravata branca/camisa preta e um laborioso topete conquistado sabe Deus a poder de quantas lágrimas, suor e brilhantina, além duma foto do Clarck Gable como modelo grudada no espelho do banheiro.

Só esse sujeito tão ingênuo, vaidoso, briguento e fanfarrão, somente ele poderia ter sido fisgado.

Não pôde mais esquecê-la: tão parecida com Maureen O'Hara a arremessar-lhe rajadas ruivas de desprezo em pleno rosto, enredando-o mais e mais no jugo cascateante daquele riso que lhe fugia, fazendo-o persegui-la subindo e descendo de bondes vermelhos, entrando e saindo de bailes e confeitarias, *porque encontré tu corazón en una esquina*, como no tango.

As esquinas da Bela Vista. Os encontros marcados, trocados, tropeçados, até que uma tarde de inverno e garoa reuniu-os num reservado do bar Viaduto na rua Direita.

Ele apoiava o cotovelo de casemira inglesa na toalha xadrez e suas frases se revezavam truncadas, reticentes, nos verdes olhos mareados de Álvaro, de Ty Power, suspirava Vivien, mas não é Vivien, é Maureen, convencia-se Álvaro mirando-a refletida nos espelhos.

No terceiro chope conversavam animadamente, ele a contar de um camarada que estivera em Paris antes da guerra, num cabaré chamado Palermo na rue Clichy, freqüentado exclusivamente por sul-americanos e as canções eram *Mi Noche Triste, Aquel Tapado de Arminô, Bien Paga, Cafetín de Buenos Ayres*, enquanto no rumor indistinto do bar Viaduto espicaçava-o um sapatinho número 33 balançando displicente e vermelho na penumbra dos olhos cerrados.

Ela desviava o rosto e oferecia-se ao seu olhar, olhava de lado mas o rosto permanecia de frente, fazendo-o de esguelha pressentir um mundo de pele quente e macia, até que educadamente ele pedisse desculpas e levantasse dirigindo-se ao toalete com espelhos giratórios. Após o intervalo arquejante, ele premiria a descarga que escoaria o sêmen precipitando-o nos esgotos que sinuosos rugiam por baixo da Praça do Patriarca, caminho oculto dessa corrida cega, inútil e suicida, simétrico às vagas humanas, cegas, inúteis e suicidas que atravessavam o viaduto do Chá e desembocavam no Mappin para nunca mais voltar, o mesmo que retornar e retornar eternamente, tantas quantas foram as descargas dadas no banheiro do bar Viaduto em maio de 1948.

Se ele pronunciou o verdadeiro nome do amor, cordão que o enlaçaria firme e definitivamente, mesmo porque era hora de continuar, se ele pronunciou o verdadeiro nome do amor ninguém saberá, a menos que seus espermatozóides recolhessem todos os rabos à origem, e as descargas não funcionassem, e o pezinho número 33 não balançasse na penumbra avermelhada e a garoa retornasse a um outro céu noturno, outro inverno, e o bar Viaduto cerrasse suas portas desenrolando-as nesse ondular cinza de vertical mar morto, e alguém piscasse do lado de fora para a noite, o frio da madrugada, o cisco ocasional, nada além dum vagar prestes a vomitar nas poças de óleo onde outros desmancharam seus olhos, seus sumos azedos, marés mortas das calçadas, o cigarro amargo refletindo a estrela negra chamada Absinto, mas ele não fumava e então? Teria pronunciado o verdadeiro nome do amor, apertado o nó que o enlaçaria? Porque em dado momento aquela noite Vivien gemera, quisera livrar-se do abraço mas já era demasiado tarde, o laço fora dado e sua revolta só servira para tornar mais profundos o gozo e a dor, o duplo mal-entendido que tinham de superar porque era falso e não sabiam, não podia ser que num abraço, a menos que sim, a menos que tivesse de ser assim.

Maria Caprioli

De família italiana, a contista e poeta Maria Caprioli Paiotti nasceu em 25 de julho de 1943 na zona rural de Cambé (PR). Casada, vive em São Paulo e é mãe de duas filhas. Tem curso superior de Biblioteconomia e é funcionária aposentada da USP. Poeta e contista, algumas de suas obras são: *Nós, Marias*, prosa poética de 1985; "Invocações a Maria", texto inserido no livro *Ó Freguesia, quanta histórias*, Projeto São Paulo de Perfil, nº 23, São Paulo-USP, de 2000. O conto presente nesta antologia é inédito.

CONTEMPLAÇÃO DE ANNELIZE

Acoplados, o rádio-relógio-computador e Annelize disparam sons. Sol. Virtualmente, o quarto se ilumina. Annelize, como onça, salta em raios sobre a cama onde durmo, mas, antes, segundos antes de despertar, vejo-me em pé, ao lado da cama, ridiculamente vestido de executivo, colarinho branco, gravata e pés nus. No lugar onde durmo, uma mulher jovem apoiada sobre os cotovelos, busto e rosto me encaram nus. Nos olhos dela, espanto e medo, desvio meu olhar turvado pela radiação daqueles seios. Nos sons abruptamente acordo. Ergo-me apoiado nos cotovelos, sou atingido pelo branco reflexo da parede frente à cama e pelos raios coloridos do computador, que me derrubam desolado sobre o travesseiro. Apalpo o rosto, desfazendo a sensação que me assombra. Relaxo, recompondo cena e cenário nas pistas do passado, disposto a revisitar esse templo íntimo, fechado.

Busco dentro de mim fé fervorosa, fortalecida no tempo, incrédulo menino fui, ouvindo a algazarra dentro do banheiro, meu irmão trancado com os amigos, pergunto a minha irmã o que faziam para tanto rir e gritar porcarias. Estão medindo pinto, gritou ela. Duvidei do tamanho alardeado. Ainda não conhecia mistérios, milagres, manifestações do corpo e de antemão sofria minha pequenez, dúvidas, dúvidas.

Isso acontecia durante o dia. Minha mãe ocupada em casa, pai trabalhando fora, severos e repressivos a qualquer manifestação considerada pecaminosa. Oh! Minas Gerais! Meu pai, embora nunca tenha ido às vias de fato (também não chegávamos a desobedecer de fato), ameaçava de cinta qualquer iminente desobediência. Um soco dele na mesa bastava para amordaçar nossas bocas e atar mãos e pés.

Sim, as repressões no âmago, no berço. Inúmeras mamadeiras nos mantinham comendo e calados. A fome biológica de alimento satisfeita desprendia a fome sexual, e esta, carente, excesso de espaço físico, ali na roça, aproximando prosas e preces e prazeres esquecidos, só liberados com a terra, animais. Da relação com a terra fiquei forte, rijo, caráter livre a custo domado. De comportamento irreverente, tento livrar-me das cadeias da civilização, arranco sapatos, ando pé ante pé, como se pisasse folhas secas no chão do pomar e esperto para não pisar em cobra.

Muito cedo mudamos para São Paulo. Poderíamos ter ido ao Rio como a maioria dos mineiros buscando o mar, mas a atração do pai por trabalho, trabalho, ditou o caminho e cá estamos. Ah, as referências às mulheres do Rio, seus corpos bronze, beleza, sinto nostalgia do desconhecido e chamados para ir e ver, mas minha cor morena sugere atração por louras e alvas, devido, talvez, à contemplação das virgens nas igrejas de Minas, não sei, mas ouvindo Lia, a carioca, falar das cariocas tão vaidosas, passavam *rouge* no calcanhar, então, me envolviam

CONTEMPLAÇÃO DE ANNELIZE 219

cheiros e carícias de pés-bebês, macios, avermelhados e só esta observação desviava meu olhar dos seios de Vera aos pés, equilibrados em salto alto, o calcanhar livre, preso apenas por uma tirinha fininha, fininha. Era aquele tempo de virgens e vilões. Nós homens, sempre vilões, querendo desvesti-las e desvirginá-las a custo. E elas se resguardando para o casamento, véus e vestes brancas. Tempo de muitas solteironas rabugentas com trinta anos e velhos quarentões carrancudos, eu com trinta, casado, mulher, filho e filha, muitos sonhos de conquistas e dividido, como, aliás, todos nós, entre sexo prazer e sexo correto, além das divisões sexo e afeto, somava outras cidade/campo, deus/diabo. Deus, temível Deus, àquele tempo quase sempre pronto ao castigo. Procurei Jesus homem para expor meus fantasmas: a mulher desnuda, minha *maja*, e eu descalço ao seu lado, acordando sempre sobressaltado. Sono sofrido.

Meu gabinete de trabalho na empresa era incrustado no corredor, em frente à porta do banheiro feminino, à esquerda mais outros, à direita duas salas conjugadas das secretárias, quatro ou cinco delas, *pool* de atendimento das gerências, marketing, finanças... Tinha que me trancar para não vê-las em vai-e-vem ao banheiro, pouparme das conversas corriqueiras – no início da semana contavam os acontecimentos de fins-de-semana, ao fim da semana contavam os planos dos fins-de-semana. Elas no escritório ou em todas as partes, não comprovo (só generalizo por preconceito), elas se comportavam em jogos de sedução de tirar e por sorrisos, em sim não, e nós, os homens, às vezes, acuados avançávamos numa negativa, proibição, para provar masculinidade e outras vezes calávamos, quietos de gesto e fala. As roupas e trejeitos delas, dúbias no jeito de oferecer e negar. As saias justas enformavam as coxas e deixavam livres as pernas que, nuas, hipnotizavam. O sutiã de bojo látex uniformizava curvas, restando-nos adivinhar somente tamanho, o manequim, porque a forma, mesma de sempre, dogma da DeMillus. E as cores das roupas, estas não ousávamos, prevalecia o bege clarinho, o marinho, branco. Elas, às vezes, permitiam-se o vermelho, verde e florais, guiadas por moda. Nossas camisas sem mudança de moda, sempre brancas, nossos colarinhos engomados, amarrando sentimentos, vontades, dor e pressionando a atitudes machas de conquistador, que alardeávamos em rodas barulhentas, em requintes de exacerbação fantasiosa, cujas verdadeiras, e somente estas, permaneceram gravadas no nosso imaginário fortalecendo ou perturbando nosso ser.

Sonhávamos muito com mulheres nuas, espiando seus mistérios. As revistas estrangeiras, a *Playboy* e outras, chegavam nas malas dos amigos afortunados viajados. Guardei uma delas, presente do Carlos, vindo dos Estados Unidos. Annelize, a garota do mês tal, dos anos de amor quase livre, graça dos sessenta, ela assim estendida sobre uma onça pintada, os olhos castanhos-amarelados, saltando faíscas, felinos. Dorso dourado, seios pontudos tocando pêlos de onça, cabelos eriçados, eu escondendo, sempre, a foto dos curiosos que remexiam minha gaveta, ainda, sempre a foto me assanhava, camuflada entre pastas e papéis, na mesma gaveta, mesma escrivaninha. Eu a escondia para gozar sozinho e estalar a boca, como moleque gostando do gosto. E esse culto à foto e aos olhos de Annelize, enfeitiçado, passei a vê-los em Vera, a secretária-júnior, alta, esguia, seios moldados nas lãs de inverno ou à mostra nos decotes de verão.

Certa vez, a fiz ver a tal foto, clamando pela semelhança entre elas. Ela enrubesceu ante a nudez da foto, o bumbum oferecido, e protestou não ter nada a ver com ela, mas eu queria comprovar, avancei, fiz-lhe uma carícia no rosto e lhe assegurei que só as roupas atrapalhavam, e... claro, ela precisava de uma produção mais sofisticada, e o mais era por conta do efeito fotográfico, sombras, luzes, e que certamente o real era melhor. Diferenças favoráveis a ela. Não quis nem me ouvir, rindo de minha cantada banal, boba. Afastei-me e fui conferir Annelize na escrivaninha, sentando na cadeira, puxei a gaveta, me enfiando embaixo dela, alisei meu leão, ao sossego, com a mão esquerda nele, e a direita redesenhando as linhas de Annelize, curvas e contornos. Era preciso muito alisar para acalmar meu desejo forte de leão lobo, aflorado à luz do sol, pleno dia, em danação. Garras à mostra, unhas prontas, sofrendo despistamento dela, Vera, sofrendo conspiração da própria cilada de um discurso não pensado, como se uma unha de minha garra crescesse ao contrário me ferindo, machucando minhas partes e eu acalmando-me em autoprazer, *self-service*, só.

Em certa ocasião, quando tentava sossegar meu coração descompassado de tantas pressões de rotina, enfiei meus dedos entre o terceiro botão da camisa, agradando minha pele e pêlos do peito, desse eu lobo, enfurecido ao menor contratempo, e na sofreguidão o botão saltou, correu ali no chão da sala. Recolhi o botão e fiquei de pregá-lo, para comparecer à próxima reunião nos conformes, mas, não tendo agulha nem linha, pedi ajuda às secretárias. Não sei se houve alguma eleição entre elas ou se ela estava mais disponível naquele momento, mas Vera veio em meu socorro. Esse fato me levou a acreditar num convite explícito à minha aproximação. Então, ela munida dos instrumentos pegou o botão e se aproximou de mim. Não tirei a camisa, obrigando proximidade, e também não desnudar-me diante dela, perdendo controles. Ela ficou muito perto, os dedos me tocando, cedendo à minha armadilha, eu ofegante, procurando conter-me, minhas narinas arfando presas à presença dela e, ao término do favor, agradecido cavalheiro, beijei-lhe o rosto imediatamente enrubescido, saindo apressada da sala, desritmando o passo, recompondo o sorriso. O seu pudor aumentou meu fascínio, como predador que quer perseguir a presa, gozar-lhe espanto e fuga. Mas novamente recorri a Annelize, meu fetiche, sempre de olhos à minha espera e descansando meu olhar divergente sobre o todo da foto, começo a ver nas manchas da íris marrom-amarelo faíscas vibrando em caleidoscópio e eu, em êxtase novamente, meu pinto tomando tamanho, me dispersando do trabalho, avolumei pilhas de papéis sobre a mesa, escondendo minha ereção, até o gozo. Meu jogo foi se estendendo nos dias, eu admirava Annelize, ali na foto, me seduzindo com o olhar e projetava o chamado em Vera e todas as demais sensações foram adensando meu tesão. Tão familiarizado fiquei que, à passagem de Vera do corredor para o banheiro, me transportava para Annelize e a excitação tomava posse.

Eu jurava as semelhanças entre Vera e Annelize, certeza da beleza nua de Vera e vivia fanfarronando, comentando sua beleza, suficiente para desfilar em Cannes, em peles, fazer furor, mas considerava-a grosseira, rústica, rubor de camponesa, carecendo sofisticação, por isso não merecia compromisso sério, tão primitiva, suscitava-me apenas anseios de a arrastar pelos cabelos dentro de minha caverna e saciar-me no prato pronto. Contra as minhas racionalidades, meu corpo manifestava não só o desejo de saciedade nela, como também passei a traçar estratégias para aprisioná-la e outras vezes sentia vergonha de estar infligindo os códigos, reminiscências de cavalheirismo e romance. Mas, alheias, minhas fomes despertavam outra vez. Meu corpo, sem vergonha nenhuma, buscava alívio, exatamente como os felinos, leão, caçando sobrevivência. Crispando a boca, no trabalho ficava agressivo, abocalhava mercados e mercados, com estratégias, os resultados apresentados na Meeting Information mensal eram favoráveis sempre.

CONTEMPLAÇÃO DE ANNELIZE 223

E numa tarde acalorada do clima dessas reuniões, chegando ao gabinete, tirei os sapatos, afrouxei a gravata, sangue pulsando célere, o expediente encerrando, todo o escritório num minuto silenciou quando vi Vera saindo do banheiro: barrei-lhe a saída, ela afastou, fechei a porta, entrando junto ao banheiro delas. Ela recuou para o fundo do cubículo estreito, eu acuando. Ouvimos passos, fiz sinal para ela se calar, ela levava nas mãos uma gilete e um lápis, os passos se aproximaram, o vigia tocou a maçaneta, eu a agarrei e silenciei amordaçando-a com a mão. Ela tremia. Ficamos agarrados, tensos, até os passos se afastarem. Soltei-lhe a boca, ela ameaçou lutar, quis me atingir com a gilete, forcei-lhe o pulso até que a dor a fez largar gilete e lápis. Eu a apertei contra a pia, favorecido pelo espaço minúsculo, afastei seu corpinho para o lado, e sempre presa ao meu braço esquerdo, que alçava toda sua cintura, prendi suas mãos. Arrisquei e soltei uma das mãos dela e, forçando, coloquei nossas mãos entrelaçadas no meu pênis. Em defesa, medo ou cio, a de Vera estava quente, calorosa. Incentivado, iniciei os movimentos que urgiam ao leão, vaivém até o vir frenético. Receoso, jorrei logo, exausto. Afrouxei meus braços, e aí olhei o rosto dela, os dentes cerrados. Silenciosamente ela cravou as unhas no meu braço, traçando um leito, fio, rio vermelho – grife dela no meu corpo. Foi a primeira e única vez que vi fúria expressa nela, e uma sensação de que seus olhos esverdeados desprendiam partículas amarelas, fel da fera que ela abrigava. Instigado, fui ficando mais feroz e ousado, face ao brilho dos seus olhos me aguçando instintos adormecidos, aqueles primitivos. Preservador da espécie. Procriador.

Verão alto, tardes longas, eu morgando no escritório com pretextos de não pegar o *rush*, trancado, fumando, saboreando o crepúsculo a portas fechadas, pés descalços, olhar absorto para Annelize. Cismando. Escutei Vera passar, retoques de toalete, preparação da saída. Abri a porta rapidamente, surpreendi-a puxando-a pelo pulso e fazendo-a entrar na minha sala. Ela me sorriu realmente surpresa e receosa, sem dar-lhe tempo para palavras de não ou sim, beijei-a demoradamente. Sua boca cerrada, sem correspondência. Minhas mãos deslizando nos botões de abotoamento nas costas, lutando com a blusa, sem nem perceber que lutava com ela, Vera. Não, não lhe dei trégua, deixei-lhe os seios à mostra e no encanto me distanciei, soltando seu corpo para apreciá-la a distância. Mas vi o rosto pálido e súbito – um desfalecimento. Apavorado, recostei-a no sofá. Minha cabeça trincou. Meus olhos pararam sobre seus seios rosa, pêssego, mamilos, miolos sob a pele transparente, textura de tule esgarçando, frágil na rigidez do músculo jovem.

Naquele momento me desesperei, certo do encarceramento dela em mim, aquela imagem, grife dela em minha alma. E falava a esmo, rosnando minha vontade de vê-la nua e feia, para me decepcionar e esquecê-la. Repetia, demente, *você é mais bonita, é mais bonita*. Ela estava ali em virgindade total, tosca, eu maculando com mãos mouras toda brancura, e me envergonhei, e a deixei ali. Saí e fiquei frente a frente com as portas fechadas, no corredor, humilhado, desconfiado da comunicação subjacente que acreditei captar, aquela de pele imantando pele. Engano meu, ou eram as barreiras, a sociedade proibindo extravasamento de verdades, vontades, ou eu roubando de mim, doente na contemplação de Annelize, sem mais compreender sinais de sim e de não.

Não penso em omitir relatos e fatos, que não saí da sala, deixando-a assim como que congelada sobre o sofá, Vera, os seios soltos; fui além, arranquei a saia, calcinha,

CONTEMPLAÇÃO DE ANNELIZE 225

estuprei... Não, não, eu estagnei impotente, talvez ouvindo o soco de meu pai, cortando nas latências acontecimentos, verdade! Ante a aparição de resplandecência daqueles seios, caí em contemplação mística, como São Paulo ante a luz, chamado divino. Seios de luz sobre a razão tolhendo instintos. Aguardei ainda instantes me torturando e abri novamente a porta, ela se debatia para fechar os botões, nas costas e se virou em gesto pedinte de ajuda. Abotoei impassível o primeiro, o segundo, depois meus dedos tocaram sua pele e deslizei as mãos em volta do seu corpo, penetrando pano e pele, no abraço entregando toda a minha ternura. Minha cabeça, minha pequenez, encaixando-se no seu ombro, nos longos fios dos cabelos que na raiz talvez me rejeitassem, mas ali, nas pontas, me acolhiam. Um perfume forte me embriagou, não era xampu, ervas silvestres, não, terra recebendo sementes, mulher exalando paraíso. Meu corpo de impossível controle entrou em ritmo indomável de gozo. Vera calada, inerte e eu desesperado como um vencido ao paredón, fui até o sentir do sêmen. Suor e lágrima queimando o canto dos olhos, mesmo assim, macho, represei a lágrima, disfarcei, me enxugando nos cabelos dela. Ainda a apertei com força e sussurrei desculpas fracas, você me cativa, sabe, ela sem se desprender levou minha mão às minhas vistas mostrando minha aliança. Larguei meus braços ao longo do corpo, vencido, outra vez, por mim, por ela, pelo grito profundo liberado mudo, pela impossibilidade de, naquele momento, transcender o imediato, ser eterno, esquecer sociedade, alianças, permitindo a vivência do desejo denso, solto pelo viés estreito do carinho, como uma derrama ao sol, o sorvete de menino caído na calçada.

 Pelas costas senti o afastamento quieto dela, a porta fechar-se, e me deixei ficar, prostrado, até o alaranjado do crepúsculo amarronar de vez, o escuro permear a sala e não consegui tirar olhar do sofá dos seios nus, ali como que imantados por divindades cúmplices, Eros e outros. Só acordei da obsessão ao toque do telefone e eu dizendo "já vou, um momento".

No banheiro, lavei restos do acontecido, um rastro luminoso nas pernas, caminho de lesma, enxugando com papel esfarelado e junto ao sêmen – meus anseios.

Claro que me esqueci lentamente, e a vergonha foi-se apagando, devagar, morosamente, como ferida, sarando, sarando. Aliviei a tortura da presença de Vera quando, a pretexto duma promoção, consenti sua transferência a outro setor para não vê-la desfilar no corredor, vesti-la e desvesti-la com o olhar. Tortura agravada, quando os sutiãs deixaram os bojos de látex, então em linhos e linhas eu vislumbrava os mamilos, a ponto de o desejo aumentar minha febre e diminuir o trabalho e mais tarde me fazer ouvir passos no corredor, sempre no crepúsculo quando fumo e cismo.

Devo ter re-sonhado o fato, devido à proximidade da mudança dos escritórios para a nova sede. Sofro dificuldades para me despojar da escrivaninha, tendo com ela relação de pudor e cumplicidade. Quanto à foto de Annelize, posso levá-la comigo, ainda a venero e captei no Elias, meu assistente, jovem vigoroso, um olhar de cobiça e interesse de partilha na contemplação. Prometeu-me e cumpriu, passar o *scanner* na foto, colocá-la no "saver screen" do micro.

Agora Annelize me aprisiona com seu olhar de onça, na tela, que intermitente salta em luzes, cores e faíscas. Ele, Elias, prometeu ainda criar um *software* que a fará erguer virtualmente os braços para mim, meu amor correspondido de braços abertos.

Marilene Felinto

Romancista, contista, tradutora e jornalista, Marilene nasceu em Recife (PE) em 1958. Já vivendo em São Paulo, estréia com o elogiado romance *As mulheres do Tijucopapo*, em 1982. Suas principais obras são: *O lago encantado do Grongozo* (romance), de 1987; *Postcard* (contos), de 1991, e *Jornalisticamente incorreto* (contos), de 2001. Como articulista, Marilene mantém uma polêmica coluna no jornal *A Folha de S. Paulo*.

MUSLIM: WOMAN

Estava fazendo bolinho da minha vida, vida da qual eu lhe dedicara quase que com exclusividade vários anos seguidos. Estava fazendo tudo tão ao contrário do que eu esperava que ele fizesse que aquilo ia aos poucos anulando minha existência, numa prova cabal de que ele não me via; e de que, se eu quisesse ser vista, precisava me mostrar. Mas como isso eu não faria por ninguém no mundo, nem faria por mim, quem quisesse que me visse, se quisesse me ver.

Só estávamos naquele aeroporto africano, em escala prolongada, no mais abafadiço calor que já senti na vida, por culpa dele, que não me ouvira, que parecia mesmo não ter me visto direito quando planejáramos a viagem. Olhei sinceramente para ele em certo momento, com toda a minha boa vontade, procurando me encontrar na cara e na vida dele, onde talvez eu nunca tivesse estado, e me perguntei com calma extrema como é que eu tinha me casado justamente com ele. O aeroporto perdia-se de vista em seus vastos salões de piso reluzente, por onde transitava apressada ou vagarosa gente estrangeira de variada espécie, árabe, moura, branca e negra em grande parte. O corpo bambo de calor, sentei-me numa poltrona do saguão pouco ocupado. Ele sentou-se logo depois, a meu lado, examinando nossos papéis e passagens. Larguei de lado a mala que me dava raiva, e a coisa tombou num estardalhaço que ele, bem rápido e prestativo, tratou de desfazer, levantando a mala com ar risonho. Olhei de novo para ele com sinceridade, com boa vontade, com a mais delicada das atenções que eu pudesse dispensar a um ser humano àquela altura da minha vida. Mas a verdade é que eu andava quase querendo me separar dele, que vinha encontrando nele há certo tempo somente defeito em cima de defeito, na boca que parecia maior do que devia, numa expressão de leseira na cara, no cheiro às vezes, no mais íntimo movimento dele. Um coitado, eu me dizia, uma marmota escrita. Como se o homem que eu quisesse estivesse a léguas de distância impercorrível.

No salão quase vazio sentamo-nos, sob a tensão do episódio da mala. Eu tinha atravessado aqueles salões do aeroporto transtornada pelo calmo desespero da descoberta de que finalmente eu era uma farsa. Arrastando pelos salões a grande mala de rodinhas que rangiam, eu era uma farsa escandalosa, barulhenta, eu que sempre preferira malas sem rodas, de tamanho médio e cor cinza discreta, que passasse mais ou menos despercebida. As rodas (tanto da minha quanto da mala dele) tinham sido decisão dele, resultado da praticidade que ele costumava tentar aplicar a cada atitude, a cada passo seu: assim não carregaríamos peso, ele dissera, sem lembrar (ou sem ter a menor idéia) de que para mim o peso estava exatissimamente na zoada das rosas pelo piso do aeroporto; sem ter a menor idéia (ou sem se lembrar) de mim, em resumo, eu que desde menina encolhia-me muito quando da coisa pública, talvez por uma noção muito aguçada do grande escândalo que eu naturalmente era e podia, num décimo de segundo, tornar público. Desde menina eu me criei abrigos, inventei guaritas e trincheiras, longas e detalhadas histórias de proteção, de autodefesa, de cobras que perseguiam macacos que se escondiam estrategicamente dentro de pneus velhos, fechados de todos os lados, com uma única abertura para os olhos e o nariz. O exército de macacos saía rolando ladeira abaixo, pneu atrás de pneu, e esmagando cobra atrás de cobra. Eu adorava aqueles macacos e a invenção deles. Ou então era outra história que eu criei e contava a meus irmãos: a de um monstro, que eu chamava de gente-animal, e sua perseguição a uma pobre menina de saia branca plissada e engomada. O gente-animal queria roubar a saia da menina, lindo e ansiado presente de Papai Noel, para dar à filha dele, a monstrinha, que eu chamava de gentinha-animal. Até que a menina sempre se salvava, escondendo-se em seu abrigo secreto na floresta – uma enorme pedra redonda, cuja entrada era disfarçada sob uma flor de girassol.

Entretanto, naquele aeroporto e por causa da mala, eu fora atingida por ele na minha reserva, na minha necessidade de discrição e defesa. Na travessia arrastando a mala de rodas, o chão polido refletira minha imagem por inteiro, uma sombra contra a qual eu mesma pisava, um espelho que expunha aos quatro cantos a farsa que eu era. E mais, duplamente: a lâmina do chão exibiu minhas pernas morenas, quiçá minha roupa íntima e branca, sob minha saia curta demais talvez para aquele aeroporto estrangeiro; e eu fui objeto de olhares suspeitosos de homens negros que hesitavam, como se constatassem – pelas ondas largas do meu cabelo, pelo tom avermelhado da minha pele escura mas bronzeada de sol, pelo meu perfil rombudo – que eu era e não era dali, o que só fez crescer em mim a sensação de que eu era um grandissíssimo nada. Tudo aquilo queria dizer, enfim, que até isto ele tinha feito contra mim: me exposto ao ridículo de que todos soubessem que eu não passava de um fantasma. Nem se poderia dizer, pensando com generosidade, que ele tivesse me ajudado de algum modo a descobrir que eu era uma farsa (nem isso ele fez por mim). Era a simples existência dele a meu lado, em certas ocasiões, que não me outorgava senão um *status* de fantasma.

E o amorzinho cego que ele me oferecia – e que ele sempre achava que era um amor enorme, maior que ele próprio e o universo e a lua e as estrelas –, o amorzinho que ele me oferecia (e que ele dizia imorredouro, coisa na qual eu já não acreditava; por convicção àquela altura da minha vida, não por desconfiança), o amor que ele me oferecia não compensava o fato de ele não me enxergar como eu precisava que me enxergasse.

Começamos a discutir, embora minha vontade fosse guardar comigo aquilo, para que ele nunca soubesse o motivo exato de por que eu o largaria, se fosse largá-lo; assim estaria consumada de fato a espécie de aparição que eu era e ele nunca compreendia direito, e da qual ele às vezes só traçava risíveis contornos bem-intencionados, incapaz de ver adiante, coitado. Era uma burrice nata que ele tinha para certas coisas, e que me irritava.

– Eu não acredito que você não veja que eu acabo virando um fantasma seu muitas vezes. Criado por sua má-

xima desatenção. É isso que eu sinto – disse, num tom de voz quase alto, odiando-o.
– Mas você está brigando comigo por causa de uma mala de rodas!! Isso é um absurdo!
– A mala de rodas é um detalhe, Eduardo. É conseqüência, a centésima oitava conseqüência de tudo, dessa espera idiota aqui, por exemplo, culpa absolutamente sua, que só me fez, aliás, passar vexame.
– Os vexames que você passa são problema inteiramente seu! Você vá descobrir seus problemas e resolver – respondeu, me odiando.
– É isso. É exatamente isso. Você não tem qualquer interesse em pensar naquilo que pode ser um problema pra mim, em me enxergar como eu sou, como eu estou... Você viu, por acaso, como aquele grupo de homens me olhou?
– Eu não tenho nada a ver com o jeito como os homens olham pra você. Eu não posso ser responsável por você ser menos ou mais escura num aeroporto africano. É pedir demais, não acha não?
– Eu não estou pedindo nada, Eduardo. Vá pro inferno. Não distorça o que eu disse. Não adianta, você não entende uma palavra do que eu digo.
– Você é que não deve me confundir desse jeito com suas coisas.
– Você é que não devia me esquecer tão descaradamente como você faz; esquecer de quem eu sou, entende? Porque aí quem arma a confusão é você, meu filho.
Talvez aquilo não fosse nunca mais dar certo, eu disse a mim mesma, quase resignada. Só não sabia por que tínhamos precisado ir tão longe (numa espécie de viagem de reconciliação inútil, eu desconfiava) para descobrir. Não ia tentar explicar a ele o que eu já tentara deze-

nas de vezes. E explicar o quê, afinal, assim tintim por tintim? Que quando eu era menina, por uma necessidade de não morrer, eu criava, me contava e contava aos outros histórias de abrigo e autodefesa? Era me pedir demais. Além do que era como se ele não tivesse noção dessas sensações minhas indecifráveis inclusive para mim um pouco. Ele então não poderia me ajudar. Além do que, o simples fato de precisar explicar, dizer, lembrar a ele o que eu era diminuía-o espantosamente a meus olhos exigentes, sim, exigentes. Ficamos algum tempo em silêncio, até ele dizer que ia comprar um jornal. Saiu da poltrona e postou-se na minha frente, meio ajoelhado, meio ridículo – mas meio menino que me emocionava sempre, a cabeça no meu colo por um breve segundo –, e veio me dar um beijo, como para me lembrar do gosto que ele tinha; pressionou meus lábios com força, procurando abrir o caminho que eu (por vontade de chorar, mais do que de beijar) enfim abri. Depois ele deitou a cabeça um pouco no meu ombro, enquanto eu sufocava minha vontade de chorar, de me desmanchar ali mesmo de amor e de tristeza igualmente – é que eu sabia que eu ia me lembrar para sempre daquela minha tristeza, da nossa, do que nele me afastava dele. É que eu não acreditava mais em amor imorredouro. Sufoquei o quanto pude o meu choro, mas meu rosto se contraiu sem querer (sem eu querer?), e uma lágrima desprendeu-se, somente uma, mas volumosa o bastante, grossa, e foi por ela, no décimo de segundo que ela levou para se formar nas profundezas do meu olho, subir à superfície turvada, soltar-se e rolar por meu rosto, foi através da água ondulante dessa lágrima que vi a mulher muçulmana sentada à minha frente, um pouco à direita de mim, e que devia estar há tempos me observando. Afastei sem querer, ligeiramente, do meu ombro, a cabeça do homem, como se se tratasse de um ato obsceno tê-lo ali. Ele então saiu em busca do jornal. E toda turbulenta e marejada, como se o olho dela estivesse dentro do meu, eu estava vendo pela primeira vez a mulher muçulmana toda coberta de preto, de cima a baixo, a mulher que de visível só tinha os olhos, ainda que por trás de uma leve gaza de véu preto.

De primeiro eu tive vontade de rir, mas seria um riso de nervoso, sinal de que eu rememorava numa série de *flashes* velozes o que tinha acontecido ali e ela tinha assistido, toda a seqüência de obscenidades a que eu tinha me exposto ali diante dela. Descruzei imediatamente as pernas, com medo de que não fosse decente o meu jeito. Mas meus olhos ainda estavam nos olhos dela, e não conseguiam sair. Eu imaginava se ela teria visto o meu choro – muito provável que sim, como se meu olho tivesse sido um peixe na hora daquela lágrima, um peixe nadando em mar salgado e revolto, e tivesse sido fisgado, engolido, pelo peixe maior que eram os olhos dela. Muito provável que ela também tivesse visto a mão com que disfarçadamente eu sequei de pronto o rosto molhado. De modo que, perdida como eu estava, não me restava senão desprender dela o meu olhar fixo, e olhá-la na contrapartida, como mulher livre e liberada que eu era. Tornei a cruzar as pernas, aceitando a troca de insultos. Foi então que ela desviou os olhos e eu me envergonhei profundamente de mim, e do pecaminoso e contaminado Magrebe de onde eu vinha. Voltei a descruzar as pernas, sentindo-me nua diante do turbante, do véu, do manto todo negro. Mas quando acendi um cigarro, nervosa, os olhos dela se voltaram de novo para os meus, e se avivaram em brasa brilhante de pura surpresa, e eu acho que os lábios dela se mexeram suavemente (se contorceram num esgar? se abriram em ligeiro e leve alarma?) por trás do pano que se ondulou com sutileza. Eu vi muito bem. Ela me olhava na verdade com uma ternura resignada. Invejei por um momento aquela indumentária de viúva negra, eu lá no meu luto desabrigado, exposto num salão de aeroporto. A viúva negra de todos os homens, a viúva negra que havia em todas as mulheres, tive enorme curiosidade de saber o que era que ela velava assim tão eternamente. E se ela se desvelava e se revelava de noite. Se eu fosse menina, aproximava-me dela e perguntava se ela andava a camelo e comia tâmaras. Mas como eu era apenas outra mulher, minha vontade era a de perguntar se ela seria minha confidente, se guardaria por trás daquele manto todos os segredos que eu lhe contasse, e se me diria, também em segredo, como era que ela se despia de noite – se era diante do marido, e se ele a via.

Entramos assim, ela e eu, num diálogo em código secreto, mudo e desconexo.

ELA: O que foi que o Profeta te disse, mulher?

EU: Mais fácil se o homem tivesse sobre mim, como um califa, o direito de vida e de morte, reconheço.

ELA: Porque Alá é conosco.

EU: O teu povo não me converterá.

ELA: Ou andarás em trevas, sem rumo, sem homem.

EU: Eu sou como a gazela que foge, como o rebanho que ninguém recolhe.

ELA: Castigou-te por causa de tua maldade, de tua soberba.

EU: Pois vou pelo deserto, numa peregrinação solitária.

ELA: Andam todos uivando e chorando abundantemente.

EU: Pois vou para um lugar que só eu conheça, onde somente eu fique, por Deus.

ELA: Porque Alá é conosco.

A curiosidade já me matava quando criei coragem e me dirigi ao bebedouro encostado à parede, somente duas poltronas depois de onde ela estava. Inclinei-me para beber água e vi na mala cinza, de tamanho médio, ao pé dela, uma etiqueta onde havia escrito em dois tipos de caracteres: ADAMA ACSA SHARIFF, o nome dela. Bebi mais água, já resolvida a falar com ela na volta, só para testar se ela não era mais uma das minhas invenções, só para testar se ela falava ou era como uma boneca de pano, com a meia dúzia de filhos que ela devia ter em algum lugar do mundo, ao norte de não sei que montanhas povoadas de mesquitas sob um sol escaldante.

Aproximei-me dela o mais espontaneamente que pude, e perguntei em inglês se ela falava minha língua (inglês, o que só me fez relembrar de súbito o quanto eu era um grandissíssimo nada nos aeroportos do vasto mundo onde minha língua nativa nada era).

— *Yes, madam* — respondeu, por trás do véu, num estágio intermediário entre o respeito e o nada.

Chocada com que tivesse falado assim tão simplesmente, alto e bom som, chocada pelo *"madam"* de princesa com que me tratara, inventei de perguntar se ela sabia onde ficava o toalete, que eu não vira placas.

— *Yes, madam* — e me indicou onde era, no mesmo estágio, sob o mesmo véu inalterado.

Agradeci, voltei praticamente feliz ao meu lugar, pela ousadia que eu tivera, a audácia, e a normalíssima gentileza dela: *"madam"*, ela me tratara. Feliz com que tivéssemos uma identidade, aquele código secreto em língua estrangeira, duas mulheres tão diferentes que éramos.

Meu marido então vinha voltando, um jornal debaixo do braço e empurrando um daqueles carrinhos de carregar bagagens. Dei uma boa risada, gostando de ver como ele me surpreendia. Ele riu também, pondo nossas duas malas no carro. Esqueci-me de Adama por um instante e pulei no pescoço dele, beijando-o duas vezes no rosto. Ou talvez eu nem tenha me esquecido de Adama, e tenha na verdade desejado mostrar a ela que naquele momento eu aceitava, quase resignada, não saber por que eu tinha me casado justamente com ele, que nem sempre me via. Talvez eu tenha desejado confidenciar a ela que de noite, quando eu acordasse no meio da noite, uma de minhas pernas estaria entre as dele, no lugar onde eu mais gostava de dormir, no meu abrigo mais valioso.

Fomos saindo ele e eu para nosso próximo embarque. Mas eu não me esqueceria de virar para trás e dizer a ela:

– *Goodbye*.

Ela tirou o véu e respondeu, sorrindo:

– *Goodbye, madam*.

E ela era tão linda. E foi o mais lindo sorriso de mulher que já me deram.

Marina Colasanti

Ficcionista, jornalista, cronista, tradutora, Marina Colasanti nasceu na Etiópia, em 1937. Viveu na Itália alguns anos e veio para o Brasil com a família na década de 1950. É casada com o escritor Affonso Romano de Sant'Anna. Além da literatura adulta, dedica-se também à literatura infanto-juvenil. Suas principais obras são: *Eu sozinha*, de 1968; *Uma idéia toda azul*, de 1979; *E por falar em amor*, de 1984; *Contos do amor rasgado*, 1986; *Ana Z., aonde vai você?*, de 1993. Alguns livros infantis: *A menina arco-íris*, de 1984; *O menino que achou uma estrela*, de 1988; e *Penélope manda lembranças*, de 2001.

O HOMEM DE LUVA ROXA

Quando você caminha pela rua, não olha para o chão. O chão, paralelepípedos ou asfalto, é apenas uma superfície que parece se deslocar debaixo dos pés, uma espécie de esteira rolante que se move parada. É assim que a gente anda quando é jovem.
Mas o homem que vem andando agora nessa rua não é jovem. Se víssemos seus olhos, que não vemos porque ainda está um pouco distante, os perceberíamos atentos. Olha o chão. Há, porém, naquele olhar parcialmente encoberto pelas pálpebras que traz um tanto abaixadas, um cuidado maior, um algo mais além da justa prudência de quem quer proteger-se de uma queda. O homem está atento a imprevistos, porque imprevistos podem pôr a perder as aparências.
Não anda de cabeça baixa, isso nunca, cuida da sua imagem, não viesse algum conhecido a dizer que ele caminha na rua encolhido como um velho, quem sabe, procurando moedas.

242 O HOMEM DE LUVA ROXA

O olhar falsamente distraído, então. Voltado para a frente, só um tanto mais baixo, o quanto basta para inspecionar o chão com antecedência, percorrer aquele mesmo trecho de paralelepípedos onde seus pés pisarão dali a poucos minutos. Uma varredura.

E agora esta história põe no caminho desse homem, caída no chão cinza e anônimo da rua, uma luva roxa. Ainda não ao alcance dos seus olhos, um pouco mais adiante, para que o vejamos andar com seus passos lentos e compridos, sabendo, sem que ele saiba, que um encontro marcado o espera e se aproxima inexoravelmente ao ritmo dos seus pés e do fino ponteiro do relógio que leva no pulso, sabendo, tão mais do que ele, que sua vida mudará a partir desse encontro.

Um passo. Outro passo. Um passo mais. O olhar varrendo por baixo das pálpebras. Passo. Um mínimo sobressalto no olhar, que ninguém na rua vê, só nós. E pronto. Aquilo que para ele é inicialmente apenas uma mancha roxa entrou nas suas cogitações. O homem caminha sem se apressar. Mais próxima, a mancha roxa revela-se um pano largado. E, já a seus pés, uma malha ou camurça fina, de viva cor.

Com ar displicente, o homem olha ao redor. Pode ser a atitude gentil, urbana, de quem procura a proprietária – sim, certamente uma mulher – que só mais tarde dará pela falta do objeto perdido. Pode ser falsa generosidade encobrindo o desejo de esquadrinhar o objeto e o medo de ser flagrado.

Ainda olhando ao redor, com um sorriso posto no rosto justamente para dizer a um eventual observador que ele está só querendo ajudar, com um sorrisinho, pois, o homem mexe com o pé na mancha roxa, revolve-a de leve com a biqueira do sapato. E sob esse impulso, dois dedos desdobram. Dois dedos de luva. Agora o homem sabe aquilo que nós sabíamos desde o início e que mantivemos em segredo para espionar sua reação e começar a decifrar-lhe a alma.

O homem flexiona de leve os joelhos – jamais se dobraria, alto com é, passando o ridículo de ficar de traseiro para cima no meio da rua –, estica o braço, e com a ponta dos dedos, só a ponta, pega a luva. Ergue-se o homem, o braço um pouco afastado do corpo, não vá aquela coisa encostar direto nele. A luva pende como uma serpente morta. É uma luva longa, daquelas que se usavam nos bailes e que quase não se vêem mais. De finíssima camurça.

O homem recolhe a luva para examiná-la. E nesse recolher percebe – isso nem você sabia – que há um peso qualquer dentro dela. Apalpa-a disfarçadamente, tateia por cima da camurça com cuidado para não manchar os dedos pois, sem motivo algum a não ser a força vívida da cor, tem a impressão de que pode ficar marcado por ela. E metido no fundo do dedo anular da luva, como em um saco, reconhece, nítido, o contorno de um anel.

Um pensamento o atravessa: ouro. O raciocínio é lógico: uma senhora despiu a luva sem dar-se conta de que seu anel havia escorregado do dedo, luva e anel caíram-lhe inadvertidamente do colo ou da bolsa. E agora ali estão. Uma luva de nada e um anel, talvez precioso.

Apressado em sua descoberta, ainda assim o homem se obriga à contenção, impõe aos gestos aquela fleugma que sempre gostou de exibir como se natural. Enquanto isso, aceleradamente, pensa. Ninguém o viu recolher seu achado, tem quase certeza. Torna a olhar em volta. Melhor afastar-se dali. Recomeça a andar, perguntando-se se é mais prudente meter a luva no bolso – mas uma voz de mulher, aguda e súbita, pode cravá-lo exigindo a devolução – ou se deve sacudir de leve a luva emborcada, de modo a deixar cair na mão o anel – mas o anel pode chamar a atenção de qualquer transeunte, e denunciá-lo.

Então o homem entra em um portão, espera em silêncio até estar seguro de que ninguém o seguiu, avança na penumbra do vestíbulo, e num canto atrás da escada, amantado de escuro, enfia lentamente a mão esquerda na luva. Que macia, a camurça. Como uma pele. Os dedos do homem entram nos pequenos túneis dos dedos da luva, ele empurra a mão até o fundo à procura do anel, mas o anel, cadê o anel, que agora não o encontra? Revolve o fundo, sente a leve costura contra a ponta do anular, mais nada. Não há ali anel nenhum. Enganou-se. Ou foi enganado. A irritação contrai os lábios finos do homem. Correu o risco de comprometer-se, de passar por ladrão, conspurcou seu passeio diário, e para quê?, para nada.

Num gesto quase feroz agarra com a mão direita a beira da luva e puxa para despi-la. Mas a luva, que subiu-lhe braço acima, parece aderente, e resiste. O homem puxa com mais força disposto a rasgar a camurça, pouco lhe importa, para livrar-se daquele engodo. A camurça não cede, a luva não desce um centímetro sequer.

Agora, na escuridão debaixo da escada, o homem sente o suor molhar-lhe a testa. Levanta o braço, mete os dentes na camurça. Um gosto estranho, da tinta certamente, invade-lhe a boca. Por um instante teme sair dali com os lábios roxos. Mas ao perceber que seus dentes não vencem a camurça tão macia e inquebrantável, uma inquietação maior o toma. Impensável entrar numa loja e pedir à vendedora que o liberte, jamais se exporia à vergonha de apresentar-se de luva roxa àquela hora da manhã, ele, um senhor tão distinto. Será preciso ir até em casa para fazer uso da tesoura. Mas como ir até em casa com aquela luva berrante?

Mangas compridas em pleno verão. Não é uma solução, é um remendo. Nada deu resultado. Tesoura, gilete, alicate, nada abalou aquele couro falsamente suave. Quase arrancou sua própria pele tentando puxá-lo. E a teria arrancado se apenas fosse possível. Sem medo de queimá-la, passou tudo o que acreditou pudesse destruir uma luva. E ela manteve-se impecável. Parou de lutar, por falta de armas, depois de molhá-la e ensaboá-la infinitas vezes na esperança de que, pelo menos, desbotasse. Agora espera, sem confiar nisso, que venha a apodrecer.

E como temia, logo no dia seguinte:
– Que foi isso na mão, doutor? – pergunta a empregada ao chegar.
– Doença de pele – responde em tom grave.
E para que ela não se aproxime acrescenta:
– É contagiosa.
Pela cara que fez, não se aproximará.
– Tem que usar luva – continua ele, repetindo o discurso ensaiado no quarto. – Para proteger.
Faz uma pausa para que ela assimile bem a situação. E arremata enfático:
– O médico exigiu.
Sob o olhar estarrecido da empregada, ainda estende minimamente a mão espalmada, como se a mostrasse.
– O remédio é que dá essa cor – diz.
E retrai a mão. A manga da camisa encobre o resto da luva.

Pronto. Até o final do dia a empregada espalhará a história entre os serviçais do prédio, que posteriormente a repetirão para seus respectivos patrões. E ele estará a salvo de perguntas.

Mas na primeira vez que sai:
– Como vai a mão? – pergunta solícito o porteiro.

Há uma mão, dentro da luva. Isso não podemos esquecer. Uma mão até ontem secundária e pouco habilidosa, como costumam ser as mãos esquerdas para os destros. Uma mão quase insignificante, discreta por natureza. Que de uma hora para a outra, ao ser tragada pela luva, sofre dupla transformação, passou para a clandestinidade ao mesmo tempo em que foi alçada ao primeiro plano.

Hoje, se o homem ficar nu, e é evidente que em certos momentos fica, o que dele mais sobressai é a sua luva roxa, embora não seja a mão que a luva roxa contém. Deste modo, como saber até onde a mão é sujeito, e até onde é a luva que a impulsiona?

O novo atuar da luva começou a se revelar num detalhe – detalhe para os outros, mas não para o homem, nem para nós que o observamos. O detalhe é este: à mesa do café, justamente no momento em que a empregada se debruçava pousando o bule de leite quente, eis que a mão enluvada empunhou uma faca e a cravou na maçã da fruteira. Não só a cravou, mas ergueu a fruta espetada, como um troféu.

Por sorte o gesto pouco elegante não chegou a surpreender a empregada, que logo voltou à cozinha. O homem porém perdeu a fome. Pensou em dar um tapa na mão, mas temeu a ponta afiada. De que serve uma faca na mão esquerda que não sabe descascar, senão para um ato de violência?, perguntou-se.

A pergunta era assustadora porque não tinha resposta, e porque a ausência de resposta atribuía à mão metas e autonomia de desejo.

Pense agora nesse homem. Um homem de pouca coragem, que não corre riscos porque não saberia como enfrentá-los. Um homem que não se expõe e não se atreve. Um homem que nunca ousou. E que só se fortalece no apego.

Apego ao seu bom nome, à sua respeitabilidade, ao que os outros possam dizer ou pensar dele; se não sai com o capote marrom de que tanto gosta é para que os vizinhos não achem que ele só tem aquele; se nunca teve cão é porque a moda dos cães varia e ele não suportaria ter um cão que já não fosse considerado elegante. Todo seu gesto é medido com a rígida régua das convenções. Obedecer aos cânones equivale para ele a estar certo. Jamais se permitiria ser flagrado em erro. E apego àquilo que conhece, sua casa, sua rotina, os sabores que não lhe surpreendem o paladar. Atenção, porém: esse apego que o salva acabou por mantê-lo numa camisa-de-força. Agora pegue esse homem e calce-lhe uma luva roxa. Em seguida ponha a luva para agir.

Ninguém no prédio perguntava mais pela saúde da mão. Vendo-a enluvada imaginavam que a doença continuasse a roê-la, e consideravam indelicado falar no assunto. Era um prédio de pessoas muito respeitadoras. Assim o homem entrava e saía com ar de normalidade embora adivinhando os pensamentos que o acompanhavam. E a aparência, aquela aparência que ele tanto prezava, estava mantida.

Foi com ar de normalidade, portanto, que poucas manhãs depois do fato que deu início a esta história, ele chegou à banca do seu jornaleiro. Pegou o jornal, escolheu a costumeira revista técnica e já ia pagando quando, inesperada, a mão esquerda pousou sobre aquela outra revista. Na capa, as enormes nádegas de uma mulher nua.

O homem sentiu a indignação subir-lhe ao rosto num súbito calor. Enrubescia de fúria, e duplamente enrubescia sob o olhar do jornaleiro que certamente o acreditava envergonhado. Uma revista daquelas! Quis devolver a revista à sua pilha, mas conteve-se temendo a reação da mão. Tentou folheá-la demonstrando madura displicência, mas o gesto saiu sem naturalidade. Então pediu para botar tudo num saco plástico – pelo menos isso –, pagou e se foi.

Em casa, trancado no banheiro, estapeou a mão, gritou-lhe impropérios, ameaças. E embora ciente da inutilidade desse destempero, sentiu-se melhor, parcialmente vingado.

Assim mesmo, não voltaria a se arriscar.

Durante muitos dias não saiu de casa. Parecia-lhe a maneira mais simples de manter a mão sob controle. Controle relativo, como logo percebeu. Encontrou um bilhete sobre a mesa-de-cabeceira. A letra, refinada. Mas o conteúdo, que coisa grosseira. Perguntou à empregada que bilhete era aquele, e a coitada, que era quase analfabeta, abriu bem os olhos e um tanto a boca expressando seu desconhecimento do assunto.

Foi necessário deparar com outros bilhetes, todos com a mesma letra e nos papéis mais disparatados, para que o homem compreendesse quem os escrevia. Mas como, se estava presa ao seu braço?

Aos poucos, vigilante, percebeu. Ela escrevia de noite, enquanto ele dormia, estendendo-se até o tampo da mesinha e utilizando toco de lápis e papel que ali houvesse. Nem se intimidava com a luz. De dia mesmo, era ele estar ao telefone, atento à conversa, e ela se punha a rabiscar coisas no bloco ao lado. E quando ele lia, quando tomava o café da manhã, a qualquer mínima distração e havendo material por perto, ela começava suas escrevinhações.

Só então o homem se deu plenamente conta de que sua mão, aquela que havia sido seqüestrada pela camurça roxa e que ele continuava a considerar sua, talvez não mais o fosse. Apalpou-a por cima da luva. Não sentiu o toque, como se a mão estivesse insensível ou a luva a impedisse de assimilar outros contatos. Arregaçou a manga. Seu corpo, o corpo que lhe pertencia, ia até a beirada roxa. Depois, era outra coisa. Sentiu-se como se tivesse sofrido um implante, se houvesse em seu corpo uma parte alheia que não se harmonizava com o resto. Uma excrescência.

Jogou fora todos os bilhetes. Escondeu os papéis possíveis. Sem que ele soubesse como, a mão conseguia driblar sua atenção.

Uma tarde, surpreendeu-se lendo algumas linhas grafadas com fina letra na margem do jornal.

Mantê-la trancada em casa equivalia a manter-se trancado em casa. E quando o homem realizou que se havia posto em cárcere privado, decidiu mudar de tática. Mandou a empregada comprar grossos alfinetes de fralda, vestiu um paletó, empurrou a mão esquerda para dentro do bolso e, lacrando as bordas com os alfinetes, prendeu-a lá dentro.

Triunfo era o que lhe aquecia o peito enquanto caminhava pela rua rumo ao bar.

– O de sempre! – disse alegre para o rapaz atrás do balcão.

– Café? – perguntou o rapaz sem olhar a ficha que o outro havia lhe entregue.

– Leite gelado – respondeu fechando o sorriso. – E um queijo quente. – No escuro do bolso, tinha certeza, a luva roxa divertia-se com seu desacerto.

Tomou o leite lentamente, o sanduíche queimava-lhe os dedos. Jogou a gorjeta sobre o balcão. E o corpo já se virava para sair, quando sentiu um puxão no braço, as pontas dos alfinetes feriram-lhe a carne, e com o canto do olho viu a mão roxa saltar rápida como um peixe roubando as moedas.

De novo em casa, ele, e aquela luva roxa que dele fazia parte. De novo longamente trancados em casa. Na trincheira, como se fosse.

Não por causa das moedinhas do garçom. Não bastaria isso para motivar seu recuo estratégico, o rapaz não tinha se dado conta, no máximo o pusera na lista dos clientes sovinas. Quanto a controlar a mão, depois do caso do bar havia idealizado um estratagema: na hora de sair entregava-lhe uma pasta com alguns livros, pesada, e com os dedos fechados ao redor da alça mantinha-a impedida de atuar.

A pasta ficava na cadeira ao lado da porta, ele a pegava antes mesmo de pegar o chapéu. E sentia-se protegido. Nada mais perigoso, porém, do que a autoconfiança. Fora ela a causa do episódio nefando pelo qual agora se escondia, o episódio que, trancado em casa, lutava em vão por esquecer.

O ônibus não estava cheio naquela manhã aparentemente prazerosa em que ele se aventurava longe de casa, mas havia gente de pé. Ele também havia ficado de pé. Olhava distraído – melhor seria dizer descuidado – pela janela, quando ouviu o baque da pasta no chão. Abaixou-se instintivamente para pegá-la, e já com a cara metida entre seu próprio corpo e o do sujeito ao lado ouviu os gritos da mulher.

– Desgraçado! Sem-vergonha! – lançava ela com voz aguda.

Sem entender o que acontecia, ergueu-se permitindo que a mulher, que tentava esbofeteá-lo, o atingisse no alto da cabeça derrubando o chapéu.

– Tarado! – urrava ela. – Está pensando o quê?! Sou uma mulher casada! De respeito, ouviu! De respeito!

Sentiu-se apedrejado pelo olhar acusador de todos os passageiros. Tarado, diziam aqueles olhos. Tarado, murmuravam algumas bocas. Logo ele, tão respeitador, tão obcecado pelas normas. Ele, que jamais ousaria, que nunca.

– Eu não, eu... – ainda tentou desculpar-se. Mas já o empurravam, e a voz saiu fraca, encoberta pela da mulher que vociferava, narrando agora para todos, já em lágrimas, como a mão dele...

Sozinho na calçada, abaixou a cabeça sentindo sobre si os olhares vindos do ônibus que se afastava.

Voltou para casa a pé. Chapéu e pasta estavam perdidos.

Com esse episódio infamante pareceu-lhe que a sua reputação havia sido destruída. Sentia-se como se todas aquelas pessoas que haviam estado no ônibus, e mais o motorista e o trocador, tivessem repetido a história a seus parentes e conhecidos, e esses, por sua vez, a tivessem passado adiante indefinidamente, em ondas que se ampliavam invadindo a cidade e que breve viriam bater no seu prédio. E não apenas a história era passada boca a boca, como o rosto do seu autor, seu próprio rosto, descrito em detalhes tão precisos que constituíam um retrato falado. A razão lhe dizia que nada disso era verdade, que o incidente havia sido esquecido poucos minutos depois. Mas de que adianta a razão quando não coincide com os sentimentos?

Recluso, afundado em solidão e tédio, vagava pela casa tentando se ocupar com pequenas tarefas.

Estava justamente organizando a gaveta da escrivaninha quando, numa virada de cabeça, flagrou o roxo dedo indicador discando um número ao telefone. Só então percebeu que, sorrateira, a mão já havia tirado o fone do gancho.

Desligou imediatamente, não fosse o telefone tocar em alguma casa.

Mas que casa?

Havia muito não falava com ninguém a não ser a empregada. E com esta, de tão poucos assuntos, mantinha-se monossilábico. Sentia falta de companhia. E não ousava procurá-la. Mesmo seus poucos amigos haviam-se tornado perigosos; ao mais leve aceno poderiam pedir para encontrá-lo, ou pior, visitá-lo em sua casa.

Uma mensagem apareceu manuscrita nas costas de um envelope que havia chegado no dia anterior e que esquecera de destruir. A letra fina, elegante.

Por um momento segurou o envelope no ar, antegozando o prazer com que o atiraria no lixo. Hesitou. Uma corrente de curiosidade pareceu subir-lhe braço acima. Suspendeu o envelope. O que ali se dizia não era despido de interesse.

Ele nunca o confessaria, mas a verdade é que, ao fim de uma tarde interminavelmente monótona, fingiu distrair-se, para permitir ao dedo roxo discar um número no telefone.

Desta fez pegou o fone. O pulsar do seu coração ecoava mais alto nos ouvidos do que o som do telefone chamando em alguma casa, chamando. Quando uma voz disse alô, desligou.

Leu outras mensagens, depois daquela primeira. A princípio disfarçadamente, depois sem pudor, passou a deixar bloco e caneta em lugar de fácil alcance. Quase esperava pela resposta a esse seu estímulo. A missivista tinha o que contar.

Da segunda vez que pegou o fone enquanto o telefone chamava, esperou que a voz atendesse, ouviu quando dizia alô, alô, quem fala?, percebeu que a pessoa hesitava um instante dando tempo a quem quer que tivesse chamado, depois disse mais uma vez alô, e desligou.

Ele não havia interrompido a ligação. Havia deixado a voz falar até o fim, como se através daquelas poucas palavras rituais pudesse entender quem era aquela pessoa. Como se pudesse descobrir por que a mão havia ligado para ela.

Pouco a pouco, o homem cuja reputação havia sido arruinada distanciava-se das normas.

Poderia ter saído todo dia com seu capote marrom, se apenas saísse. Ou comprado um cão. Em vez disso lia mensagens manuscritas, grafadas às vezes na fórmica da

cozinha em franco desrespeito aos blocos de papel, outras vezes compostas de uma única palavra rabiscada no lençol ou no peitilho branco de uma camisa.
Desejou responder. Chegou a sentar-se diante da folha azul-clara com monograma, mas percebeu que não sabia a quem, de fato, endereçá-la. Nem sabia se jamais poderia ser lida.
A luva, ou a mão que já não lhe pertencia, parecia distanciar-se dele cada vez mais. Não por ausência, mas ao contrário, por oferecer-lhe evidências, sempre mais claras, de uma vida própria sobre a qual ele não tinha nenhum controle. Uma vida cheia de mistérios, que de forma obscura o atraía.

Vagava pela casa, deixava-se ficar longas horas sentado, sem nada fazer. Os jornais, os livros lhe pareciam distantes como se escritos em línguas estranhas. Não tinha desejo de sair. Nem sentia necessidade de companhia. Quem o visse, assim largado, pensaria que havia perdido o poder de concentração. E no entanto, sua mente estava sempre voltada para o mesmo ponto, seu corpo tensionava-se numa única direção. A luva roxa alargava seus domínios.

Aproximou-se, como se por acaso, do telefone. Manteve-se falsamente ocupado. A mão esquerda tirou o fone do gancho, discou um número. Ele olhou de soslaio, anotou o número. Em seguida recolocou o fone no gancho.
O número escrito à sua frente. E ele sem ousar discá-lo. Sem jogá-lo fora. Deixou-o ali, sobre a escrivaninha, óbvio e inútil.
Durante todo o dia perguntou-se por que o havia anotado.
Anoitecia, quando ligou.
Alô?, atendeu uma voz. Não era a mesma que ele já conhecia. Alô?, a voz tornou a perguntar. O homem ou-

via sem responder, sem conseguir responder. A respiração queimava-lhe a boca. Como é possível que não ouça a minha respiração?, perguntou-se numa fração de segundo. Quem é?, insistiu a voz, já ameaçadora. Um som escapou da garganta do homem, como um silvado. Eu..., articulou afinal, e as palavras de que tanto precisava não vieram. Eu..., gaguejou novamente, em desespero. Mas nenhuma frase tomava forma dentro dele, nada que pudesse entregar ao interlocutor do outro lado da linha. E sem ter o que dizer, desligou.

Eu sou o homem pendurado numa luva roxa, isso é o que eu deveria ter dito, murmurou ao longo da longa noite insone. Eu sou um homem comandado por uma luva roxa, disse ainda, um homem sem perfil ou frente, só luva. E mais murmurou sozinho na cama – sozinho não, que a luva estava com ele – naquela noite que parecei não acabar. Até que ao amanhecer, exausto, quase soprou entre os lábios secos, eu sou um pobre cego guiado por uma luva roxa.

Mas a sua decisão estava tomada.

Esperou que a manhã estivesse adiantada. Vestiu-se com capricho. Saiu.

Depois de tanta reclusão, a rua pareceu tonteá-lo com suas lufadas de barulho e movimento. Mas ele sabia aonde ir. Havia tempos cortejava aquele endereço.

Tomou um táxi. Diante do prédio olhou brevemente a vitrina, conferiu o letreiro ao alto. Era o que procurava.

Entrou decidido na luvaria. Sem sequer sorrir para o vendedor que o atendeu, arregaçou a manga esquerda da camisa até acima do cotovelo, expondo a luva roxa. E em voz firme, diante do olhar surpreso do outro, encomendou uma luva idêntica, para a mão direita.

Miriam Mambrini

Nascida na cidade do Rio de Janeiro em 1938, formou-se em Letras Neolatinas pela PUC do Rio de Janeiro. Seu primeiro livro de contos, *O baile das feias*, é de 1994. Em 1997, publicou *Grandes peixes vorazes* (contos) e, em 2000, o romance *A outra metade*. Contribuiu como contista para o livro *A palavra em construção*, de 1991, e para a revista *Ficções* (1:9). Seu currículo inclui vários prêmios, entre eles o primeiro lugar na categoria conto do concurso Stanislaw Ponte Preta, da Secretaria de Cultura da Prefeitura do Rio de Janeiro, em 1991, com "Taxidermia". Foi também premiada com os contos "Luar sobre Niterói" e "Deliciosos instrumentos de vingança".

Taxidermia

Ele quis saber meu nome verdadeiro. Menti que era Iracema. Podia me chamar de Ira, de Cema, como quisesse. Não disse que nasci e me criei Raimunda, em Pilão Arcado. Também não insisti em Andressa, como sou conhecida por aqui. Iracema foi inspiração do momento. Ele perguntou se eu tinha sangue de índio, então me lembrei do seu Francisco, que conheci logo que vim pro Rio. Seu Francisco me chamava de Iracema por causa de um livro que era a história de uma índia parecida comigo. Naquele tempo, o meu cabelo era ainda mais comprido do que é hoje e meus lábios (ele dizia) eram de mel feito os dela. Quis saber também da minha vida, não sei por quê. Não contei do Bento, que era meu homem, pouco importa se gostasse de tudo quanto era mulher. Falei que morava com uma colega e era dançarina. Já tinha até dançado na televisão, fui mandada embora pra dar lugar a uma moça com um baita dum pistolão.

Antero era como ele se chamava. Um homem muito esquisito. Percebi desde que falou comigo na Atlântica e me convidou pra tomar uma bebida qualquer. Magro, branco, com jeito de doença ruim. Podia ser aids, a gente nunca sabe. Me levou prum bar, depois pra outro, não agüentava ficar muito tempo no mesmo lugar. Em cada boteco, ele tomava um conhaque. Quando já tava mais pra lá que pra cá, começou a dizer que era doido por índia e fincou em mim aqueles olhos de peixe morto.

Pela meia-noite, fomos pra casa dele, um mundão de apartamento cheio de bicho empalhado, onça, preguiça, macaco pequeno, macaco grande, arara em cima de toco de pau, tamanduá, sei lá mais o quê. Bicho pra tudo que era canto, com os olhos todos iguais, redondos e brilhantes, em cima de uns móveis grandões e empoeirados. Ele disse que eram os seus animaizinhos de estimação. Ele olhava e via em cada um uma pessoa da família. Fiquei tentando adivinhar qual dos bichos era a mãe do Antero.

Mandou eu tirar a roupa que ele queria me foder na frente dos bichos. Entendi que o que ele queria mesmo era me foder na frente de toda a família – a mãe, que eu estava achando que era a onça, o pai, que devia ser o macaco grande, ou talvez o tamanduá. A arara com certeza era alguma tia solteirona. Ainda pensei na aids, mas nem deu tempo de falar no assunto. O Antero foi me agarrando, pegando meu cabelo, puxando, metendo meu peito na boca. Suava, se esfregava em mim, mas não havia jeito de conseguir mostrar a potência pra família. Tava broxa. Foi ficando nervoso, nervoso e eu me preparei – coisa boa não vinha dali. O Antero gritava que eu tinha feito mandinga de índio pra tirar a potência dele, que eu era uma bugra desgraçada, uma não-sei-o-quê diabólica e ele ia me matar e me empalhar. Eu era do mato, ia ficar ótima ali no meio da bicharada.

Ele tava de porre. Enrolava as palavras e nem se agüentava direito nas pernas. Quando o cara está de fogo, é isso mesmo, fica broxa e põe a culpa na gente. Ele não ia fazer nada. Só que nessa hora eu tava perto da minha bolsa, onde guardo a navalha pras emergências. Me deu uma gana, uma raiva, acho que é a raiva acumulada de tanto safado que já encontrei por aí. Saquei da bichinha e o Antero se encolheu. Dei uns berros, parecia que ele ia se borrar. Fui chegando perto, chegando perto, com vontade de deixar ele marcado pra sempre, quem sabe lanhar o rosto, pra família dele, lá os bichos dele, saberem que o Antero não era um bom moço não, que se metia com gente que não devia.

Ele ficou assustado. Nu, os bracinhos magros e brancos, um osso apontando no ombro, aqueles gambitos de pernas. Tão feio, coitado, olhos arregalados, parado entre o tamanduá e a preguiça. A raiva foi secando e deixou no lugar um vazio, uma tristeza. Uma pena do Antero, dos bichos empalhados, de todo mundo, até de mim.

Guardei a navalha e disse tu precisa é dormir um pouco. Levei ele pro quarto. Parecia um menino doente se aproveitando do mimo da mãe. Ainda quis procurar a carteira pra me pagar, eu disse não precisa. Só fui embora depois que ele dormiu.

Estava de novo na noite, no meio da minha gente, os bêbados emborcados pelos cantos, as putas e travestis na beira da calçada, mendigos debaixo das marquises. O Bento, me disseram que sumiu com uma mulher pros lados da Princesa Isabel.

Às vezes fico assim meio sem-graça pra tudo. Feito aquela noite depois do Antero. Andei pela Atlântica. O ar do mar podia fazer bem, limpar a coisa doída e morna que escorria por dentro do meu peito. Acabei me sentando num banco e fiquei parada lá. Quem me visse podia até pensar que o Antero tinha mesmo me empalhado.

Só quando a luz da manhã afugentou os bêbados e vadios foi que encontrei força pra juntar Iracema, Andressa, Raimunda, e mais a Mundinha da infância, a Rai dos amigos e as outras que nem sei direito o nome, mas que também são eu, e voltar pra casa, onde o Bento roncava, cheirando a perfume de mulher.

Nélida Piñon

Nasceu no Rio de Janeiro em 1935. Romancista vigorosa, é a quarta mulher eleita para a Academia Brasileira de Letras, que presidiu no período de 1996 a 1998. Formada em jornalismo pela PUC-RJ, membro do Conselho Nacional dos Direitos da Mulher, participa intensamente da vida cultural no Brasil e no exterior. Seu primeiro livro, *Guia-mapa de Gabriel Arcanjo*, de 1961, surge no momento de eclosão dos experimentalismos formais, dos quais compartilha. Em 1963 publica *Madeira feita de cruz*, outro romance ousado e heterodoxo. *Tempo de frutas* (contos) é de 1966. *O fundador*, de 1969, abre novo caminho na ficção da autora, de reinvenção das origens. Recebe o Prêmio Walmap daquele ano. Publica os romances: *A casa da paixão*, de 1977; *Tebas do meu coração*, de 1974; *A força do destino*, de 1977; *A República dos sonhos*, de 1984, obra máxima de sua prosa romanesca, na qual se manifesta a herança ibérica de sua criação literária; *A doce canção de Caetana*, de 1987; e os contos: *Sala de armas*, de 1973, e *O calor das coisas*, de 1980. Seus livros têm sido traduzidos em vários países, como França, Espanha, Polônia, Estados Unidos e Croácia. Em 1995 conquista o grande Prêmio Juan Rulfo de Literatura Latino-Americana, no México, pela primeira vez concedido a um escritor brasileiro. Em todas as suas participações públicas reitera o caráter fundador da memória na sua obra e transmite um sentimento apaixonado pela palavra e pela vida.

COLHEITA

Um rosto proibido desde que crescera. Dominava as paisagens no modo ativo de agrupar frutos e os comia nas sendas minúsculas das montanhas, e ainda pela alegria com que distribuía sementes. A cada terra a sua verdade de semente, ele se dizia sorrindo. Quando se fez homem encontrou a mulher, ela sorriu, era altiva como ele, embora seu silêncio fosse de ouro, olhava-o mais do que explicava a história do universo. Esta reserva mineral o encantava e por ela unicamente passou a dividir o mundo entre amor e seus objetos. Um amor que se fazia profundo a ponto de se dedicarem a escavações, refazerem cidades submersas em lava.

A aldeia rejeitava o proceder de quem habita terras raras. Pareciam os dois soldados de uma fronteira estrangeira, para se transitar por eles, além do cheiro da carne amorosa, exigiam eles passaporte, depoimentos ideológicos. Eles se preocupavam apenas com o fundo da terra, que é o nosso interior, ela também completou seu pensamento. Inspirava-lhes o sentimento a conspiração das raízes que a própria árvore, atraída pelo sol e exposta à terra, não podia alcançar, embora se soubesse nelas.

Até que ele decidiu partir. Competiam-lhe andanças, traçar as linhas finais de um mapa cuja composição havia se iniciado e ele sabia hesitante. Explicou à mulher que para a amar melhor não dispensava o mundo, a transgressão das leis, os distúrbios dos pássaros migratórios. Ao contrário, as criaturas lhe pareciam em suas peregrinações simples peças aladas cercando alturas raras.

Ela reagiu, confiava no choro. Apesar do rosto exibir naqueles dias uma beleza esplêndida a ponto de ele pensar estando o amor com ela por que buscá-lo em terras onde dificilmente o encontrarei, insistia na independência. Sempre os de sua raça adotaram comportamento de potro. Ainda que ele em especial dependesse dela para reparar certas omissões fatais.

Viveram juntos todas as horas disponíveis até a separação. Sua última frase foi simples: com você conheci o paraíso. A delicadeza comoveu a mulher, embora os diálogos do homem a inquietassem. A partir desta data trancou-se dentro de casa. Como os caramujos que se ressentem com o excesso da claridade. Compreendendo que talvez devesse preservar a vida de modo mais intenso, para quando ele voltasse. Em nenhum momento deixava de alimentar a fé, fornecer porções diárias de carpas oriundas de águas orientais ao seu amor exagerado.

Em toda a aldeia a atitude do homem representou uma rebelião a se temer. Seu nome procuravam banir de qualquer conversa. Esforçavam-se em demolir o rosto livre e sempre que passavam pela casa da mulher faziam de conta que jamais ela pertencera a ele. Enviavam-lhe presentes, pedaços de toicinho, cestas de pêra, e poesias esparsas. Para que ela interpretasse através daqueles recursos o quanto a consideravam disponível, sem marca de boi e as iniciais do homem em sua pele.

A mulher raramente admitia uma presença em sua casa. Os presentes entravam pela janela da frente, sempre aberta para que o sol testemunhasse a sua própria vida, mas abandonavam a casa pela porta dos fundos, todos aparentemente intocáveis. A aldeia ia lá para inspecionar os objetos que de algum modo a presenciaram e eles não, pois dificilmente aceitavam a rigidez dos costumes. Às vezes ela se socorria de um parente, para as compras indispensáveis. Deixavam eles então os pedidos aos seus pés, e na rápida passagem pelo interior da casa procuravam a tudo investigar. De certo modo ela consentia para que vissem o homem ainda imperar nas coisas sagradas daquela casa.

Jamais faltou uma flor diariamente renovada próxima ao retrato do homem. Seu semblante de águia. Mas, com o tempo, além de mudar a cor do vestido, antes triste agora sempre vermelho, e alterar o penteado, pois decidira manter os cabelos curtos, aparados rentes à cabeça – decidiu por eliminar o retrato. Não foi fácil a decisão. Durante dias rondava o retrato, sondou os olhos obscuros do homem, ora o condenava, ora o absolvia: porque você precisou da sua rebeldia, eu vivo só, não sei se a guerra tragou você, não sei sequer se devo comemorar sua morte com o sacrifício da minha vida.

Durante a noite, confiando nas sombras, retirou o retrato e o jogou rudemente sobre o armário. Pôde descansar após a atitude assumida. Acreditou deste modo poder provar aos inimigos que ele habitava seu corpo independente da homenagem. Talvez tivesse murmurado a algum dos parentes, entre descuidada e oprimida, que o destino da mulher era olhar o mundo e sonhar com o rei da terra. Recordava a fala do homem em seus momentos de tensão. Seu rosto então igualava-se à pedra, vigoroso, uma saliência em que se inscreveria uma sentença, para permanecer. Não sabia quem entre os dois era mais sensível à violência. Ele que se havia ido, ela que tivera que ficar. Só com os anos foi compreendendo que se ele ainda vivia tardava a regressar. Mas, se morrera, ela dependia de algum sinal para providenciar seu fim. E repetia temerosa e exaltada: algum sinal para providenciar meu fim. A morte era uma vertente exagerada, pensou ela olhando o pálido brilho das unhas, as cortinas limpas, e começou a sentir que unicamente conservando a vida homenagearia aquele amor mais pungente que búfalo, carne final da sua espécie, embora tivesse conhecido a coroa quando das planícies.

Quando já se tornava penoso em excesso conservar-se dentro dos limites da casa, pois começara a agitar nela uma determinação de amar apenas as coisas venerandas, fossem pó, aranha, tapete rasgado, panela sem cabo, como que adivinhando ele chegou. A aldeia viu o modo de ele bater na porta com a certeza de se avizinhar ao paraíso. Bateu três vezes, ela não respondeu. Mais três e ela, como que tangida à reclusão, não admitia estranhos. Ele ainda herói bateu algumas vezes mais, até que gritou seu nome, sou eu, então não vê, então não sente, ou já não vive mais, serei eu logo o único a cumprir a promessa?

Ela sabia agora que era ele. Não consultou o coração para agitar-se, melhor viver a sua paixão. Abriu a porta e fez da madeira seu escudo. Ele imaginou que escarneciam da sua volta, não restava alegria em quem o recebia. Ainda apurou a verdade: se não for você, nem preciso entrar. Talvez tivesse esquecido que ele mesmo manifestara um dia que seu regresso jamais seria comemorado, odiaria o povo abundante na rua vendo o silêncio dos dois após tanto castigo.

Ela assinalou na madeira a sua resposta. E ele achou que devia surpreendê-la segundo o seu gosto. Fingia a mulher não perceber seu ingresso casa adentro, mais velho sim, a poeira colorindo original as suas vestes. Olharam-se como se ausculta a intrepidez do cristal, seus veios limpos, a calma de perder-se na transparência. Agarrou a mão da mulher, assegurava-se de que seus olhos, apesar do pecado das modificações, ainda o enxergavam com o antigo amor, agora mais provado.

Disse-lhe: voltei. Também poderia ter dito: já não te quero mais. Confiava na mulher; ela saberia organizar as palavras expressas com descuido. Nem a verdade, ou sua imagem contrária, denunciaria seu hino interior. Deveria ser como se ambos conduzindo o amor jamais o tivessem interrompido.

Ela o beijou também com cuidado. Não procurou sua boca e ele se deixou comovido. Quis somente sua testa, alisou-lhe os cabelos. Fez-lhe ver o seu sofrimento, fora tão difícil que nem seu retrato pôde suportar. Onde estive então nesta casa, perguntou ele, procure e em achando haveremos de conversar. O homem se sentiu atingido por tais palavras. Mas as peregrinações lhe haviam ensinado que mesmo para dentro de casa se trazem os desafios.

Debaixo do sofá, da mesa, sobre a cama, entre os lençóis, mesmo no galinheiro, ele procurou, sempre prosseguindo, quase lhe perguntava: estou quente ou frio. A mulher não seguia suas buscas, agasalhada em um longo casaco de lã, agora descascava batatas imitando as mulheres que encontram alegria neste engenho. Esta disposição da mulher como que o confortava. Em vez de conversarem, quando tinham tanto a se dizer, sem querer eles haviam começado a brigar. E procurando ele pensava onde teria estado quando ali não estava, ao menos visivelmente pela casa.

Quase desistindo encontrou o retrato sobre o armário, o vidro da moldura todo quebrado. Ela tivera o cuidado de esconder seu rosto entre cacos de vidro, quem sabe tormentas e outras feridas mais. Ela o trouxe pela mão até a cozinha. Ele não se queria deixar ir. Então, o que queres fazer aqui? Ele respondeu: quero a mulher. Ela consentiu. Depois porém ela falou: agora me siga até a cozinha.

– O que há na cozinha?

Deixou-o sentado na cadeira. Fez a comida, se alimentaram em silêncio. Depois limpou o chão, lavou os pratos, fez a cama recém-desarrumada, tirou o pó da casa, abriu todas as janelas quase sempre fechadas naqueles anos de sua ausência. Procedia como se ele ainda não tivesse chegado, ou como se jamais houvesse abandonado a casa, mas se faziam preparativos sim de festa. Vamos nos falar ao menos agora que eu preciso?, ele disse.

– Tenho tanto a lhe contar. Percorri o mundo, a terra, sabe, e além do mais...

Eu sei, ela foi dizendo depressa, não consentindo que ele dissertasse sobre a variedade da fauna, ou assegurasse a ela que os rincões distantes ainda que apresentem certas particularidades de algum modo são próximos a nossa terra, de onde você nunca se afastou porque você jamais pretendeu a liberdade como eu. Não deixando que lhe contasse, sim que as mulheres, embora louras, pálidas, morenas e de pele de trigo, não ostentavam seu cheiro, a ela, ele a identificaria mesmo de olhos fechados. Não deixando que ela soubesse das suas campanhas: andou a cavalo, trem, veleiro, mesmo helicóptero, a terra era menor do que supunha, visitara a prisão, razão de ter assimilado uma rara concentração de vida que em nenhuma parte senão ali jamais encontrou, pois todos os que ali estavam não tinham outro modo de ser senão atingindo diariamente a expiação.

E ela, não deixando ele contar o que fora o registro da sua vida, ia substituindo com palavras dela então o que ela havia sim vivido. E de tal modo falava como se ela é que houvesse abandonado a aldeia, feito campanhas abolicionistas, inaugurado pontes, vencido domínios marítimos, conhecido mulheres e homens, e entre eles se perdendo pois quem sabe não seria de sua vocação reconhecer pelo amor as criaturas. Só que ela falando dispensava semelhantes assuntos, sua riqueza era enumerar com volúpia os afazeres diários a que estivera confinada desde a sua partida, como limpava a casa, ou inventara um prato talvez de origem dinamarquesa, e o cobriu de verdura, diante dele fingia-se coelho, logo assumindo o estado que lhe trazia graça, alimentava-se com a mão e sentia-se mulher; como também simulava escrever cartas jamais enviadas pois ignorava onde encontrá-lo; o quanto fora penoso decidir-se sobre o destino a dar a seu retrato, pois, ainda que praticasse a violência contra ele, não podia esquecer que o homem sempre estaria presente; seu modo de descascar frutas, tecendo delicadas combinações de desenho sobre a casca, ora pondo em relevo um trecho maior da polpa, ora deixando o fruto revestido apenas de rápidos fiapos de pele; e ainda a solução encontrada para se alimentar sem deixar a fazenda em que sua casa se convertera, cuidara então em admitir unicamente os de seu sangue sob condição da rápida permanência, o tempo suficiente para que eles vissem que apesar da distância do homem ela tudo fazia para homenageá-lo, alguns da aldeia porém, que ele soubesse agora, teimaram em lhe fazer regalos, que, se antes a irritavam, terminaram por agradá-la.

– De outro modo, como vingar-me deles?

Recolhia os donativos, mesmo os poemas, e deixava as coisas permanecerem sobre a mesa por breves instantes, como se assim se comunicasse com a vida. Mas, logo que todas as reservas do mundo que ela pensava existirem nos objetos se esgotavam, ela os atirava à porta dos fundos. Confiava que eles próprios recolhessem o material para não deteriorar em sua porta.

E tanto ela ia relatando os longos anos de sua espera, um cotidiano que em sua boca alcançava vigor, que temia ele interromper um só momento o que ela projetava dentro da casa como se cuspisse pérolas, cachorros miniaturas, e uma grama viçosa, mesmo a pretexto de viver junto com ela as coisas que ele havia vivido sozinho. Pois quanto mais ela adensava a narrativa, mais ele sentia que além de a ter ferido com o seu profundo conhecimento da terra, o seu profundo conhecimento da terra afinal não significava nada. Ela era mais capaz do que ele de atingir a intensidade, e muito mais sensível porque viveu entre grades, mais voluntariosa por ter resistido com bravura os galanteios. A fé que ele com neutralidade dispensara ao mundo a ponto de ser incapaz de recolher de volta para seu corpo o que deixara tombar indolente, ela soubera fazer crescer, e concentrara no domínio da sua vida as suas razões mais intensas.

À medida que as virtudes da mulher o sufocavam, as suas vitórias e experiências iam-se transformando em uma massa confusa, desorientada, já não sabendo ele o que fazer dela. Duvidava mesmo se havia partido, se não teria ficado todos estes anos a apenas alguns quilômetros dali, em degredo como ela, mas sem igual poder narrativo. Seguramente ele não lhe apresentava a mesma dignidade, sequer soubera conquistar seu quinhão na terra. Nada fizera senão andar e pensar que aprendeu verdades diante das quais a mulher haveria de capitular. No entanto, ela confessando a jornada dos legumes, a confecção misteriosa de uma sopa, selava sobre ele um penoso silêncio. A vergonha de ter composto uma falsa história o abatia. Sem dúvida estivera ali com a mulher todo o tempo, jamais abandonara a casa, a aldeia, o torpor a que o destinaram desde o nascimento, e cujos limites ele altivo pensou ter rompido.

Ela não cessava de se apoderar das palavras, pela primeira vez em tanto tempo explicava sua vida, tinha prazer de recolher no ventre, como um tumor que coça as paredes íntimas, o som da sua voz. E, enquanto ouvia a mulher, devagar ele foi rasgando o seu retrato, sem ela o impedir, implorasse não, esta é a minha mais fecunda lembrança. Comprazia-se com a nova paixão, o mundo antes obscurecido que ela descobriu ao retorno do homem.

Ele jogou o retrato picado no lixo e seu gesto não sofreu ainda desta vez advertência. Os atos favoreciam a claridade e, para não esgotar as tarefas a que pretendia dedicar-se, ele foi arrumando a casa, passou pano molhado nos armários, fingindo ouvi-la ia esquecendo a terra no arrebato da limpeza. E, quando a cozinha se apresentou imaculada, ele recomeçou tudo de novo, então descascando frutas para a compota enquanto ela lhe fornecia histórias indispensáveis ao mundo que precisaria apreender uma vez que a ele pretendia dedicar-se para sempre.

Mas de tal modo agora arrebatava-se que parecia distraído, como pudesse dispensar as palavras encantadas da mulher para adotar afinal o seu universo.

Nilza Amaral

Escritora e professora de línguas e literaturas, Nilza Amaral Antunes de Souza pertence à família originária de Beira-Alta (Viseu y Guarda), do rei de León, Ramiro II. Nasceu no Brasil, em Piracicaba (SP), em 1934. Posteriormente fixou residência em São Paulo, onde terminou seus estudos superiores. Casada, iniciou a carreira vencendo concursos literários. Publicou *A balada de Estóica, O dia das lobas*, prêmio Ficção Escrita 1984, *Modus diabolicus, Amor em campo de açafrão*. Trabalhou no projeto O Escritor na Biblioteca, da Secretaria Municipal de Cultura de São Paulo, para o qual organizou os textos dos livros dos anos de 1995 e 2000. Participou do projeto A Arte nas Escolas, da Secretaria Estadual da Cultura de São Paulo, do projeto DO-Leitura – Doze Contistas Paulistanos e do projeto Leitura de Textos, na Oficina Literária Três Rios, como escritora-leitora, juntamente com Lygia Fagundes Telles, Anna Maria Martins e Cecilia Prada. Em junho de 2003 ganhou o Prêmio Medalha de Prata no Concurso Marengo Doro, da Itália, com o romance *O florista*.

MARCOLINA-CORPO-DE-SEREIA

Não serei diferente do que sou, tenho muito prazer em minha condição. Sempre sou acariciada.
(Uma jovem feiticeira francesa de 1660)

Nascera linda. Crescera maravilhosa. Cuidava dos porcos e das galinhas. Chafurdava na lama, calçada com suas botas de borracha preta que resguardavam os membros em mutação, abrigava os cabelos de seda do sol inclemente sob um saco de estopa amarrado à bandeira de rebeldes. Rebelde não era. Mas a ponta da luxúria já era incipiente. Insidiosa, começava a escalar a árvore do desejo pela raiz. Marcolina colecionava revistas que chegavam à venda na pequena vila de pescadores, um lapso do correio, pois revistas *fashion look* e *vogues* estrangeiras, outras do mundo inteiro, até uma nacional com apresentação de modelos com traseiros superdesenvolvidos, misturavam-se às batatas e à ração animal. "Leve, leve, para que me servem", dizia o vendeiro, "E para o que te servem, Marcolina? – Vai mostrar aos porcos, engordar suas vistas?"

Marcolina-corpo-de-sereia morava junto ao mar, respirava o ar de sal e algas, ouvia cantos ao longe, ninfa ingênua que se transmutava sutilmente à medida que se banhava abaixo da cintura, nas ondas encrespadas do mar, no fundo de seu quintal.

Marcolina-corpo-de-sereia ainda não sabia para o que as tais revistas serviam e carregava todas, tinha a coleção debaixo de sua cama, o lugar ideal para o esconderijo, jamais vasculhado pelas vassouras que passavam ao largo. Marcolina crescia. Os seios em botão afloravam pontudos na blusa, os pêlos dourados, penugem de seda, cobriam seu corpo alvo, até a cintura. Abaixo desta, a indagação. Carolina virava sereia e ninguém percebia, nem os porcos satisfeitos com a lavagem diária não queriam saber sobre o sexo ou a imagem de quem os alimentava.

À noite Marcolina sonhava, folheando as revistas e descobrindo mulheres belas, despidas e ousadas, famosas mulheres da cidade. E desejava, ansiava, suspirava.

Um dia foi dar comida aos porcos, nua da cintura para cima. E o tio velho, os pais alienados, até os porcos pararam, o mundo cessou o seu giro, o sol brilhou mais intensamente para Marcolina desfilar. Seios empinados apontando para o céu, nua até onde o corpo de sereia permitia, Marcolina desfilou com o balde da comida dos porcos sobre os ombros ante os olhares tristes de todos: a princesinha transformara-se em rainha, e todos teriam que se conformar. Só não se conformaram os porcos com o atraso da alimentação.

Marcolina decidira. Queria desfilar sobre as calçadas cobertas de ouro, na passarela onde mulheres bonitas tornavam-se rainhas, mostravam o corpo, os seios, a bunda, suas carnes eram admiradas por todos e premiadas pela exposição.

A mãe era ignorante; porém, a ignorância não elimina a inteligência e constatava a mudança no comportamento de Marcolina. Aconselhar a filha? E o que poderia dizer-lhe? Que a verdadeira essência da vida é a simplicidade e que ela deveria conformar-se cuidando da sua vida ali naquela terra junto ao mar, alimentando os porcos, o seu dote para o futuro? Estava preparada para o revoar de sua pombinha. Num dia da faxina no quarto da filha pronta para o vôo, encontrou as revistas. E perdeu metade do dia maravilhada, até que as devolveu ao esconderijo, saindo do quarto como de um castelo encantado.

Marcolina-corpo-de-sereia não nadou. Viajou. Subiu a colina num trem de segunda categoria, mochila nas costas, longa saia esvoaçante, e desembarcou na cidade que oferecia ouro às mulheres formosas.

Mulher linda e exótica, mesmo com corpo de sereia, sempre acha algum malandro querendo ser encantado pelo seu encanto. Com Marcolina não foi diferente e, ao ouvir aquela voz maviosa perguntando onde estavam as ruas cobertas de ouro, não teve dúvida em afirmar que conhecia o endereço das minas. Marcolina estranhou o ambiente ao sair da estação ferroviária e mergulhar no enxame humano de seres de todos os tipos, de mulatos mequetrefes a banqueiros raquíticos, de garotos de motos com botas de vaqueiro a adolescentes que paravam defronte às vitrines das lojas para ajeitar a roupa barata, os corpetes justos e as calças iguais, fazendo de todas apenas uma. Marcolina-corpo-de-sereia queria saber das calçadas douradas, das mulheres glamourosas, dos homens que sussurravam; seu corpo de sereia doía, sua cabeça latejava, aquele cheiro azedo de gente junta lembrava-lhe os porcos comendo lavagem e começava a impregnar-se da nostalgia da brisa do mar, do cheiro do sal, da lama da pocilga dos porcos.

"Eu me chamo Cobra", falou ele, indicando-lhe a moto escrachada e dizendo "suba aí na garupa que eu vou levar você até as calçadas de ouro". E partiram para a Mansão das Damas, a pensão na casa antiga e velha, ladeada de floreiras com flores de plástico, "veja é aqui que você vai morar, minha rainha, e já vou arranjar ouro para você hoje mesmo. Tome um banho, vista este vestido, jogue fora essa sua saia de cigana", sussurrava ele em seus ouvidos, escorregando a mão pelo seu corpo, enquanto a empurrava para um quarto minúsculo sobre uma cama quebrada, dizendo "o banheiro é no fundo do corredor, eu já volto".

Marcolina afinal tivera os sussurros nos ouvidos. A barra dourada e desbotada de mulheres nuas da pintura barroca na parede do quarto, mais o cansaço da viagem e a excitação da cidade grande a deslumbraram. Deitou, dormiu e sonhou com os seus porcos. Mas antes vestiu a roupa de escamas verdes brilhantes que amoldou o seu corpo de sereia.

A noite chegou e com ela o Cobra mais um fulano de terno e gravata que, sem abrir a boca, mostrou-lhe uma pulseira dourada, dizendo, ofegante, "olha, eu lhe trouxe o ouro", e logo abraçou-a pela cintura, procurando as suas profundezas, fungando e grunhindo, mordendo seus peitos duros, retirando-lhe o ar, na busca pelo imã que atrai todos os homens, e se da cintura para baixo Marcolina era mutante, outros orifícios o satisfizeram. Foi a primeira noite da sereia em terra de bárbaros que em troca do ouro, tão falso quanto a pintura das paredes, lhe extraíram prazeres. Outras noites vieram, novas pulseiras douradas, outros fulanos de terno e gravata irromperam pelo quarto do Cobra. Vamos ficar ricos, menina. Ela não acreditava, pedia as calçadas de ouro, as passarelas brilhantes, os vestidos de rainha. Mas ia ficando no seu vestido de escamas brilhantes, porque percebia que da cintura para baixo já não era mais a mesma. Alguma coisa estranha estava acontecendo – e aconteceu de fato. Examinando-se ao espelho viu suas pernas unindo-se debaixo do vestido de escamas brilhantes e verdes, sua cintura colava-se ao tecido, e ali no espelho a metamorfose mostrava a mais linda sereia do mundo. Cobra não se assustou. Colocou-a de lado na garupa da moto, levou-a até o litoral e despejou-a no mar revolto, resmungando que com cafetão de segunda classe as minas se transformam até em peixes.

Marcolina-corpo-de-sereia vagou pelas ondas, penetrou nas profundas do oceano, distraiu-se atrás dos peixes dourados até que, seguindo o som do canto embriagador, foi dar com os costados na praia de sua casa. Reconheceu o terreno pelo cheiro de lavagem dos porcos e pelo ressoar do cochilo de seu tio velho dormindo na areia.

Emergiu nua, largando as escamas brilhantes na água verde. Membros recompostos conduziram-na até sua casa, os porcos grunhiram satisfeitos, o amanhecer a encontrou folheando as revistas glamourosas, satisfeita de haver conhecido, se não as ruas cobertas de ouro, o outro lado da vida para além do mar. O tio alienado acordou com os grunhidos dos porcos, e Marcolina percebeu que já era hora de calçar as botas de borracha, próprias para chafurdar na lama. As pulseiras douradas brilhavam em seu pulso.

Olga Savary

Nasceu em Belém do Pará, em 21 de maio de 1933. Reside no Rio de Janeiro. Poeta, contista, romancista, ensaísta e tradutora, Olga Savary tem 16 livros publicados, ocupando lugar de destaque na literatura brasileira. Até o momento tem 31 prêmios de literatura e é mãe da escritora Flávia Savary. Começou a escrever aos 10 anos de idade, mas seu primeiro livro, *Espelho provisório*, foi publicado somente em 1970. Exerce o jornalismo literário há mais de 50 anos e recebeu o Prêmio Assis Chateaubriand de 1987 pela coletânea de artigos publicados na imprensa, com o livro *As margens e o centro*. Fez parte do jornal *O Pasquim*, de 1969 a 1982. Da sua vasta produção, pode-se destacar *Sumidouro* (poesia), de 1977; *Altaonda* (poesia), de 1979; *Magma* (poesia erótica), de 1983; *Linha d'água* (poesia), de 1987; Anima animalis – *Voz de bichos brasileiros* (poesia), de 1988; *O olhar dourado do abismo* (contos), de 1997. É traduzida para várias línguas.

O REI DOS LENÇÓIS

Olhar, olhava-o há anos. Vê-lo era ver Veludo, que assim o chamavam. Veludo. Veludo Negro – ela repetia, incansável. Diziam-no sem vez na terra. Como, se era o Rei dos Lençóis? Era assim: diz-que, sofisticado, deitava em lençóis negros com mulheres brancas, em brancos com mulheres negras. Desejoso de contrastes aquele altivo talo de palmeira alta, os bagos vermelho-escuros explodindo na boca o vinho dos frutos do açaizeiro, a boca arroxeando, puramente roxa, quase negra. Negra como a pele macia e negra de Veludo.
 – Que sucesso o de Veludo com as mulheres! – diziam, com inveja. – E olha que nem de raça pura ele é...
 – Raça pura é para animal. Ser humano é miscigenado – respondia rindo, sábio e zombeteiro, na ironia de sua majestade, todo votado à alegria.
 Quanto a ela, observava, quieta, sem falar nada. Olhava só – e já era muito. Mirava aquele andar com mo-

vimento de água, várzea já desalagada mas ainda toda úmida, promessa de vastas águas represadas sempre a vir, prestes a explodir de novo. A qualquer hora, pretexto ou sortilégio. Desejava o júbilo de Veludo encalhar nela. Porém ele era um barco sempre a seguir, seguindo sempre. Mesmo sem sair do lugar. E onde iria fazer água, era ele que ia escolher. Outras vezes parecia percorrer braviamente campos indomáveis, sem fim, montado em búfalo, cavalo de seu próprio corpo. Os descampados o atraíam, só para ele demonstrar a força libertária, qual Zumbi dos Palmares. Liberdade, teu nome? Veludo. Veludo ao vento, à mercê das chuvas compactas, chuvas amazônicas a mais não poder, vindas das 42 ilhas a rodear a cidade, usinando mais chuvas, coriscos, clarões, raios, trovões, tempestades, ventanias, vendavais.

E ele ali firme, estático se movendo, tranqüilo-intranqüilo, dono da terra, senhor da água, olhos puxados e carapinha. Andar, andava. Nadar, nadava. Em chão batido de terra e areia de interior, dos cafundós do mato ou chão citadino de pedrinhas portuguesas, de ardósia ou pedra de lioz, íntimo de águas ribeirinhas ou profundas, cristalinas ou barrentas, enovelando-se ou liberto das vegetações desapegadas, soltas das terras caídas lá do fundo.

Olhar, olhava-o há anos. Logo ele, que não a vê. Verá, virá? Fica ela à espreita, esperando, lutadora que nem peixe das piracemas, nadando contra a corrente, a favor da vida, barro e peixe ávido, beira e profundezas de rio, igarapé e igapó, vazante e cheia de riacho, enchente, torvelinho, chuva fininha e chuvarada forte de bátegas fartas, chuvisco e chuva torrencial. Logo ela, que nunca levou nada a sério, sempre levando a vida na brincadeira, querendo só brincar de casinha, olhando a vida como mentirinha de teatro, ela – que nada sabe – franqueará o caminho ao senhor da vida, quando ele quiser fazê-la rainha dos lençóis brancos e dos lençóis negros.

Patrícia Galvão (Pagu)

Patrícia Rheder Galvão nasceu em São João da Boa Vista em 1910 e faleceu em 1962. Escreveu sob os pseudônimos de Paty, Pagu, Mara Lobo, Ariel e King Shelter. Jornalista, poeta, romancista, tradutora. Foi aluna de Mário de Andrade no Conservatório Dramático e Musical de São Paulo. Em meados da década de 1920, passou a freqüentar as reuniões de modernistas paulistas, quando conheceu Tarsila e Oswald. Casou-se com Oswald de Andrade, com quem teve um filho, Rudá de Andrade. Militante comunista, esteve presa em 1931 e 1935. Passa a publicar a seção "A mulher do povo", que editava com Oswald de Andrade, jornal proibido de circular depois de oito edições. Em 1933 publica o romance *Parque industrial* sob o pseudônimo de Mara Lobo, por exigência do Partido Comunista. Separa-se de Oswald de Andrade e, após outro episódio de prisão política, casa-se com Geraldo Ferraz, com quem terá outro filho, Geraldo Galvão Ferraz, em 1941.

Obra principal: *Parque industrial*, de 1933. Outras obras: *A famosa revista*, de 1945, com Geraldo Ferraz, e *Verdade e liberdade*, de 1950. O volume *Safra macabra*, de 1998, é póstumo e reúne seus contos policiais.

Morte no Varieté*

Claudine subira correndo a velha escada, entrara em seu *boudoir-camarin*, emocionada, e, como se precisasse de ar, abriu a janela. Um vento fresco açoitou-lhe o lindo rosto moreno, os seus lábios tremiam. Diante dela estava a pequena caixa de cobre onde costumava deixar alguns cigarros. Foi ali que depositou o pequeno objeto que tinha entre os dedos. Era preciso voltar imediatamente à sala de espetáculos, com a maior naturalidade. Apanhou um espelho que estava a seu alcance...
O vento agitava as finas cortinas da janela; tendia a aumentar. Era um vento de chuva. Qualquer coisa como um lamento humano parecia vir de muito longe. Perto, Claudine distinguiu um ruído diferente. Mal teve tempo de perceber a figura sinistra no quadrado negro da noi-

---
* Escrito sob o pseudônimo de King Shelter.

te. Deixou cair no chão o espelho, sentiu a pancada no peito quando ia pronunciar um nome. Não teve tempo para isso. Tentou ainda agarrar-se a uma das cortinas, que arrastou com o próprio peso.

Quando a ruivinha Rée, sua colega, entrou no quarto, viu Claudine caída numa poça de sangue sob o véu transparente da cortina. Cacos do espelho partido estavam espalhados pelo quarto.

Rée ficou estatelada diante do quadro macabro, em seguida desceu as escadas gritando por socorro.

A prefeitura tinha arrendado o velho teatro Villon para a companhia ambulante dirigida por Mathieu Pallas. Há muito tempo o Villon não funcionava, pois nenhuma companhia decente aceitaria trabalhar naquela ruína e pensava-se mesmo em reformá-la, transformando-a em mercado pela sua situação perto do cais. Assim Mathieu arrendou-a por tempo indeterminado, fazendo ótimo negócio. Como, precisamente em Havre, não aparecia, há algum tempo, nenhuma companhia decente, desde que as letras luminosas apareceram na cúpula do Villon e os cartazes berrantes taparam os remendos da parede, tudo o que havia de melhor e pior na cidade portuária afluía para ver os números organizados no Varieté.

Por mais que se pense o contrário, a heterogeneidade dos espetáculos de variedades atrai sempre muita gente e assim Mathieu, que tinha ali chegado com um pequeno circo há três meses, já podia apresentar *shows* verdadeiramente selecionados. Conservava muitos de seus velhos artistas e entre eles uma trupe de anões, a mulher de barba, o homem-cobra, os trapezistas e a comunidade zoológica: um urso, um burro sábio e dois leões.

O balé, os atiradores, o trio chinês e muitos outros tinham sido recentemente contratados. A maioria deles, como o teatro era grande, morava nos andares superiores do edifício. Assim, a qualquer hora do dia, mesmo quando não havia espetáculo, um verdadeiro mundo formigava ali, falando todos os idiomas imagináveis.

Foi numa terça-feira depois de terminado o espetáculo que Rée, a amazona atiradora, encontrou no *boudoir* vizinho ao seu o cadáver da bailarina Claudine, a estrela número-um do Varieté. Ali fora para pedir um cigarro à colega. Viu que a porta estava apenas cerrada. E como, chamando, não fora atendida, empurrara a porta. O aposento não era muito grande, não lhe fora portanto difícil ver, imediatamente, Claudine caída numa poça de sangue.

O detetive Cassira Ducrot estava no começo de sua carreira. Como todos os principais idealistas, era sempre o primeiro a chegar à chefatura, embora soubesse que nada mais teria a fazer do que fumar um cigarro atrás do outro, tomar duas ou três xícaras de café e assistir, como um ridículo guarda-costas, dois ou três interrogatórios contra sujeitos que já vinham presos e que confessavam os seus crimes sem maior dificuldade. Quase todos tremiam de terror diante da escrivaninha do chefe Froussard que, aliás, na opinião do jovem Cassira A. Ducrot, era uma verdadeira mosca morta.

Naquela terça-feira o detetive chegara, como de costume, à meia-noite, para o plantão. Vestia um terno branco muito bem engomado, e às duas horas da madrugada já estava praguejando contra a sua própria indumentária, pois um temporal desabara sobre o porto de Havre ameaçando engolir mesmo os navios parados no cais. Estava tomando precisamente o terceiro café, quer dizer, já o tinha terminado no instante exato em que a campainha do chefe se fez ouvir. Viu o negrinho que estava dormindo numa cadeira levantar-se e entrar na sala de Froussard. Momentos depois era ele quem ali entrava a chamado do chefe.

— Morte no Varieté — disse o comissário com a voz lenta que lhe era peculiar. — Isto é caso para Maurice, mas ele faltou. Vamos para lá, Ducrot. Telefone para o dr. Gedeon, para Gervais da técnica e para Fabien. Diga-lhes que vamos na frente.

Momentos depois, sob o dilúvio, o automóvel cinzento da polícia parava nas portas do velho Villon ocupado pelo Varieté. As luzes gigantes, sob a chuva, surgiam apesar de tudo como manchas de sangue num campo negro...

Precisamente no palco, enfileiravam-se todos os artistas, o diretor, os empregados. Só faltavam ali os bichos que uivavam, urravam, gemiam em suas jaulas.

A morte estava lá em cima no segundo andar. A bailarina Claudine tinha sido assassinada. Alguma daquelas pessoas teria cometido o crime? Isso pensava Cassira Ducrot, no rápido momento em que passou por eles, seguindo o seu chefe ao local do crime. Os sapatos de Froussard, subindo as escadas, deixavam nos velhos degraus as marcas de água. O diretor do Varieté abria caminho.

O médico e os especialistas da pesquisa técnica chegaram quase que imediatamente. A moça havia morrido mais ou menos há três horas, ou seja, às onze, justamente depois do último intervalo que sucedera o seu último número. Uma punhalada, ou qualquer coisa parecida, dirigida por mão firme, atingira-lhe o coração. Contudo a arma desaparecera. Nenhum rastro no local, nenhuma impressão digital digna de nota. Um espelho quebrado, possivelmente pela própria vítima, alguns cigarros no chão, uma caixa de cobre também caída. Com a janela aberta, a chuva penetrava à vontade, de tal forma que o sangue da ferida misturado à água escorria até o outro lado do aposento, formando um verdadeiro regato. A carne de Claudine, morta, estava gelada.

Agora Cassira A. Ducrot se achava novamente no grande palco, diante da fauna humana enfileirada em semicírculo. Passou vagarosamente os olhos por toda aquela gente que apresentava as mais diferentes feições e sentimentos. Alguns estavam rígidos, indevassáveis. Outros sorriam de todas as formas. Sorrisos irônicos, serviçais, nervosos. Uns pareciam não dar nenhuma importância ao ocorridos, outros pareciam alegres. Um monstruoso aborto da natureza chegou mesmo a cortar a solenidade com uma grande gargalhada, ao ouvir qualquer coisa que diziam perto.

Quem puxava a fila era o homem-cobra, vestido ainda com a roupa do espetáculo, um maiô de escamas prateadas que determinava ousadamente a esbelteza de seu corpo, excessivamente magro, mas com uma certa harmonia plástica. Seguia-o uma estranha figura... A mulher barba. Estava vestida a rigor e era medonho se ver uns olhos tão estranhos, tão longínquos, o nariz perfeito e a barba vermelha, densa, que escondia toda a parte inferior do rosto. Cassira julgou ver uns dentes brancos entre aquela espessura capilar, mas não poderia saber se a mulher sorria ou se aqueles dentes se salientavam naturalmente. Lindas moças, atletas perfeitos, monstros se sucediam... Qual seria o assassino, quem teria interesse em eliminar a estrela do balé?

– Tinha já mudado a roupa – dizia o diretor – após o seu último número. Fê-lo com rapidez, pois a vi logo depois no bar, sentada à mesa do príncipe Sergei.

– Do príncipe Sergei? – perguntou espantado o comissário Froussard. – Refere-se ao príncipe Sergei Golodin?

Compreendia-se a surpresa de Froussard. O príncipe Sergei era uma verdadeira personalidade, que de passagem pelo Havre tinha atrás de si uma verdadeira comitiva e principalmente as célebres jóias do Cáucaso, que todos os milionários da França ambicionavam.

— Ele estava apaixonado por Claudine — explicou o diretor Mathieu.

E então Cassira A. Ducrot compreendeu por que o príncipe, que ali só estava de passagem, conseguira suportar o Havre por tanto tempo. Seguia para os Estados Unidos mas interrompera a viagem, abandonando a luxuosa cabine que tomara no *Normandia*.

— Dera-lhe muitas jóias... Mas Claudine não conservava nenhuma com ela. As que usava eram as fantasias que eu mesmo forneci para os espetáculos. Estão todas no banco...

Cassira ouvia atenciosamente as informações de Mathieu. Ansiava por deixar as suas horríveis funções numa sala de espera de polícia. Desejaria trabalhar como verdadeiro detetive e buscava uma oportunidade para o que considerava uma promoção. Era para isso que tinha entrado na polícia.

O diretor da companhia falou ainda algum tempo. Claudine tinha tomado uma taça de champanhe no bar, em companhia do príncipe Sergei e outros destacados elementos da colônia russa no Havre. Em seguida deixou a mesa, tendo o príncipe acompanhado a bailarina até a escadaria que dava para os camarins. Desde aí não mais a vira, apesar de ter nitidamente ouvido quando ela pronunciou as palavras "não demoro". Entretanto não voltara. O príncipe e os seus amigos deixaram o teatro uns dez minutos depois não tendo, como de costume, esperado o último ato.

O detetive logo certificou-se que o diretor Mathieu nada adiantaria para o esclarecimento do crime. Começou a se desinteressar das palavras ordenadas mas inúteis. Os olhos inteligentes do jovem policial percorriam de novo o semicírculo exótico dos artistas do Varieté. Novamente se fixou na mulher de barba. Notou a pujança daqueles músculos ocultos sob a pele rosada, os olhos estranhos, a carnação aveludada da maquiagem de noite. Não seria inadmissível que um punhal atirado por aqueles dedos compridos conseguisse matar alguém. Mas havia também o misterioso trio chinês. Quem sabe o que poderá fazer um chinês cuja filosofia jamais um ocidental poderá penetrar... E ainda os monstros, quase todos com fisionomias más... Havia também as *girls*, as ingênuas, as pequenas equilibristas, os homens do trapézio, os atiradores... Aquelas duas jovens... a pequenina ruiva. Mas... Cassira A. Ducrot sentiu um estremecimento frio ao encarar a atiradora Jek Jour. Com os longos cabelos louros, a túnica escarlate, as botas douradas, não parecia um habitante desta terra. Uma capa de couro caía-lhe pelas costas sobre a indumentária. Sim... Era tão esguia e forte, tão diferente das outras mulheres. Nunca vira cabelos assim... Aliás, talvez fossem artificiais...

Aproximou-se. A moça lhe sorriu. Só então notou que o seu vizinho lhe cingia a cintura. Era seu companheiro de número – sr. Bouard. Notou ainda qualquer outra coisa. Uma nódoa indefinida na capa de couro de Jek Jour.

– Os seus cabelos são naturais? – perguntou Cassira já bem próximo.

– Absolutamente, senhor – respondeu a jovem Jek Jour, arrancando-os da cabeça com um gesto gracioso.

– Os meus são esses horríveis cabelos vermelhos.

– Não são nada feios – disse Bouard. – Gosto muito deles.

Não havia dúvida. Eram namorados. Contudo, o detetive Cassira A. Ducrot não estava dando muita importância a esse detalhe e tampouco à beleza da jovem que não diminuía mesmo privada da cabeleira. Parecia mais jovem com os cabelos curtos e ruivos, mais natural também. Contudo havia qualquer outra coisa que impressionava o detetive. Era a nódoa vermelha no casaco de couro.

– Isto é sangue, senhorita?
– O quê? – perguntou espantada Jek Jour.
– Isto aqui em seu casaco – disse Cassira Ducrot.
Viu a fisionomia de Jek Jour aterrorizada, enquanto procurava dar uma explicação. Não conseguiu, porém. A voz saiu-lhe perturbada enquanto os olhos se abriam largamente, mostrando todo o medo que continham.
– Não sei... não sei como isso veio parar aqui.
O diretor e o superintendente tinham percebido o diálogo e se aproximavam por sua vez.
– Não há dúvida de que é sangue – definiu o comissário Froussard. – E sangue recente. Vamos, senhorita, confesse que matou a bailarina – disse brutalmente.
Nesse momento, o jovem que amparava a moça, o atirador Bouard, interveio.
– Estão todos doidos? O que significa essa acusação?
– Se foi você quem a matou – disse o chefe, virando-se indignado para Bouard – é melhor dizer logo. A senhorita, por enquanto, é a única suspeita. Pelo menos até nos explicar a origem desse sangue.
– Ela nada tem com isso – continuou o atirador Bouard. – Este casaco não lhe pertence, é meu.
– Desde quando o está usando, senhorita? – perguntou a voz cordata de Cassira A. Ducrot.
– Quando terminei o nosso número – respondeu a moça. – Saímos um momento para cear no clube ao lado. Costumamos ir lá todas as noites, mesmo com a roupa do espetáculo. Estávamos com fome. Bouard pôs-me o casaco nas costas porque ventava...
– E depois o que fizeram? – perguntou o comissário.
– Estivemos lá por pouco mais de meia hora. Depois voltamos...
– E eu permaneci todo o tempo com Rée – continuou Jek Jour, mostrando uma outra moça.

— Ah! Sim! — fez o diretor. — Foi Rée quem encontrou o corpo de Claudine.

— Mas, e o sangue? — perguntava de novo o comissário. "Estamos perdendo tempo", pensava Cassira. "Nada nos indica que o criminoso pertença à companhia. E se for alguém de fora?"

Nesse momento o porteiro veio dizer ao diretor que alguém chamava o comissário Froussard ao telefone. Era o príncipe Sergei Dalovine, que, tendo procurado se comunicar com o comissário, de lá lhe haviam dito que o chefe tinha seguido para o teatro do Varieté.

Depois de blasfemar algum tempo diante do bocal do telefone, o comissário Froussard voltou-se para os circunstantes.

O príncipe Sergei Dalovine acabara de se queixar à polícia de que fora vítima de um roubo. O agrafe rosa, a mais bela jóia de sua coleção, tinha desaparecido. Tratava-se de uma peça extraordinária de âmbar, jade e diamantes que se afirmava ter pertencido a Ivan, o Terrível. Essa jóia, especificava o nobre russo, fora o prêmio conferido a seus ancestrais pelos serviços prestados ao czar. Não havia quem desconhecesse a jóia, afirmava. Usava-a como pendente na corrente do relógio. O esplêndido berloque tinha sido usado ainda por ele aquela noite. Diversas pessoas no Varieté, entre as quais os membros de sua comitiva e a bailarina Claudine, tinham podido ainda admirá-la. Haviam mesmo lhe pedido durante a noite que, mais uma vez, contasse a história da jóia. Tinham deixado o Varieté, ele e os seus amigos, para o Astor, restaurante elegante, onde dera por falta da jóia. Tinha convicção absoluta de que o roubo fora cometido no *hall* encantado do Varieté. Não tinha bem certeza, mas suspeitava da bailarina Claudine.

"Teria a morte de Claudine relação com o roubo da jóia do russo?", perguntava a si mesmo o detetive Cassira A. Ducrot. Mas, se o príncipe Sergei estava, como lhe afirmara o diretor, tão apaixonado pela bailarina a ponto de interromper a viagem e presenteá-la regiamente, por que suspeitava precisamente dela, agora? Os namorados costumam defender-se mutuamente... como o faziam, por exemplo, os dois atiradores, o sr. Bouard e a srta. Jek Jour. Aqueles estavam realmente tontos um pelo outro... e as manchas de sangue? O que significariam aquelas nódoas vermelhas no casaco que agasalhava Jek Jour, mas que pertencia a Bouard? Teria alguém procurado lançar suspeitas sobre o jovem casal? Ou saberiam alguma coisa de que não queriam falar?

Uma hora depois, o comissário Froussard consentia que os artistas se recolhessem aos seus aposentos, no velho teatro Villon. A medida alcançava alguns artistas que habitavam *meublés* próximos. Contudo, não deveriam deixar as suas casas ou quartos sem autorização da polícia.

O pessoal do Varieté debandou pelas escadas comentando, discutindo os sucessos da noite. Algumas mulheres, receando qualquer coisa, combinavam se agrupar no mesmo quarto. Outras e outros, antes de se recolher, passavam pelo bar encomendando bebidas. Havia uma pressão estranha no ambiente. Só o trio chinês parecia indiferente. Os três ocupavam o mesmo quarto do porão e para lá se dirigiram, cada um acendendo quase que simultaneamente um longo cachimbo branco.

Alguns dos artistas, como já dissemos, moravam fora, e esses, passando pelos camarins, tiveram autorização também para se recolher às suas casas, não podendo contudo sob nenhum pretexto deixar a cidade.

Enquanto o chefe Froussard conferenciava com o diretor do Varieté e com outras autoridades, Cassira examinava a saída dos artistas. Em seguida dirigiu-se ele mesmo para os camarins já vazios.

Um velho encarregado da limpeza já principiara ali o seu trabalho noturno. O detetive passou por ele e dirigiu-se aos cabides onde diversos trajes estavam cuidadosamente guardados sob uma cortina grossa. As estranhas vestimentas usadas pelos artistas em diversos números apareceram quando Cassira fez correr o pano. Examinou-as cuidadosamente uma por uma e a sua atenção se deteve numa delas.

O velho observava-o com curiosidade, tendo mesmo parado o serviço, mas, quando percebeu os olhos do detetive pousarem-se nas suas grossas mãos, perturbou-se e apanhou novamente a vassoura.

– Sabe atirar facas, paizinho? – perguntou-lhe o policial.

– Não, "messiê", nunca peguei em faca, não preciso delas nem pra comer...

– Mas estou vendo um de seus dedos amarrados. Não seria um corte?

– Ah! Não, "messiê"! É eczema.

O medo percorreu-lhe o corpo todo indo parar nas pupilas muito abertas.

– Pelo amor de Deus, *sinhô*. Eu passei todo o tempo aqui. Nunca subo lá onde a moça morreu. Que Deus a tenha. Mas isso foi gente de fora, alguma quadrilha querendo as jóias da moça. Ela até estava desconfiando, sempre dava tudo o que tinha para sinhô Mathieu guardar.

– O sr. Mathieu... hum... – fez Cassira A. Ducrot. – Como sabe disso?

– Eu mesmo entreguei ao diretor, uma vez, a carteira dela, quando foi jantar no navio, com o príncipe.

Cassira A. Ducrot deixou o vestuário e deteve-se no corredor. Havia um grupo no centro do palco, formado por diversas pessoas, entre as quais notou um homem alto, elegantíssimo, vestindo traje de noite. Usava um monóculo fumê. Tinha uns belos cabelos louros, um pouco longos demais. Era o príncipe Sergei Dalovine.

O detetive aproximou-se, mas focou a uma distância discreta, de onde não perdia uma só palavra do nobre russo. Contudo, no momento, não era ele quem falava. Era um outro, que também devia ser russo, assim julgou Cassira percebendo o sotaque. Esse cavalheiro contrastava com o príncipe. Era baixo, gordo, abrutalhado e gastava grande abundância de gestos.

– Sua Alteza esteve conosco todo tempo – explicava.

– Só nos deixou um segundo para acompanhar a bailarina, mesmo assim só chegou à porta, não saiu sequer da sala. Tínhamos combinado cear todos juntos no Gato Amarelo. Como a moça demorasse, pensamos que talvez estivesse indisposta e deixamos o teatro. Todos vimos o agrafe de Sua Alteza em sua corrente do relógio. Ele mesmo nos fez examiná-la a pedido de Claudine. Quase que em seguida a bailarina se afastou e nós nos dirigimos ao restaurante. Foi ali que Sua Alteza deu por falta da jóia.

– Mas tem certeza de que não perdeu? – perguntou Froussard, voltando-se para o príncipe.

– Absolutamente – foi a resposta do nobre, mostrando ao comissário a corrente pesada de seu relógio. – Tenha a bondade de examinar.

A argola da jóia tinha sido cortada. Uma parte dela ainda pendia da corrente. Alguém tinha se servido de uma espécie de torquês para se apoderar do agrafe. Não havia, pois, dúvida quanto ao roubo.

– Quantas pessoas e quais eram as que o acompanhavam, Alteza?

– Éramos quatro absolutamente insuspeitos. Os quatro que estamos aqui sem nos deixarmos um momento.

O sr. Poliovine – apresentou ele, indicando o baixote – o conde Kurt Capet da Tchecoslováquia, e o sr. Fresnon, os cavalheiros que estão agora conversando com o médico. Respondo absolutamente por eles em qualquer circunstância. Aliás, sob meus protestos, fizeram questão absoluta de se revistarem uns aos outros.

– E ainda havia Claudine – disse o comissário.
– Sim, srta. Claudine.
– Quer dizer que as suas suspeitas...
– Sem dúvida só poderiam recair na senhorita.
– Não temos ladrões aqui – protestou rispidamente o diretor, sem dar a menor importância ao príncipe Sergei. – Sua Alteza deve se lembrar que o bar estava repleto de espectadores entre os quais poderia estar o criminoso. Não é difícil para um hábil profissional do crime apanhar uma jóia em determinadas condições.

– Mas – interveio então Cassira A. Ducrot – Claudine foi assassinada e é possível que o assassino tenha agora a jóia em seu poder.

– O sr. Ducrot, detetive – apresentou Froussard, enquanto o príncipe dirigia o monóculo para ele.

"Hum...", pensou o detetive. "Não me parece, absolutamente, um apaixonado. É possível que outros propósitos o tenham prendido ao Havre." E alteando a voz, perguntou, mais por diversão do que por outro motivo:

– Pode nos dizer se eram íntimas as suas relações com a morta?

– Perfeitamente – respondeu o príncipe. – Era uma amiguinha. – E sorrindo malignamente, acrescentou: – Amiguinha dispendiosa...

– Estava realmente prosperando – disse o diretor. – Tinha-lhe aumentado o ordenado, era o primeiro número da companhia e ia-lhe pagar...

– Não o suficiente para o belo apartamento que ela pretendia alugar – interrompeu o sr. Poliovine.

– Pode nos informar se o agrafe estava segurado em alguma companhia? – perguntou ainda Cassira A. Ducrot, mudando de assunto.

– Felizmente sim – respondeu o príncipe. – Na Deirus, de Paris, e na Havre Assurance. Contudo, era uma jóia de grande tradição e o senhor deve saber que essas coisas não têm preço.

– Na Havre Assurance... – fez o detetive. – Quer dizer que se trata de um seguro recente?

– Precisamente – respondeu o nobre. – Um dia antes e eu não teria direito a esse seguro, que principiou a vigorar hoje, quero dizer, ontem. Assim, a companhia terá que me pagar oitocentos mil francos de indenização.

– Epa! – exclamou Cassira A. Ducrot. – Mas então tratava-se de uma jóia real.

– Imperial... – concluiu Sergei Dalovine.

– E mais a indenização da Deirus...

– Sobe a um milhão de francos – informou o baixote.

– Contudo, estou disposto a gratificar regiamente a quem conseguir reaver-me a jóia. Penso que já posso me retirar... Devem saber que tenho aposentos no Grand Hotel. Por favor, Poliovine, entregue dois cartões meus a esses senhores.

E explicou ainda:

– O sr. Poliovine é meu secretário e ficará igualmente à disposição de Vossas Excelências...

– Não quer ver a bailarina? – motejou maliciosamente o detetive.

– Prefiro que me poupem esse espetáculo – pediu o príncipe. – *Pauvre poupée!* Deve ter ficado muito deformada...

– Está linda... – fez o detetive. – Talvez o seu espírito esteja ainda aqui junto de nós para nos dizer adeus antes de ir para o céu.

O príncipe estremeceu e insensivelmente voltou-se meio aterrado. Cassira A. Ducrot subiu as escadas rindo às gargalhadas. Na galeria superior, uma luz bruxuleante marcava as diversas portas que davam para os quartos dos artistas. Em cada uma delas um pequeno retângulo indicava a quem pertenciam os aposentos. Uma das portas estava escancarada, um guarda à porta, outros no interior. Era o quarto de Claudine. Ela estava então sobre um leito turquesa, as mãos repousadas sobre o seio, os dedos escondidos por grandes flocos de algodão manchado. Os cabelos semi-esparsos, os olhos ainda grandemente abertos voltados para a luz vermelha. O sangue parecia afluir, não obstante, de todo o seu corpo, viam-se marcas rubras na colcha azul, mas era a água da chuva que lhe empapara as sedas escorrendo ainda sanguinolenta.

O médico, o diretor e o comissário vinham voltando também ao quarto e pareciam conversar animadamente. Cassira A. Ducrot examinava, ainda, as feições da morta, quando a palavra do chefe lhe atraiu a atenção.

– Encontramos a arma – disse Froussard. – Estava entre duas filas de cadeiras do anfiteatro. O *père* Gri-gri foi tomado de pânico. Estava fazendo limpeza.

– Mas, apanhou-a, paizinho? – perguntou Cassira ao velho com quem conversara nos camarins inferiores.

Ele estava encolhido junto à porta, tremendo de pavor, pois havia percebido a bailarina assassinada.

– E o cretino não teve cuidado nenhum. Agarrou a faca de todas as formas com os seus dedos e, certamente, adeus impressões digitais do assassino.

– É porque ele gosta muito de facas – rosnou Cassira A. Ducrot.

A arma estava então diante de seus olhos sobre um lenço de Froussard. Não era uma faca ou punhal comum.

Parecia mais uma seta de metal com a ponta afiadíssima. Certamente alguém a limpara, pois não havia vestígios visíveis de sangue. Teria sido mesmo aquela a arma assassina? Isto o diria dali a minutos a polícia técnica.

O diretor, logo que percebeu a estranha faca de metal, reconheceu-a.

– Mas é uma das setas de meus atiradores! – exclamou. E saiu correndo, pedindo que o esperassem. Momentos depois voltou. Trazia nas mãos um objeto negro, comprido. Parecia um fuzil metralhador de grandes dimensões. Era contudo leve, não deveria pesar mais do que uns três quilos.

O cano era encimado por uma espécie de couraça e numa espécie de roldana se colocavam os projetis. Explicou sumariamente o funcionamento.

– Estas facas são projetadas a distância com o movimento do gatilho. São doze ao todo, usadas pela dupla Jek Jour-Bouard.

– É a moça de casaco de couro, se não me engano? – perguntou Cassira.

– Precisamente – respondeu o diretor. – A menina Rée serve no alvo completando o trio.

– E onde são guardadas estas armas? – perguntou o chefe Froussard.

– Não pertencem ao teatro – respondeu Mathieu. – São propriedade dos artistas, assim eles mesmos as guardam num armário, no quarto de Rée. Aqui – concluiu ele, mostrando uma parede.

– No quarto vizinho? – perguntou Cassira.

A lâmpada que iluminava o local se apagou de repente, antes que alguém tivesse tempo de se mover do lugar. Tudo estava às escuras, com exceção do corredor que parecia ter mudado de aspecto. A luz vermelha saía do candeeiro dando às sombras aspectos fantasmais.

Nesse momento preciso se fez ouvir a voz da menina Rée. Não foi propriamente voz, mas um som que teria as proporções de um verdadeiro uivo se não tivesse sido abafado por alguma coisa. Um segundo terrífico passou no ambiente.

– Meu Deus do céu... Santa Notre Dame! – gemia o velho Gri-gri.

As pancadas que os homens davam à porta do camarim de Rée procurando arrombá-la repercutiam sinistramente. Até que, enfim, a fechadura saltou, e Cassira, entrando em primeiro lugar, percorreu o quarto com a lanterna de bolso.

Ao perpassar o foco sobre o leito de Rée, ali se deteve. A pequenina Rée estava morta.

– Foi da mesma morte – disse o comissário, assim que a iluminação foi restabelecida.

– O mesmo assassino, certamente – continuava ele –, e a mesma arma... quero dizer, a mesma espécie de arma.

Apontou para o pescoço atingido. O sangue ainda borbulhava em torno da seta de metal que, depois de perfurar a carne profundamente, rasgara a garganta, como se alguém pretendesse decepar a cabeça da vítima. O aspecto da jovem assassinada era apavorante. O líquido vermelho, espumoso, cobria-lhe o rosto todo, jorrara com grande violência do nariz e da boca. Rée vestira para dormir um pijama amarelo e as suas pernas, na violência do choque mortal, tinham se flexionado numa horrível posição, os pés estavam tesos, tortos.

Isto tudo viu num instante Cassira Ducrot. Agora os seus olhos, depois de examinar o quarto, tinham se voltado para dentro de si mesmo. Uma ruga funda entre os olhos mostrava a tensão de seu espírito.

Soldados e policiais rondavam o quarteirão, examinavam os corredores, os compartimentos vazios... Cassira

A. Ducrot estava parado, um cigarro queimando-lhe os dedos. Parecia muito alto, suas calças estavam cobertas de barro e de poeira.

— Notou? — perguntou ele de repente, voltando-se para o chefe.

— O quê?

— Este quarto com a janela de barras de ferro. Ninguém poderia ter saído por ali sem arrebentar as grades. Dessa vez o punhal não foi atirado; por onde teria saído o assassino?

Froussard correu para o armário. Vestidos claros, quase todos cor-de-rosa, a cor predileta de Rée, um maiô de lamê, usado para os seus números, outros dois de seda, roupas, enfim. E chapéus, toda a indumentária da moça. Não havia um só lugar que servisse para esconder alguém. Por onde teria saído o assassino, se a porta estava trancada por dentro...

O médico estava junto da morta. Cassira A. Ducrot parecia parado. Seus olhos, não obstante, moviam-se em todas as direções. De vez em quando deixava o seu lugar perto da janela e apanhava qualquer coisa, um grampo, um lenço, um vidro de loção, como se movido apenas pela curiosidade. Depois voltava para o mesmo lugar onde já havia estado.

— Encontrou alguma coisa? — perguntou o comissário.

— Nada, nada que sirva — respondeu o detetive, enquanto os seus dedos brincavam com um cisquinho, numa mesa de vidro. — Estou refletindo...

O diretor tinha lágrimas nos olhos. A pequenina Rée, a menina Rée, como ele a chamava, era sua "menina dos olhos" desde que entrara na companhia.

— Estou refletindo... — continuava o detetive. — Como teria o bandido saído daqui? Foi tudo tão rápido... Nada menos de três minutos entre o grito e a nossa irrupção

no quarto. Além disso, ah! sr. Mathieu. É este o móvel onde as armas são habitualmente guardadas?
– Sim – respondeu o diretor, puxando uma das gavetas. Por dentro, o móvel parecia uma camiseira. Ali se encontrava a outra arma semelhante que já conhecemos. Estava desarmada, as facas espalhadas.
Cassira apanhou-as com cuidado pelas pontas, contando-as.
– Disse-me que eram doze, não é exato?
– Sim – respondeu o diretor. – Doze e...
– Aqui estão apenas dez, como é natural. As duas armas assassinas saíram daqui.
O sr. Gervais, do departamento técnico, tinha principiado o seu trabalho. O dr. Gedeon precisara acudir o velho Gri-gri que fora presa de uma síncope. Os olhos de Cassira A. Ducrot encontraram os do comissário Froussard; em seguida ambos se aproximaram do cadáver. O médico fizera voltar à posição normal as pernas da pequena morta, assim o corpo já não apresentava aquele horrível aspecto.
– Sr. Mathieu – falou o detetive. – Quando veio há pouco buscar este fuzil aqui no quarto, para nos mostrar, notou algo de anormal em Rée? Qualquer coisa que o fizesse supor vê-la amedrontada, qualquer coisa assim?
– Não – respondeu o diretor. – Ela me atendeu sem aparecer. Passou-me a arma entrabrindo a porta, só. Não lhe pude ver sequer o braço, creio eu.
Aproximou-se mais, presa de grande abatimento. Olhou um momento para a sua pupila, murmurando:
– *Ma petite Rée... est morte!*

O dia já ia alto quando o comissário Froussard e o detetive Cassira A. Ducrot deixaram o Varieté. Daí a pouco os ensaios e treinos teriam início. Segundo a tradição respeitada em quase todas as nações do mundo, o luto não fecharia as portas para o público. Alguém substituiria Claudine, alguém tomaria o lugar da Rée no número "Setas voadoras", para trabalhar com Bouard e Jek Jour. As autoridades resolveram não suspender os espetáculos, pois em nada, julgavam, poderia isso prejudicar as pesquisas.

Vasta investigação tinha sido feita em todas as dependências do velho teatro Villon. Jek Jour e Bouard, que habitavam o Hotel du Nord, tinham sido chamados pelo telefone, para novo interrogatório, pois já se haviam recolhido.

– É uma fera terrível – disse o comissário apontando um dos leões engaiolados, que tinham sido postos no *hall* para a visitação pública. – Repare na crueldade dos olhos.

– Deles pelo menos não receamos qualquer gesto traiçoeiro, como os golpes das bestas que estão soltas.

Alguém cascalhou ali perto uma risada, e só então repararam na presença de outra pessoa ali. A princípio pensaram que se tratasse de um dos domadores. Era a mulher de barba, que envergava uma roupa masculina de montaria. Parecia mais alta, assim com as botas de grande cano. Viam-se claramente os seus dentes agora e as mãos brandiam um pequeno chicote.

– Estou dando carne aos animais – disse ela. – É serviço do Pierrot, mas às vezes peço-lhe para substituí-lo. Eles me conhecem de longe. Eh! Zarina!

Abaixou-se para apanhar um grande pedaço sangrento de dentro de uma cesta ao lado. Os seus dedos se enterravam na carne, o sangue lhe escorria pelas mãos.

Às três horas da tarde Cassira A. Ducrot era introduzido no escritório do sr. Salomon, gerente do Banco Atlantique.

— Muito prazer em servi-lo, sr. Ducrot – disse o bancário ao detetive, convidando-o a sentar-se.

— Creio não ser muito o que vou lhe pedir, sr. Salomon, apenas desejaria ter uma informação a respeito dos depósitos da srta. Claudine Marroner.

— Muito pouco, pobrezinha. Retirou precisamente suas economias deve haver uns... quatro dias. Que crime brutal, estava lendo a notícia quando anunciaram a sua visita. As bailarinas...

— Pode me dizer a quanto montava esse depósito? – interrompeu Cassira.

— Pois não. Não preciso sequer consultar os livros. Coisa de nada. Como sabe, o nosso banco é especializado em pequenas contas correntes, para favorecer a classe média. Não é um banco de milionários.

— Mas... – exclamou o detetive já impaciente. – Qual era a quantia?

— Ninharia... 12 mil francos. Quando retirou, explicou que precisava de um casaco de lontra...

— O depósito era só em dinheiro?

— Em dinheiro, sim. Deixou algumas jóias. Posso mostrá-las já, se o desejar. – Chamou um contínuo e deu uma ordem. Momentos depois, Cassira examinava o conteúdo de um pequeno cofre de ferro. Jóias realmente de pouco valor. Três anéis, uma corrente de platina, um colar de pérolas duvidosas.

— Isso tudo reunido não vale 15 mil francos. Estão avaliados em sete. É tudo.

— Sabe alguma coisa a respeito do príncipe Sergei?

— Já tive a ocasião de lhe dizer que o meu banco não mantém relações com milionários. Mas, por um colega, sei que ele tem ações do Banco Holandês. Ouvi dizer também que, após escapar da Revolução russa, tem medo dos bancos e das propriedades imóveis. Vive sempre em hotéis, carregando consigo quase toda a sua fortuna. Em objetos fáceis de transportar, jóias defendidas sempre por guarda-costas. Enfim é possível que não seja essa a verdade total. As jóias não dão renda, e, para ter uma vida como a que ele leva, precisaria contar com uma fortuna inesgotável. Para ele e a sua comitiva, guarda-costas ou o que seja, tomara diversos apartamentos no *Normandie*, dos mais luxuosos. Tem agora quase um andar no Grand Hotel...

– Sei disso sr. Salomon. E a vida privada do príncipe? Sabe alguma coisa a respeito de sua estada no Havre, o verdadeiro motivo que o levou a interromper a viagem?

– Sei o que corre...

– A propósito de suas relações com a bailarina?

– Sim. Mas ele deve ser um verdadeiro unha-de-fome, em se tratando de mulheres. Claudine pouco aproveitou, financeiramente, com o interesse do príncipe. Ou então não soube e não teve tempo. Ela me contou das promessas que lhe fazia o nobre russo, como me contou também no último dia que esteve aqui, para retirar o dinheiro... Ela sempre vinha para um dedo de prosa... bem, ela me contou, presa de grande cólera, que o príncipe já não se mostrava o mesmo para com ela. Que ela o amava sem qualquer interesse material de permeio, mas que uma mulher tinha se posto entre eles. Uma outra artista do Varieté. Uma tal Jek Jour. E era para essa mulher que o príncipe principiava a volver os olhos.

– Hum... – fez o detetive. – É só, sr. Salomon. Desculpe-me o tempo que lhe roubei.

– E a outra moça também, hein? A Rée. Era a garota do diretor. E ele a criou, por assim dizer...

– Bem, sr. Salomon. Não quero abusar de sua bondade.

Cassira A. Ducrot deixou o banco e foi tomar um refresco no primeiro bistrô que encontrou à rue Guffeau. Não fazia, contudo, calor. A temperatura baixava cada vez mais. O sol já estava sobre o mar, pondo reflexos de sangue nos mastros dos navios ancorados.

As sete letras mágicas reverberavam num fundo de névoa. A cúpula em pirâmide do Varieté estava quase inteiramente velada, só mostrando o ângulo agudo junto ao globo de lâmpadas que girava no espaço esbranquiçado. Ninguém reconheceria, naquela noite, os amigos passando nas ruas de sombra clara. As buzinas rompiam o espaço antes dos faróis dos automóveis. Um frio de morte esfaqueava quem passasse junto do cais. Não obstante, a gente do Havre está habituada a essas noites em que qualquer barulho parece um gemido. Vendedores de castanha estacionavam nas imediações do circo. Portas de vidro protegiam a clientela dos cafés. Embuçados, homens e mulheres se aglomeravam junto às bilheterias do Varieté, discutindo, numa fila interminável. Nunca talvez em sua vida o diretor Mathieu deparara com semelhante renda. O Havre em peso desejava ver o teatro que fora envolto pela morte, numa dupla tragédia de sangue.

Num dos camarins, Cassira observava uma fascinante criatura que dava os últimos retoques na maquiagem – a atiradora Jek Jour que se preparava para o seu número – as setas voadoras.

– O número de hoje é totalmente novo – dizia ela. – Com a morte de Rée, fomos obrigados a improvisar outra coisa. Não encontramos ninguém que se dispusesse a servir de alvo para nós. Assim teremos as setas voadoras incendiárias. Formaremos, com fogo, o perfil da Lafayette.

— Usarão as mesmas armas?
— Sim, mas adaptadas para o caso. As setas estão providas com dispositivos especiais...
Ao mesmo tempo que falava, Jek Jour colocava sobre os cabelos de cobre a cabeleira loura, longa. Vestia uma túnica marcial sobre botas altíssimas de couro escarlate.
Num dado momento, apertando o cigarro num cinzeiro, o detetive perguntou:
— Pode-se lembrar, Jek Jour, se na noite de ontem alguém lhe esbarrou com violência, sem querer, um encontrão ou qualquer coisa parecida?
— Ah sim! — exclamou ela. — Lembro-me bem disso, sim. Eu estava no corredor correspondente a esse lado, onde Bouard tem o camarim. Eu o estava esperando, conversando com o Gri-gri. Passava muita gente, pois ali é passagem para o toalete do público. Alguém me esbarrou, sim. *Mon Dieu!*
A voz da moça se alterou nesse ponto e continuou:
— Alguém me esbarrou e nesse momento deixou cair qualquer coisa que tinha sob o braço. Brilhava e parecia... o agrafe do príncipe Sergei...
— Conhecia essa pessoa?
— Não sei — respondeu a moça. — Não me lembro. Reparei apenas no objeto que caiu. Não vi quem o apanhou. Bouard saía naquele instante do camarim e me chamou.
— Mas não se lembra absolutamente das pessoas que estavam perto? Se conhecia alguma delas...
— Talvez...
Nesse instante, partida ninguém sabe de onde, uma pedra caiu sobre o pequeno toucador, derrubando um vidro de água-de-colônia.
Estaria alguém ali? Ou a pedra fora atirada de fora? Um balancear de cortina fez com que Cassira corresse para a direção do que parecia uma porta interna.

Afastou o veludo azul e viu que aquele pano apenas separava o camarim de Jek Jour de um outro. Nesse, sentada também diante do espelho, estava a mulher de barba.

– Alô – fez ela sorrindo, vendo a entrada do detetive pelo espelho. – Como ousa penetrar aqui sem se anunciar? Ou esqueceu que sou mulher... também...

– Alguém mais esteve aqui, nesse momento, antes da senhora?

– Sim... – respondeu ela, continuando a sorrir. – Ainda está. O meu *Etranguillont*. É um nome curioso, não acha, para um bichinho desses?

E tomou o gato ao colo, um gato negro de olhos violáceos.

"Aquela pedra", pensou o detetive, "significa uma advertência. O criminoso não se sente seguro e Jek Jour começa a correr perigo. Podiam, com sucesso, ter atirado uma bala em vez da pedra."

Jek Jour, entretanto, não se mostrava aterrorizada. Estava já com a estranha arma de seu trabalho a tiracolo, parecendo assim uma formosa guerreira de lenda.

Não obstante, Cassira julgou vê-la mais pálida.

– Alguma brincadeira de mau gosto – explicou ela.

– Não consegue pois se lembrar das pessoas que ontem estavam no corredor quando esperava o seu comparsa?

– Absolutamente – concluiu ela. – Não me lembro.

O detetive parecia refletir, em seguida aproximou-se mais e perguntou, abaixando a voz:

– O que acha dessa mulher... barbada?

– Ah! Petra Tornedandel? Acho-a maravilhosa. É muito inteligente. Chamam-na aqui La Tigresse porque adora as feras. É a única pessoa aqui, além dos domadores, que entra nas jaulas. Mas parece que faz isso desde menina. Peter, o primeiro domador, é irmão dela.

— É natural de que país?
— Da Hungria. O seu pai, segundo consta, foi explorador na África, onde perdeu a fortuna que tinha. Quando La Tigresse atingiu os 18 anos a barba começou a nascer. Constituiu isso uma verdadeira calamidade na família. O pai levou-a para a África, onde cresceu em zona selvagem quase, para que ninguém a visse. Foi o seu professor, e aprendeu muito. Ninguém de nós aqui tem metade dos conhecimentos dela. Quando o velho Tornedandel morreu, ela e o irmão voltaram à Europa, onde também souberam da morte da mãe que aqui ficara.

Nesse instante bateram à porta. Era um dos casacas de ferro que estava substituindo Gri-gri, recolhido ao leito.

— Uma cesta de camélias do príncipe Sergei — falou o casaca de ferro.

Jek Jour reparou no cartão.

O nome do príncipe era encimado por uma coroa, e algumas palavras tinham sido escritas a tinta.

Jek leu:

"O príncipe Sergei tem a honra de convidá-la a cear hoje em sua companhia. E pede permissão para cumprimentá-la depois do espetáculo."

Uma onda de sangue coloriu as faces da moça atiradora.

— Vamos sair do teatro para conversar — dizia Cassira a três policiais aos quais incumbia de realizar tarefas diferentes. — Isso aqui não tem segurança nenhuma com as paredes encantadas pelas quais se atiram pedras e facas, e quartos onde as pessoas entram e saem sem abrir as portas ou janelas. Vamos tomar um ponche no nosso honesto refúgio, onde vocês me contarão os resultados obtidos.

Entravam daí a pouco numa pequenina taberna. Estava pouco concorrida. Uma mulher gorda bebia, ao lado de marinheiros, numa das mesas, e um homem roncava diante de uma garrafa.

— *Père* Hirondelle, dê-nos daquele grogue, mas com legítima, hein?

— Sabe, sr. Ducrot, que a sua está aqui, separada das outras? — respondeu o velho do balcão.

Arrastando a perna de pau, o dono do bar servia um minuto depois Cassira e seus companheiros.

— Agora dê o fora, paizinho. Vamos tratar de negócios.

Da bebida servida saía uma fumaça odorosa. Os quatro sorveram ao mesmo tempo o primeiro gole.

— Vamos — disse então o detetive.

E dirigindo-se a um deles:

— Vejamos primeiro você, Bertrand. Recebeu as respostas?

O moço tirou alguns papéis do bolso.

— Aqui está o dossiê do príncipe fornecido pela Sureté. Surgiu em Paris faz quatro anos, procedente da Mandchúria. Parece pessoa decente, pelo menos nada consta contra ele. Morou um ano em hotéis de luxo, depois alugou um apartamento em Passy. Pagou regularmente as suas licenças de estrangeiro residente, declarava ter fortuna pessoal com sede em Harbin, freqüentava o *grand monde*, e as rodas dos refugiados. Era tido como colecionador de jóias raras. É tudo.

— Bem — fez o detetive. — E você, Dupont?

— Segui o homem. Do Varieté ele foi para o hotel. Hoje cedo ele não saiu. À tarde, almoçou no *Cadran*. Alguém procurou-o ali. Não podia perceber o que falavam, mas o príncipe não ficou encantado com o encontro. Esse alguém era um dos artistas do Varieté. Um tal Peter, domador, segundo me informou um dos garçons que conheço. Discutiram assaz rispidamente, tive essa impressão, apesar de falarem baixo. Ao que parece, o domador não leva muito em conta o grau de nobreza de Sua Alteza. O mais curioso é que o príncipe, tendo conseguido afastar o intruso, momentos depois tomava um automóvel para encontrar esse mesmo intruso, dessa vez espontaneamente, sabe onde? Na casa da Leonie. Evidentemente, procurou entrar só depois de se ter certificado de que ninguém o via. Claro que não pensava em meus olhos atrás de um carrinho de pão. Perderia o prestígio se o vissem entrar em tal casa. Esperei que saísse, o que fez 15 minutos depois em companhia do domador. Esquecia-me de dizer que era o próprio príncipe quem guiava o carro. Despediu-se de Peter, tomou novamente o automóvel voltando ao hotel. Não fez mais incursões importantes até a noite, quando veio para cá.

– E o outro, Durand?

– Nada digno de nota, aparentemente. Deixou o treino à tarde, no Varieté, foi a uma piscina. Nada como um verdadeiro peixe. Em traje de banho é magro como um palito. Almoçou no Café Legendre, recolheu-se ao hotel, onde permaneceu até a hora do espetáculo, quando veio para cá. Nasceu na China, de pais holandeses. Está com Mathieu desde os dez anos. A sua mãe trabalhou na companhia como equilibrista. Aprendeu o metiê na China. Nada consta contra ele no dossiê da Sureté, mas foi detido uma vez por engano, acusado de espionagem pela polícia. Era ainda um menino, e foi solto no mesmo dia, estabelecido o equívoco. O culpado era um outro garoto, vendedor de jornais que apanhava as mensagens atiradas do trem em jornais velhos.

– É tudo? – perguntou o detetive.

– Tudo – respondeu Durand, tomando o último gole, já frio. – Mas se houver necessidade de se continuar no rastro do homem acho melhor mudar de gente. Ele é sabido e receio que tenha reparado em mim.

Quando, tendo deixado os amigos, Cassira retornou ao teatro, o espetáculo estava por terminar. Ele parou no *hall*, onde algumas pessoas se mantinham em torno da jaula que os casacas de ferro empurravam. A operação era presidida pelo domador e os leões estavam presos com grossas correntes de ferro. Ia começar o número e as rodas da jaula giravam.

Entrementes, Jek Jour, que já terminara o trabalho, aprontava-se para deixar o teatro. Bouard, o seu companheiro, passeava impaciente pelo corredor dos camarins. Jek tardava. Ela estava sentada, novamente, diante do espelho, mas tinha os olhos fitos num papel que acabara de encontrar no toucador. Algumas linhas em letra de fôrma tinham sido ali traçadas para ela e diziam:

"Esqueça as pessoas que estavam no corredor na noite do crime, no momento em que julgou perceber a jóia do príncipe. Sabe muito bem que a morte está no Varieté e que ela pode atingir, por exemplo, o sr. Bouard."

Lia mais uma vez aquelas palavras, e tão preocupadamente, que não percebeu alguém se aproximar. Era La Tigresse, a mulher de barba. Só deu conta de sua presença ao sentir o hálito morno em seu pescoço. De seus lábios saiu uma pequena exclamação aterrorizada que se transformou em um sorriso, quando percebeu a sua vizinha de camarim.

– Assustei-a, *poupée?* – perguntou-lhe a mulher de barba.

– Confesso que sim, querida – respondeu Jek Jour.

– Que lindas flores, foi de Bouard a lembrança?

– Não – respondeu Jek, corando. – O príncipe Sergei as mandou.

– Vê você como são os homens. Ainda ontem era Claudine quem as recebia. Vai sair com o príncipe?

– Absolutamente – protestou vigorosamente a jovem, guardando o papel num dos bolsos. – Você sabe que só saio com Jean Bouard.

– Você é uma criança, Jek. Com essa carinha, foi escolher justamente um artista da companhia. Desse jeito vai envelhecer no Varieté.

– Gosto de meu trabalho, você bem sabe. E por falar nisso já estou atrasada. Jean já deve estar impaciente.

Vestiu um casaco felpudo, colocou um gorro na cabeça e saiu.

La Tigresse sentou-se na cadeira de Jek. O espelho refletia a sua imagem. Um riso medonho mostrou-lhe os dentes através da barba. Disse a meia voz:

– No fundo, isso tudo está muito divertido!...

E o seu riso continuou a sacudir a cabeça monstruosa algum tempo. Depois abriu um pote de creme, cheirou e se pôs subitamente séria.

Quando voltou para o camarim, os seus olhos tinham uma expressão de intensa maldade. As dez unhas vermelhas nos dedos de suas mãos espalmadas enterraram-se na cal da parede, deixando ali dez sulcos arrastados.

Jek Jour era sempre uma das primeiras a chegar aos ensaios pela manhã. Ela e Bouard, aliás, eram os únicos a treinar das oito às dez, que era quando começavam os exercícios dos outros artistas. Iam para o grande terreno que ficava nos fundos do teatro e ali passavam duas horas. Evidentemente não trabalhavam todo o tempo. Conversavam sobre um telheiro, a pretexto de merenda, e ficavam longo tempo ali de mãos dadas olhando os bichos nas jaulas.

Aquela manhã, Jek chegou como de costume, e apesar do frio dirigiu-se para o quintal. Ali esperaria a chegada de Bouard. Pendurou o casaco numa trave, ficando apenas com o suéter amarelo, que lhe ia muito bem na opinião de Jean Bouard, sobre uma saia de flanela. Assim, aproximou-se da jaula dos leões.

– Nero – chamou ela, dirigindo-se à fera. – Estás com saudades de Zorina, hein? Mas ela está resfriada e precisa ficar mais um dia no *hall*. Prometo que ela virá amanhã.

A jaula estava encostada a um pavilhão de despejos e desse pavilhão saía um forte cheiro de café.

O animal parecia excitado, atirava-se diversas vezes contra as grades. Esperava a sua primeira ração. Um outro leão, no fundo da jaula, parecia dormir.

– Oh... é você, vovozinho – chamava a moça com a sua voz excessivamente juvenil.

Nesse momento, percebeu alguém junto dela. Antes, porém, de se voltar sentiu primeiro uns dedos curtos e grossos passarem pelos seus olhos e depois se fixarem fortemente contra os seus lábios. Ao mesmo tempo era atirada ao chão. Só então os seus olhos abertos puderam perceber a figura do domador Peter.

– Não vou lhe fazer mal, fique quieta – disse ele. Em poucos segundos viu-se amarrada e amordaçada.

– Nada de perder os sentidos agora, menina. Já disse que não vou lhe fazer mal se for boazinha. Só quero uma coisa de você. Vai me dizer quem deixou cair o agrafe do príncipe no corredor. Não diga que não sabe, pois não acredito. Sei que recebeu uma ameaça ontem à noite para calar-se. Estou jogando com as mesmas armas. Se não quiser dizer eu a entregarei a Nero, está ouvindo? Eu a empurrarei para dentro da jaula. Está disposta?

Jek Jour moveu negativamente a cabeça.

Teria Peter coragem de cumprir a ameaça? E Jean demorava. Ela havia mesmo chegado muito cedo. Antes de uns vinte minutos ou meia hora ele não chegaria. Ninguém se lembraria de aparecer no quintal sempre deserto àquela hora.

– Sim, ninguém virá aqui, antes de 15 minutos, pelo menos, que é a hora da refeição de Nero. Vamos ver se lá dentro você se decide.

Apanhou um chicote que lhe pendia da cinta e abriu a porta. Penetrou na jaula, arrastando Jek Jour.

– Atrás! – gritou ele ao leão, mantendo-o a distância com um estalo de chicote.

O animal se afastou, mas a moça percebeu-lhe o fundo da garganta quando abriu a boca antes de soltar o rugido. As presas afiadíssimas que brilhavam entre uma língua ágil, as narinas móveis, a juba agitada com um elegante movimento, indicavam que o animal era jovem, vigoroso, e que não fora retirado das selvas há muito tempo.

– Eu a entregarei a Nero, repito, se não quiser responder à minha pergunta. Deixarei você sozinha com ele aqui. Em menos de três minutos será estraçalhada. Quer falar?

Dessa vez a moça moveu a cabeça de cima para baixo.

– Vou lhe tirar a mordaça, sabe muito bem o que acontecerá se gritar.

Antes de deixá-la falar, prendeu-a fortemente a um dos varais da grade. O outro leão, o vovô, acordava com um enorme bocejo.

– Pronto – disse Peter desatando-lhe a mordaça. – Com quem viu a jóia do príncipe?

– Eu lhe juro que não sei, Peter. Tinha tanta gente... Eu não me lembro.

– Saiba – continuou ele – que eu poderei depois atribuir tudo a um acidente. A jaula pode ser aberta por fora. Você se arriscou a isso, e o Nero... Sabe que o Nero devorou a mão do empregado Roileau, não é verdade? Lembra-se quando ele apareceu com o punho sangrando, não é mesmo? Lembra-se?

Nero estava terrível. Percorria a jaula de um lado para outro, sem desviar de Jek Jour os olhos malvados. Já não queria obedecer, como de costume, ao primeiro estalar do chicote de Peter. Grossas gotas de suor começavam a aparecer no rosto do domador. O "vovozinho" parecia curioso. E Peter foi se afastando... na direção da porta. Depois voltou.
– Já que não está decidida, morrerá com os dois segredos. – Colocou-lhe de novo a mordaça.
Retirou-se ele mesmo rapidamente. Jek Jour nal percebeu que se achava, já, só com os leões. Há muito nada mais sentia que feras em torno dela. As malhas amarelas de sua blusa esticavam-se em seu peito.
– *Fripouille* – insultava Peter, deixando cair a tranca da jaula. – Quer falar ou não? Ainda está em tempo.
Jek Jour já nada mais entendia. Estava solidamente amarrada, a mordaça feria-lhe os lábios, mas isso nada significava diante das presas de Nero que ainda se mantinham a distância como se pretendessem demorar o suplício. E aquela pata terrosa, que se movimentava lentamente para o primeiro passo, talvez acertando o salto contra ela.
Mais um minuto, talvez menos, segundos só, e ela estaria irremediavelmente perdida.
Perdeu os sentidos quando a grande massa cor de mato saltou.

Cassira A. Ducrot tinha combinado um encontro com Jean Bouard, na mesma manhã. Por isso o atirador tinha-se demorado em chegar ao teatro, onde aliás entrou finalmente, acompanhado pelo detetive. Conversando, os dois tinham atravessado o *hall*, os corredores e, descendo alguns degraus de pedra, encontraram-se no quintal. Alguns cedros ocultavam uma espécie de pátio fechado por paredes de alvenaria, numa das quais uma pequena porta servia de passagem para o bosque dos pavilhões onde estavam as jaulas, lugar preferido para os treinos do casal.

– Ela deve estar aqui – falou Bouard. – Penso que já chegou.

Cassira desejava fazer algumas perguntas mais a Jek Jour. Talvez conseguisse mais abordando-a numa conversação normal, em que ela não percebesse intenções de interrogatório.

Passaram por um escavado forrado com grandes blocos de gelo. Era a morada do urso branco, que naquele momento fazia estranhos movimentos, como se se entregasse também a treinos para o espetáculo.

Os dois homens pararam ali algum tempo. Foi Bouard quem acenou para a mulher de barba, que seguia o mesmo caminho.

– Alô, Jean – fez ela, aproximando-se.

– Como vai, meu bem? – perguntou o atirador, beijando-lhe a mão.

Cassira A. Ducrot também cumprimentou-a, não com o mesmo desembaraço, pois nunca sabia que atitude tomar diante daquela criatura.

– Viram meu irmão? – perguntou La Tigresse.

– Chegamos agora – respondeu Bouard. – Ia perguntar-lhe se já viu Jek por aqui.

– Deve estar no telheiro.

Os três seguiram na direção conhecida, onde Jek habitualmente encontrava o noivo, portanto junto à jaula de Nero.

Quando, ao fazer a curva determinada por tufos de verduras e canteiros, chegaram à pequena elevação que devassava o resto do quintal, viram-se frente a frente com uma cena inesperada. Foi Jean Bouard quem reconhe-

ceu primeiro a blusa amarela e a saia verde de Jek Jour. O detetive, porém, não teve um momento de hesitação. A moça estava na jaula dos leões amarrada e amordaçada. Nero ia saltar sobre ela. Peter, o domador, já pressentira a chegada dos três e fugia, desaparecendo.
Cassira A. Ducrot tirara a automática do bolso e alvejou o leão. Mas La Tigresse, a mulher de barba, num movimento ágil, saltou sobre ele, desviando o tiro.
– O meu Nero! Ninguém mata o meu Nero! – gritava ao mesmo tempo em que estalava o chicote.
O leão apenas roçou a vítima. Contudo as garras tinham alcançado o seio de Jek Jour. Sob a blusa rasgada aparecia um laivo de sangue.
Mas La Tigresse já penetrava na jaula, dominando as feras, porque "vovozinho", o leão velho, já começava a tomar parte na brincadeira.
Foi tudo tão rápido... mas Cassira Ducrot percebeu imediatamente que não havia mais necessidade de atirar. A mulher de barba falava com as feras em um idioma completamente desconhecido, e os animais obedeciam. Ela, ao mesmo tempo que estalava o chicote, desamarrava Jek Jour e carregava-a, como se fosse um ramalhete de flores, para fora da jaula.
O ferimento da moça era superficial, via-se isso imediatamente, pois a blusa estava aberta até a cintura.
O seio de Jek Jour arfava quase naturalmente. Aquele sangue que escorria não tinha propriamente muita importância.
O que Peter representaria naquilo tudo? Era o que Cassira Ducrot pensava, observando a mulher barbada afagar os cabelos de Jek Jour. La Tigresse, a irmã de Peter. Os seus olhos eram maus... contudo...

Logo que Jek Jour recobrou os sentidos, antes mesmo de o médico chamado para ela chegar, insistiu em trabalhar. Realmente, passada a emoção que sucedera o momento de terror, a corajosa jovem já estava em forma. Principiou mesmo a gracejar com o ocorrido.

– Peter estava completamente doido – dizia, olhando para Cassira A. Ducrot. – Queria que eu lhe indicasse o paradeiro do agrafe roubado. Nunca julguei que se pudesse dar tanto valor a uma jóia. Se não fosse a intervenção de vocês eu seria a terceira mulher a morrer pela mesma causa. Quem sabe se o agrafe contém um elixir de longa vida ou a pedra filosofal de Nostradamus?

"Quer dizer que ele, Peter, não a tem... Isto confirma o que eu havia pensado", articulou Cassira para si mesmo.

Precisava providenciar a prisão de Peter e outras coisas mais definitivas para a solução do mistério. Despediu-se pois dos jovens atiradores, quando estes já se colocavam em seus lugares para o treino.

O número improvisado na noite anterior não tivera o sucesso esperado e Bouard, que dirigia os ensaios, sugerira uma nova modificação. Já então algumas pessoas assistiam o ensaio. La Tigresse dava de comer a Nero, e estava tão plácida e indiferente pela sorte do irmão como qualquer estranha. Afirmara, apenas, desconhecer até então o interesse de Peter pela jóia; não se davam muito bem, as feras constituíam o único traço de ligação entre eles. Quer dizer, o Nero. Esse belo e novo leão era propriedade dos dois, pois Zorina e o "vovô" pertenciam ao diretor Mathieu.

Estavam ainda no quintal Pallas, o trapezista e Zoom, o homem-cobra.

– Pena termos perdido o alvo humano – dizia Jek. – Você se lembra, Pallas, como o público se emocionava quando as nossas setas contornavam o corpo de Rée?

– Sim – respondeu o atleta. – Mathieu já está providenciando um novo artista. Eu me ofereci...
– Você é muito grande, Pallas, e precisaríamos de um número maior de flechas: contudo poderíamos mandar fabricá-las, não acha?
– Mas demorariam uma semana ou mais. Vocês não podem ficar sem trabalhar todo esse tempo. Há gente que vem ao Varieté por causa das "setas voadoras". Aqui está um que bem podia servir de alvo. Que tal o Zoom?
– Já pedimos, não é Zoom? Mas ele acha que prejudica o seu número.
– Bem – respondeu o homem-cobra. – Se é apenas por uns dias, posso aceitar. Mas precisarei me disfarçar. Que ninguém saiba que é o grande contorcionista que está aparecendo num papel secundário.
– Sim, Zoom, por favor – pedia Jek. – Você poderia usar uma das máscaras chinesas que possui. Diríamos que se trata de uma nova estrela da Ásia...
– Por que diz "uma"? – rosnou Zoom.
– Ora – fez Bouard. – Jek não teve nenhuma intenção de o humilhar. É porque você é pequeno, magro e...
– Feminino, não é? Bem, aceito o negócio. Vamos ensaiar.

Postou-se na elevação para servir de alvo humano, enquanto Bouard e Jek Jour preparavam as armas.

Num momento, porém, precisamente quando ia atirar em primeiro lugar, Jek Jour pôs-se branca de cera, os olhos se dilataram, olhando fascinada o artista que se dispusera a ajudá-los.

– É ele, agora me lembro – exclamou com voz estrangulada, apontando Zoom.

Bouard estava perplexo, não entendendo bem o que se passava. Pallas nada percebeu, pois já se encaminhava na direção do edifício.

A expressão de Zoom também mudava: o seu rosto, em geral bondoso, quase ingênuo, se transformava numa cara de assassino. Rapidamente ele sacou do bolso um revólver e atirou.

Bouard mal teve tempo de empurrar para o lado a sua amada. Qualquer coisa de terrível estava iminente. Bouard só em último caso mataria um homem. Ele possuía uma arma de cujo cano poderiam sair setas mortíferas se o quisesse, mas Bouard não era um assassino e hesitou, apesar de saber que ele e Jek estavam em perigo.

Zoom ia atirar de novo, era necessário agir sem demora, mas um novo acidente imprevisto impediu o atirador de cometer uma morte. Zoom em vez de atirar deixou-se escorregar pela superfície inclinada, e como uma cobra deu o bote e mordeu as pernas do adversário. Era pequenino mas ninguém o poderia vencer em agilidade e, assim, numa fração de segundo a coronha de seu revólver caiu sobre a cabeça do atirador, deixando-o com o primeiro golpe atordoado e com o segundo sem sentidos.

Tudo foi tão rápido que quando Jek Jour pensou em atirar, o homem-cobra já galgara o grande muro do fundo, fugindo pelo mesmo sítio escolhido por Peter, momentos antes.

La Tigresse assistira toda a cena sem fazer um movimento. Só depois da fuga de Zoom, aproximara-se para ajudar Jek Jour. Outras pessoas também chegaram, atraídas pelo estampido. La Tigresse sorria.

– Eu poderia ter-lhe impedido a fuga se quisesse – segredou a infernal mulher aos ouvidos de Jek. – Mas tenho uma irresistível atração pelos criminosos... Vai se comunicar com o detetive, não é? Parece que está disposta a falar agora. Estou ardendo de curiosidade. O que sabe, afinal?

Bouard já se levantava, com um suspiro de alívio, ao perceber que nada acontecera a Jek Jour.

— Muito bem feito o seu trabalho, Jek — dizia Cassira A. Ducrot, beijando diversas vezes a mão da atiradora. — O meu é que foi péssimo, pois no momento em que, observando a cena, deveria intervir, escorreguei do muro, caindo do outro lado, quando você poderia ser assassinada.
— Mas afinal o resultado foi satisfatório, não é, sr. Ducrot? Sinto apenas você não me ter avisado, Jek. Me pouparia o susto que tive por sua causa.
— Tinha prometido ao detetive... perdoa-me, Jean...
Cassira A. Ducrot beijara mais uma vez a mão de Jek e Bouard não estava gostando nada disso. Finalmente entrou o comissário Froussard.
Estavam na sala, que já conhecemos, do superintendente interino da polícia do Havre. Diversas pessoas entravam aos poucos na sala, escrivões, autoridades inferiores, e no fim dois presos acompanhados por guardas armados. Eram Peter, o domador, e Zoom, o homem-cobra.

Antes de explicar o final dessa história de crimes, eu, que a estou escrevendo, King Shelter, humilde narrador e colecionador de argumentos policiais, quero dizer aos leitores que a ouvi do próprio Cassira A. Ducrot, a quem devemos a solução do mistério.

Hoje ele é um célebre, talvez o mais célebre detetive da França, e um desses dias, cedendo a diversas solicitações, contou-nos o caso do Varieté, o primeiro de sua carreira.

Dou-lhe a palavra agora, para que ele mesmo conte aos leitores como conseguiu elucidar a dupla tragédia sangrenta do Varieté, no porto de Havre, naquele começo de inverno de 1929.

— O principal culpado conseguiu escapar... — contava Cassira A. Ducrot ao grupo reunido no café da Rotonde, o tradicional refúgio de artistas e celebridades de Montparnasse. Ah! tomávamos naquele momento o célebre Beaujolais da Borgogne com ostras vivas!

– Sim – continuava o detetive. – O maior responsável pelos acontecimentos foi o príncipe Sergei Dalovine. Talvez fosse mesmo príncipe, quem o pode saber, mas era o mais esperto aventureiro internacional que encontrei até hoje na vida.

"Ele possuía realmente uma jóia de inestimável valor. O agrafe, pode-se dizer, não tinha preço. O mais esplêndido rubi da terra estava engastado na filigrana de jade de âmbar. Aliás, era a única jóia que o príncipe possuía realmente, pois a coleção que lhe atribuíam não passava de mera fantasia. Esperava alcançar um seguro satisfatório para a jóia antes que ela desaparecesse, não conseguiu quanto queria, mas a soma da indenização já era bastante respeitável. Um milhão e meio de francos para quem tinha meio milhão de dívidas era uma quantia a considerar. Fez, pois, em duas companhias dois seguros contra o roubo. O príncipe porém não queria perder a jóia. Era necessário simular um roubo para receber a indenização da companhia. Quando encontrou Claudine no Havre, ficou satisfeito. Sabia que Claudine amava Peter, o domador da companhia de variedades. Foi, portanto, Peter quem abordou primeiro. Logo verificou que era um homem sem escrúpulos. Em pouco tempo, auxiliado pelo domador, conseguiu convencer a bailarina Claudine. Ela simularia um roubo. Sergei Dalovine se deixaria roubar, mas a jóia lhe seria devolvida por Peter. Então, servindo-se de uma torquês, a bailarina tirou a jóia da corrente do príncipe com o consentimento dele. Claudine deveria levá-la ao quarto, deixá-la dentro da cigarreira de cobre, onde Peter iria buscá-la para devolvê-la ao príncipe mais tarde. O príncipe denunciaria o roubo e receberia o seguro, que seria repartido entre os três, Claudine, Peter e ele. Porém...

"Alguém que conseguia deslizar por toda parte, despercebido como uma serpente, o homem-cobra, tinha assistido à conversa, parte da combinação, e resolveu por sua vez se apoderar da jóia. Com facilidade escondeu-se no camarim de Claudine.

"Quando Peter, subindo pela janela com todas as precauções tomadas, ia buscar a jóia, o homem-cobra, munido com uma das setas de Jek (quem não sabe atirar uma faca, tendo vivido na China?), arremessou-a contra Claudine. Peter viu o atentado, mas não pôde perceber o criminoso que se ocultava sorrateiramente. Perplexo pelo inesperado, aterrorizado com a cena e temendo ser acusado de um crime que não cometera, Peter fugira imediatamente. Zoom, o homem-cobra, então correu para caixa de cobre e se apossou do agrafe do príncipe. Deixou imediatamente o camarim da bailarina, desceu a escada, projetou-se no corredor repleto de gente. Tinha a jóia oculta dentro de uma das mangas. Com a pressa em que ia, esbarrou em Jek Jour, deixando no casaco de couro que a moça levava as marcas sangrentas. As duas luvas achavam-se ensangüentadas porque a caixa de cobre tinha caído sobre o sangue escorrido do ferimento de Claudine. A seta atirada tinha-lhe penetrado no coração e uma grande hemorragia sucedera imediatamente.

"Quando esbarrou com Jek no corredor, Zoom, o homem-cobra, tinha deixado cair o agrafe que aliás apanhou imediatamente, continuando a correr. Como estava tudo premeditado, escolhera no teatro um esconderijo provisório para a jóia, de onde calculava retirá-la mais tarde. Ao sair, porém, do quarto de Claudine, pensou em se desfazer da arma que pertencia a Jek Jour. O quarto de Rée estava como sempre aberto e, quem sabe por que, resolveu colocar a arma no mesmo lugar onde a retirara. Bem que podia tê-la deixado em qualquer parte, mesmo no local do crime, pois elas não continham impressões digitais, já que Zoom usava luvas. Foi esse detalhe que fez com que se perdesse. Abriu a gaveta do móvel, deixou ali cair o fuzil e fechou-a. Uma ponta de sua túnica ficou presa na gaveta. Fez um movimento para puxá-la, conseguiu retirá-la dali e rumou para o corredor, sem perceber, no momento, que uma placa de escamas prateadas tinha se prendido na gaveta. Só depois, quando a polícia já tinha chegado, percebeu isso.

"Ele já se tinha desfeito das luvas ensangüentadas, mas era preciso retirar da gaveta de Rée o pedaço de sua roupa. Procurou esconder a falta de escamas mas eu percebi muito bem esse detalhe."

— Contudo — continuou Cassira A. Ducrot — não lhe dei imediatamente importância. Tínhamos subido depois ao quarto da morta. Zoom nesse momento estava agindo. Cortou a eletricidade e penetrou no quarto de Rée pela janela gradeada. Sim, meus amigos. Ninguém, aparentemente, poderia entrar pelo pequeno espaço ao menos que fosse um contorcionista. E Zoom era homem-cobra. Como não acredito em fantasmas, lembrei-me dele, pois já o vira trabalhar, transpondo com seu fino e desarticulado corpo espaços muito menores. Em seguida encontrei uma das escamas de Zoom no quarto da menina Rée. Então não tive mais dúvidas. Os meus dedos acariciaram alguns momentos aquela pequena escama, que mais parecia o esmalte de um dedo feminino que tivesse sido arrancado da unha. Lembrei-me também de que na roupa do homem-cobra existia um rasgão. Ele fora ao quarto de Rée e matara-a, quando se viu surpreendido. Aproveitando-se da escuridão e da surpresa,

conseguira fugir... Não tivesse ele aquela agilidade... Convenhamos que era de circo...
"Correndo pelos telhados, atingiu o armazém do cais. Ali atirou o casaco manchado de sangue e as luvas ensangüentadas ao mar. Dali foi para o seu quarto no Hotel du Nord, arrumou-se rapidamente, dirigindo-se a um bar. Não se preocupava com álibis. Eram muitos os artistas, quase todos recolhidos àquela hora. Ninguém poderia fornecer álibi à polícia. Pretendia permanecer na companhia para não despertar suspeitas até que pudesse fugir.

"Peter, não tendo conseguido se apoderar da jóia como combinara com o príncipe, ficara em situação embaraçosa diante do nobre. Sergei Dalovine desconfiou do domador desde o princípio. Atribuía-lhe a morte de Claudine e julgava-o de posse da jóia. Tiveram diversas discussões a esse respeito e Peter prometeu entregar a jóia ao príncipe, dizendo-lhe que faria Jek Jour falar, pois era a única pessoa que conhecia o criminoso. O silêncio de Jek Jour era interpretado por todos como pavor que ela tinha em denunciar o assassino. Peter tinha sabido pela irmã que Jek recebia ameaças do criminoso, que induzia a moça a calar. Assim imaginou forçar a atiradora a falar, servindo-se de Nero, o leão.

"Mas Jek Jour não sabia mesmo de nada."

– Eu – continuou Cassira A. Ducrot – suspeitava do homem-cobra, mas faltava-me uma certeza. Então combinei com Jek Jour um expediente. Quando ela sofreu o golpe de Peter foi que lhe falei nisso sem que ninguém nos ouvisse. Eu não precisava correr atrás de Peter. Sabia que dali ele iria procurar o príncipe. Saberia onde encontrá-lo daí a pouco e então telefonei apenas a um dos meus homens para que efetuasse a prisão, por atentado contra a vida de Jek.

"O expediente que combinara com Jek Jour fora o seguinte: quando o homem-cobra chegasse ao quintal para os treinos, ela deveria fingir reconhecê-lo como o homem que deixara cair a jóia no corredor. A atitude que Zoom tivesse nesse instante determinaria se era ou não culpado. O expediente surtiu efeito.

"Jek Jour quase morreu nesse momento, assassinada pelo homem-cobra, pois eu escorreguei no instante exato em que deveria intervir. Entretanto, Zoom não sabia que eu estava atrás do muro. Saltou por ali e caiu-me nos braços.

"Ele tinha exatamente retirado a jóia do esconderijo, naquela manhã, para levá-la a um lugar mais seguro. Foi um acaso, não acham? Quando foi revistado no comissariado, a jóia foi encontrada em seu poder. A jóia do príncipe Sergei.

"Como eu tinha imaginado, Peter tinha se dirigido à casa do príncipe. Lá foi preso e o príncipe, reconhecendo a situação, resolveu fugir. Com a prisão de Peter, todos conheceriam as suas tramóias. Tinha recebido o seguro... Quando lá fui para devolver-lhe a jóia roubada, já tinha fugido. O agrafe ficou com a polícia à espera de que o seu legítimo dono reclamasse. Mas para isso seria preciso que o príncipe Sergei se decidisse a passar alguns anos na cadeia. Preferiu ir para Paris. E eu me decidi acompanhá-lo. Um homem desses é uma verdadeira tentação para um detetive. Por causa dele é que estou até hoje em Paris."

– E que fim levou ele? – perguntou Lilás, uma loirinha bonita que fazia parte do nosso grupo.

– Continuou com as aventuras? Foi preso depois, quero dizer, conseguiu finalmente reaver o agrafe?

– Isso é uma outra história – respondeu Cassira, sorvendo o seu absinto. – Outro dia contarei...

Rachel de Queiroz

Romancista, contista, cronista e dramaturga, Rachel de Queiroz nasceu em Fortaleza (CE) no dia 17 de novembro de 1910. Sua bisavó materna era prima de José de Alencar. O pai era juiz de direito e por isso a família morou em Quixadá por alguns anos. De volta a Fortaleza, transferiu-se para o Rio de Janeiro em 1917, fugindo da seca de 1915 - o grande tema de seu livro de estréia *O quinze*, publicado em 1930. A partir daí, Rachel consolida o novo gênero brasileiro, o "Romance neo-realista de 1930". O romance, premiado em seguida, logo transformaria Rachel numa personalidade literária de primeira linha. Fichada como "agitadora comunista" pela polícia política de Pernambuco, Rachel tenta publicar seu segundo romance, *João Miguel*, vetado pelo Partido Comunista. A escritora rompe com o partido, muda-se para São Paulo e publica o segundo romance em 1932. Em 1937, aparece *Caminho de pedras*. Com a decretação do Estado Novo, seus livros são queimados em Salvador (BA) com os de outros escritores, como Jorge Amado, José Lins do Rego e Graciliano Ramos, por serem considerados subversivos. É presa por três meses. No Rio de Janeiro, em 1939, publica seu quarto romance, *As três Marias*. Recebe da Academia Brasileira de Letras, em 1957, o Prêmio Machado de Assis pelo conjunto de sua obra. Estréia na literatura infanto-juvenil, em 1969, com *O menino mágico*, e passa a ser cronista da revista *O Cruzeiro*, até 1975. Em 1977, torna-se a primeira mulher a ser eleita para a Academia Brasileira de Letras. Em 1992, publica o romance *Memorial de Maria Moura*, que foi adaptado para a Tevê em 1994. Em 1995, são publicadas suas memórias com o título *Tantos anos*. Em homenagem aos seus 90 anos a Academia Brasileira de Letras inaugura a exposição "Viva Rachel". Morre no Rio de Janeiro no dia 4 de novembro de 2003.

Os dois bonitos e os dois feios

Nunca se sabe direito a razão de um amor. Contudo, a mais freqüente é a beleza. Quero dizer – o costume é os feios amarem os belos e os belos se deixarem amar. Mas acontece que às vezes o bonito ama o bonito e o feio ama o feio e tudo parece estar certo e segundo a vontade de Deus, mas é um engano. Pois o que se faz num caso é apurar a feiúra e no outro apurar a boniteza, e aí é que não está certo, porque Deus Nosso Senhor não gosta de exageros; se Ele fez tanta variedade de homens e mulheres neste mundo é justamente para haver mistura e dosagem e não se abusar demais em sentido nenhum. Por isso também é pecado apurar muito a raça, branco só querendo branco e gente de cor só querendo os da sua igualha – pois, para que Deus os teria feito tão diferentes, se não fora para possibilitar as infinitas variedades das suas combinações?

O caso que vou contar é um exemplo: trata de dois feios e dois bonitos que amavam cada um o seu igual. E, se os dois bonitos se estimavam, os feios se amavam muito, quero dizer, o feio adorava a feia, como se ela é que fosse a linda. A feia, embalada com tanto amor, ficava numa ilusão de beleza e quase bela se sentia, porque na verdade a única coisa que nos torna bonitos aos nossos olhos é nos espelharmos nos olhos de quem nos ame. Vocês já viram um vaqueiro encourado? É um traje extraordinariamente romântico e que, no corpo de um homem alto e delgado, faz milagres. É a espécie de réplica em couro de uma armadura de cavaleiro. Dos pés à cabeça protege quem a veste, desde as chinelas de rosto fechado, as perneiras muito justas ao relevo das pernas e das coxas, o guarda-peito colado ao tronco, o gibão amplo, que mais acentua a esbelteza do homem; e por fim o chapéu, que é quase a cópia exata do elmo de Mambrino. Aliás, falei que só assenta roupa de couro em homem magro e disse uma redundância, porque nunca vi vaqueiro gordo. Seria o mesmo que um toureiro gordo, o que é impossível. Se o homem não for leve e enxuto de carnes, nunca poderá cortar caatinga atrás de boi, nem haverá cavalo daqui que o carregue.

    Os dois heróis da minha história, tanto o feio como o bonito, eram vaqueiros do seu ofício. E as duas moças que eles amavam eram primas uma da outra – e, apesar da diferença no grau de beleza, pareciam-se. Sendo que uma não digo que fosse a caricatura da outra, mas era, pelo menos, a sua edição grosseira. O rosto de índia, os olhos amendoados, a cor de azeitona rosada da bonita, repetidos na feia, lhe davam uma cara fugidia de bugra; tudo o que na primeira era graça arisca, na segunda se tornava feiúra sonsa.

De repente, não se sabe como, houve uma alteração. O bonito, inexplicavelmente, mudou. Deixou de procurar a sua bonita. Deu para rondar a casa da outra, a princípio fingindo um recado, depois nem mais esse cuidado ele tinha. Sabe-se lá o que vira. No fundo, talvez obedecesse àquela abençoada tendência que leva os homens bonitos em procura das suas contrárias; benza-os Deus por isso, senão o que seria de nós, as feiosas? Ou talvez fosse porque a bonita, conhecendo que o era, não fizesse força por sustentar o amor de ninguém. Enquanto a pobre da feia – todos sabem como é –, aquele costume do agrado e, com o uso da simpatia, descontar a ingratidão da natureza. E, embora o seu feio fosse amante dedicado, quanto não invejaria a feia a beleza do outro, que a sua prima recebia como coisa tão natural, como o dia ser dia e a noite ser noite. Já a feia queria fazer o dia escuro e a noite clara – e o engraçado é que o conseguiu. Muito pode quem se esforça.

O feio logo sentiu a mudança e entendeu tudo. Passou a vigiar os dois. Se esta história fosse inventada poderia dizer que ele, vendo-se traído, virou-se para a bonita e tudo se consertou. Mas, na vida, mesmo as pessoas não gostam de colaborar com a sorte. Fazem tudo para dificultar a solução dos problemas, que, às vezes, está na cara e elas não querem enxergar. Assim sendo, o feio, danado da vida, nem se lembrou de procurar consolo junto da bonita desprezada; e esta, sentindo-se de lado, interessou-se por um rapaz bodegueiro que não era bonito como o vaqueiro enganoso, mas tinha muito de seu e podia casar sem demora e sem condições.

Assim, ficaram em jogo só os três. O feio cada dia mais desesperado. A feia, essa andava nas nuvens, e toda vez que o 'primo' (pois se tratavam de primos) lhe botava aqueles olhos verdes – eu falei que além de tudo ele tinha os olhos verdes? – ela pensava que ia entrar de chão adentro, de tanta felicidade.

Mas o pior é que os dois vaqueiros saíam todo dia juntos para o campo, pois eram campeiros da mesma fazenda e se haviam habituado a trabalhar de parelha, como Cosme e Damião. Seria impossível se separarem sem que um dos dois partisse para longe e, é claro, nenhum deles pretendia deixar o lugar vago ao outro.

Assim estava a intriga armada, quando a feia, certa noite, ao conversar na janela com o seu bonito, que lá viera furtivo, colheu um cravo desabrochado no craveiro plantado numa panela de barro e posto numa forquilha bem encostada à janela (era uma das partes dela, ter todos esses dengues de mulher bonita) e, enquanto o moço cheirava o cravo, ela entrefechou os olhos e lhe disse baixinho:

– Você sabe que o outro já lhe jurou de morte?

Seria mesmo verdade essa jura de morte do desprezado contra o traidor? Quem sabe as coisas que é capaz de inventar uma mulher feia improvisada em bonita, pelo amor de dois homens, querendo que o seu amor renda os juros mais altos de paixão?

O belo moço se assustou. Gente bonita está habituada a receber da vida tudo a bem dizer de graça, sem luta nem inimizade, como seu direito natural, que os demais devem graciosamente reconhecer. As mulheres o queriam, os homens lhe abriam caminho. E não só em coisas de amor: de pequenino, o menino bonito se habitua a encontrar facilidades, basta fazer um beiço de choro, ou baixar um olho penoso, todo mundo se comove, pede um beijo, dá o que ele quer. Já o feio chora sem graça, a gente acha que é manha, mais fácil dar-lhe uns cascudos do que lhe fazer o gosto. Assim é o mundo e, se está errado, quem o fez foi outro que não nos dá satisfações.

Pois o bonito se assustou. Deu para olhar o outro de revés, ele que antes vivia tão confiado, como se achasse que a obrigação do coitado era lhe ceder a menina e ainda tirar o chapéu. Passou a ver o mal em tudo. De manhã, ao montar o cavalo, examinava a cilha e os loros, os quatro cascos do animal. Ele, que só usava um canivete quando ia assinar criação, comprou ostensivamente uma faca, afiou-a à beira do açude e só a tirava do cós para dormir. E, quando saía a campo com o companheiro, em vez de irem os dois lado a lado, segundo o costume, ele marchava atrás, dez braças aquém do cavalo do outro.

O feio não falava nada. Fazia que não enxergava as novidades do colega. Como sempre andara armado, não careceu comprar faca para fazer par com a peixeira nova do rival. E, sendo do seu natural taciturno, continuou calado e fechado consigo.

E o outro – nós mulheres estamos habituadas a pensar que todo homem valente é bonito, mas a recíproca raramente é verdade, e nem todo bonito é valente. Este nosso era medroso. Era medroso, mas amava. O que o punha numa situação penosa. Não amasse, ia embora, o mundo é grande, os caminhos correm para lá e para cá. Agora, porém, só lhe restava amar e ter medo. Ou defender-se. Mas como? O rival não fazia nada, ficava só naquela ameaça silenciosa; as juras de morte que fizera – se as fizera – de juras não tinham passado ainda. Meu Deus, e ele não era homem de briga, já não disse? Tinha certeza de que se provocasse aquele alma-fechada, morria.

Bem, as juras eram verdadeiras. O feio jurava de morte o bonito e não só da boca para fora, na presença da amada, mas nas noites de insônia, no escuro do quarto, sozinho no ódio do seu coração. Levara horas pensando em como o mataria – picado de faca, furado de tiro, moído de cacete. Só conseguia dormir quando já estava com o cadáver defronte dos olhos, bonito e branco, ah, bonito não, pois, quando o matava em sonhos, a primeira coisa que fazer era estragar aquela cara de calunga de loiça, pondo-a de tal modo feia que até os bichos da cova tivessem nojo dela. Mas como fazer? Não poderia começar a brigar, matá-lo, sem quê nem mais. Hoje em dia a justiça piorou muito, não há patrão que proteja cabra que faz uma morte, nem a fuga é fácil, com tanto telégrafo, avião, automóvel. E de que servia matar, tendo depois que penar na prisão? Assim, quem acabaria pagando o malfeito haveria de ser ele mesmo. O outro talvez fosse para o purgatório, morrendo sem confissão, mas era ele que ficava no inferno, na cadeia. Aí então teve a idéia de uma armadilha. Botar uma espingarda com um cordão no gatilho... quando ele fosse abrindo a porta. Não dava certo, todo mundo descobriria o autor da espera. Atacá-lo no mato e contar que fora onça... Qual, cadê onça que atacasse vaqueiro em pleno dia? E a chifrada de um touro? Difícil, porque teria que apresentar o touro, na hora e no lugar... Lembrou-se então de um caso acontecido muitos anos atrás, quase no pátio da fazenda. O velho Miranda corria atrás de uma novilha, a bicha se meteu por sob um galho baixo de mulungu, o cavalo acompanhou a novilha, e em cima do cavalo ia o vaqueiro: o pau o apanhou bem no meio da testa, lá nele, e, quando o cavalo saiu da sombra do mulungu, o velho já era morto... Poderia preparar uma armadilha semelhante? Como induzir o rival?... Levou quatro dias de pesquisa disfarçada para descobrir um pau a jeito. Afinal achou um cumaru à beira de uma vereda, onde o gado passava para ir beber na lagoa. O cumaru estirava horizontalmente um braço a dois metros do chão, cobrindo a vereda logo depois que ela dava uma curva. A quem passasse pela vereda estreita, bastaria alguém ficar atrás, apertar de repente o passo, meter o chicote no cavalo da frente; o outro, assustado com o disparo do cavalo, se descuidava do pau – e era um homem morto. Mas não deu certo. Isto é, deu certo do começo ao fim – só faltou o fim do fim. Pois logo no dia seguinte se encaminharam pela vereda, perseguindo um novilhote. O bonito na frente, o feio atrás, como previsto. Quando chegaram à curva que virava em procura do cumaru, o de trás ergueu o relho, bateu uma tacada terrível na garupa do cavalo da frente, que já era espantado do seu natural, e o animal desembestou. Mas o instinto do vaqueiro bonito o salvou no último instante. Sentiu um aviso, ergueu os olhos, viu o pau, deitou-se em cima da sela e deixou o cumaru para trás. Logo adiante acabava a caatinga e começava o aceiro da lagoa. O bonito sofreou afinal o cavalo. Podia ser medroso, mas não era burro, e uma raiva tão grande tomou conta dele, que até lhe destruiu o medo no coração. Sem dizer palavra, tirou a corda do laço de baixo da capa da sela e ficou a girar na mão o relho torcido, como se quisesse laçar o novilho, que também parara várias braças além e ficara a enfrentá-lo de longe. O companheiro espantou-se: será que aquele idiota esperava laçar o boi a tal distância? Claro que não tinha entendido como andara perto da morte... Mas o laço, riscando o ar, cortou-lhe o pensamento: em vez de se dirigir à cabeça do novilho, vinha na sua direção; cobriu-o, apertou-se em redor dele, prendeu-lhe os braços ao corpo e, retesando-se num arranco, tirou-o do cavalo abaixo. Num instante o outro já estava por cima dele, com um riso de fera na cara bonita.

– Pensou que me matava, seu cachorro... Açoitou o cavalo de propósito, crente que eu ia rebentar a cabeça no pau... Um de nós dois tinha de morrer, não era? Pois é assim mesmo... um de nós dois vai morrer...

Enquanto falava, arquejando do esforço e da raiva, ia inquirindo na corda o homem aturdido da queda, fazendo dele um novelo de relho. Daí saiu para o mato, demorou-se um instante perdido entre as árvores e voltou com o que queria – um galho de imburana da grossura do braço de um homem. Duas vezes malhou com o pau na testa do inimigo. Esperou um pouco para ver se o matara. E, como lhe pareceu que o homem ainda tinha um resto de sopro, novamente bateu, sempre no mesmo lugar.

Chegou à fazenda, com o companheiro morto à sela do seu próprio cavalo, ele à garupa, segurando-o com o braço direito, abraçando-o como um irmão; com a mão esquerda puxava o cavalo sem cavaleiro.

Ninguém duvidou do acidente. Foi gente ao local, examinaram o galho assassino, estirado sobre a vereda como um pau de forca. Fincaram uma cruz no lugar.

E o bonito e a feia acabaram casando, pois o amor deles era sincero. Foram felizes. Ela nunca entendeu o que houvera, e remorso ele nunca teve, pois, como disse ao padre em confissão, matou para não morrer.

E a moral da história? A moral pode ser o velho ditado: faz o feio para o bonito comer. Ou então se compõe um ditado novo: entre o feio e o bonito, agarre-se ao bonito. Deus traz os bonitos debaixo da Sua Mão.

Rachel Jardim

Reconhecida como romancista e memorialista de grande força, Rachel Jardim nasceu em Juiz de Fora (MG) em 19 de setembro de 1926. Descendente de tradicional família mineira, viveu a infância em Juiz de Fora e Guaratinguetá (SP). Mudou-se depois para o Rio de Janeiro, onde se formou em Direito pela PUC-RJ. Ingressou no funcionalismo público. Fez estágios em museus de Nova York. De volta ao Brasil, dirigiu o Patrimônio Cultural e Artístico do Rio de Janeiro. Tem colaborado na imprensa (*Jornal do Brasil*-RJ, Suplemento Literário do *Minas Gerais*, *Correio do Povo*-RS). Sua obra é marcada sensivelmente pelo veio memorialista. Como demonstra Nelly Novaes Coelho, todas as experiências, dolorosas ou prazerosas, recuperadas pela memória (de Rachel Jardim), estão repassadas pela lembrança de grandes romances, grandes filmes e seus artistas-ídolos (Charles Boyer, Greta Garbo, Robert Taylor, Vivien Leigh, Laurence Olivier), um aspecto marcante da cultura do século XX. Publicou romances: *Aos anos 40*, de 1973; *Vazio pleno*, de 1976; *Inventário das cinzas*, de 1980; *O penhoar chinês*, de 1985. Contos: "Cheiros e ruídos", de 1975; "A cristaleira invisível", de 1982. Antologias: *O conto da mulher brasileira*, de 1978; *Mulheres e mulheres*, de 1978; *Muito prazer*, de 1981; *O prazer é todo meu*, de 1984; e *Crônicas mineiras*, de 1984.

A VIAGEM DE TREM

Conhecera, afinal, Florença e achava que a vida já lhe tinha dado bastante. Conhecera-a madura, depois de ter sonhado com ela toda sua juventude. Chorara no Ponte Vecchio, como se reencontrasse a mocidade, as estranhas visões que a povoavam. Desde menina a ponte a fascinava, com suas casas entranhadas, mais rua do que ponte. Algo absolutamente insólito, ocupando um espaço e um tempo desarrazoados. Deixou-se penetrar pelo encantamento da cidade, vagando por ela, sem rumo, durante dias. Sem esgotá-la, tinha partido e agora, enquanto o trem andava, começou a degluti-la.
Jantou só, no carro-restaurante, e voltou para a cabine. Não desejava dormir e teve curiosidade de ver a paisagem noturna pela janela do trem. Nenhum passageiro parecia estar acordado, apenas um silêncio feito de sons abafados.

O barulho do trem nos trilhos era um ruído bom, familiar, que lhe devolvia a infância, as longas viagens de noturno rumo à fazenda.

"Estou me sentindo estranhamente jovem", pensou. Olhava pela vidraça fechada a paisagem banhada de luar.

A solidão reinante fazia bem, deixava o mundo à sua mercê, podia envolvê-lo na palma da mão.

Uma voz. Olhou espantada. Uma voz ao seu lado. Um homem a olhava e falava. Ia retirar-se e fechar a porta da cabine, quando alguma coisa a fez mudar de idéia. O homem pedia-lhe que ficasse e a voz combinava com a noite, o trem, o resto de Florença.

Ser jovem – ser jovem uma vez mais numa noite, numa cidade estranha. Depois, partir sem deixar rastro. Esgotar a vida, a cidade, o tempo, num só dia. Não desejava mais, ou melhor, só desejava isso. Qualquer acréscimo e tudo estaria perdido.

Cogumelos e cerejas no restaurante. Brilhantes e redondos. Tenros, devorados em plena juventude. O vinho, velho, conservava a mocidade, tinha também o poder de inebriar.

A cidade era feita de tempo, tempo guardado, tempo preservado.

Amava sim, de um amor sem tempo, sem limite, sem fim e sem começo.

Ele se chamava Alfredo e queria detê-la. Procurava saber tudo, seu nome, sua cidade, o que fazia, se era casada, se tinha filhos. Ela não dizia nada. Ele fora casado e agora se dizia livre. Tinha o senso do limite. Queria-a para si num tempo e num espaço certos. Guardada, conservada. Que sabia ele?

Ela se sentia livre e aspirava até o último sorvo essa liberdade, duramente conquistada. Desistira das coisas concretas, uma posição definida, um lugar no espaço. Seu espaço era feito de muitos espaços; seu tempo, de muitos tempos. Queria conhecer um dia que não pudesse ser contado em dias. Que lhe daria ele? O tempo aprisionado, a dor das coisas que se perdem de momento a momento. Ela não queria mais ganhar nem perder. O amor seria agora assim, feito de instantes – instantes sem tempo. Já perdera e ganhara seu espaço e seu tempo. Sentia-se livre para viver sem medo de perder.
A sensação de juventude vinha cada vez mais forte, e ele participava dela. Estava lhe dando de presente o tempo reconquistado, o tempo de juventude, aquele que ninguém conta.

Ainda no trem, quis detê-la e lhe pedia que ficasse, que deixasse alguma coisa de palpável, um endereço, uma pista para encontrá-la um dia em algum lugar.
Resistiu.
Acenou pela janela e sentou na poltrona.
O coração batia violentamente.
Teve vontade de parar o trem, precipitar-se pela porta, voltar.
O trem, grande devorador, já transformara em tempo o espaço percorrido.
Estava livre e só na manhã de verão.

Sonia Coutinho

Ficcionista, jornalista e ensaísta, Sonia Walkíria de Souza Coutinho nasceu em Itabuna, cidade litorânea da Bahia, em 1939. Foi para Salvador, onde se formou em Letras. Na década de 1960, mudou-se para o Rio de Janeiro, onde vive. Escritora bastante premiada, iniciou a carreira com o conto "Do herói inútil", em 1966. Outras obras: *Nascimento de uma mulher*, de 1971; *O último verão em Copacabana*, de 1985; *Os seios de Pandora*, de 1992; e *Rainhas do crime*, de 1994.

TODA LANA TURNER TEM SEU JOHNNY STOMPANATO

O material desta história: basicamente, duas mulheres. Capazes, no entanto, de se multiplicarem infinitamente. São Lana Turner e uma outra, que se apresenta sem nome, sem rosto e sem biografia, a não ser dados fragmentários, vagas insinuações. Alguém que talvez nem seja uma mulher, mas sim um espelho, embora fosco. Ou um ventríloquo, que fala apenas através da imagem da atriz, o seu boneco. Não se enganem, porém: o único personagem verdadeiro, o ponto de referência para se poder entrançar os fios díspares desta trama, formando um tapete, a tela em branco que serve para o desdobramento ilimitado do sonho, portanto da realidade, este personagem sou eu. Em outras palavras, Lana Turner.

(Lana, uma das primeiras grandes estrelas, quando surgia o *star-system* de Hollywood: sem nenhuma tradição ou modelo a serem seguidos, uma figura de ruptura na sociedade americana da época, com um papel ou um poder "de homem". Lana para além da própria Lana, o símbolo que ela foi, o mito que se criou em torno dela: deusa ou demônio, a *vamp* e seu *it*. O que de Lana foi apresentado para o consumo de milhares de pessoas desejosas de entrever – fosse para idolatrar, destruir ou devorar – os bastidores de "uma vida glamourosa"; em grande estilo, a "felicidade" e a "dor".)

Pois Lana Turner, como Madame Bovary para Flaubert, Lana Turner *c'est moi*. Foi o que também pensou a segunda mulher, a outra, o espelho. (Chama-se Melissa? Ou será Teresa? Quem sabe Joaquina? Dorotéia?) Folheava uma revista, na varandinha de seu apartamento, quando encontrou, com um repentino susto de reconhecimento, com uma estranha e cúmplice compreensão (ela, independente, mitificada, distorcida), o retrato não muito antigo de Lana, numa reportagem nostálgica sobre grandes estrelas do passado.

Sim, aqui estão a pele muito bronzeada pelo sol das piscinas de Beverly Hills – ou das praias da Zona Sul – as unhas vermelhas e compridas, o cabelo platinado e, no rosto, vestígios de beleza e as marcas do tempo.

Mas, sobretudo, o sorriso de Lana, o seu sorriso de atriz, quase um esgar. Um sorriso em que se misturam ironia e dor e desafio e força e patética impotência, o sorriso heróico de uma sobrevivente. De cintura disposta, talvez por não haver outro jeito, a levar o espetáculo até o fim: *the show must go on*. (Do que é feita uma vida humana senão de pequenos ritos, cerimônias e celebrações?)

Numa nevoenta tarde de sábado, a observar esgarçadas nuvens que se despejam sobre as encostas arborizadas do Corcovado, defronte, Melissa revê – eu revejo –, numa vertigem de cenas históricas, o parentesco e as diferenças entre ela e Lana Turner; a partir da colonização americana por puritanos anglo-saxões e da vinda para o Brasil de portugueses degredados, com sangue mouro.

Como ponte entre dois hemisférios, ligando misteriosamente Hollywood, a Califórnia do antigo *boom* de ouro, ao ouro mineiro que os inconfidentes reivindicaram, sorri enigmático na revista (e na vida) o rosto de Lana Turner (o de Melissa, o meu).

A reportagem lembra a trajetória gloriosa e sofrida da atriz, seus vários maridos, uma carreira movimentada (psicóloga? publicitária? jornalista? atriz mesmo?) e muitas viagens, incluindo umas férias no Havaí, em companhia de uma amiga. Mais precisamente, em Honolulu, na praia de Waikiki, onde se descobriu grávida do segundo marido, o trompetista Artie Shaw, já depois de estarem separados. "O que resultou num aborto e em novas infelicidades", acrescenta a matéria, baseada no livro autobiográfico *Lana, the lady, the legend, the future*.

O jornalista explica que, já no primeiro casamento, com o advogado Greg Bautzer, ela não sentiu nenhum prazer, ao "perder a virgindade". Ele cita palavras de Lana: "Eu não tinha idéia de como devia agir. O ato em si doeu como diabo e devo confessar que não senti nenhum tipo de prazer. Mas gostava de ter Greg perto de mim e 'pertencer' a ele, afinal."

Foi no Hotel Toriba, em Campos do Jordão, lembra Melissa. E retifica a reportagem: não chegou sequer a perder a virgindade naquela lua-de-mel, os dois tão desajeitados. Dor sentiu, confirma: teria um estreitamento vaginal? um hímen demasiado resistente? Mas não se falava dessas coisas, naquele tempo, e então tudo foi se ajeitando, ou se destruindo, em silêncio.

Lana, garante o repórter, só atingiu a maturidade sexual por volta dos 40 anos, ao cabo de um aprendizado com um total de cerca de 18 homens – o que, ele acrescenta, já parece um número modesto, para os padrões atuais. A conclusão foi tirada, explica, a partir de indicações implícitas, porque o assunto não era abordado diretamente.

A matéria adianta que as dificuldades emocionais de Lana resultaram, provavelmente, de uma sucessão de traumas infantis. "Quando tinha dez anos, seu pai foi assassinado num beco escuro." Segue-se a declaração da atriz: "Quando o vi no caixão, fiquei horrorizada." Trauma, caixão, pai, vai lendo Melissa, com um calafrio. Mais que o encadeamento dos fatos expostos, são as palavras da reportagem que estabelecem a estranha conexão entre ela e Lana Turner, com um código a ser decifrado.

A impressão se acentua no parágrafo seguinte, uma transcrição da "ficha psicológica" de Lana Turner mantida pelo estúdio: "Julia Jean Mildred Frances Turner, nascida em 8 de fevereiro de 1920. Confusa, desprotegida. Insegura desde a infância, quando atravessou períodos de opressão física, mental e moral, pelos quais procurou compensação na vida adulta. Sua afetividade, uma sucessão de tentativas frustradas de estabilização. A filha, Cheryl, carregou a mãe como uma carga emocional negativa."

Confusa. Desprotegida. E, embora o ano fosse outro, a data de nascimento era a mesma. Como se existisse, embaixo da história de Lana Turner, uma outra, paralela, embutida – a sua, a minha. Estará Melissa/estarei eu enlouquecendo? Teremos escolhido, em nossa paranóia, em vez do habitual Napoleão Bonaparte, Lana Turner como alter-ego?

Melissa (Érica?) corre ao banheiro, perscruta no espelho, com renovada perplexidade, o próprio rosto. Ela, Lana Turner. Mas não propriamente uma atriz, mais para trapezista ou bailarina da corda bamba. Sorri para ela, no espelho, um rosto sem nenhuma inocência, mas ao qual o tempo conferiu um toque de pureza cínica.

Até onde posso ir, até onde irei, questiona-se Melissa, estremecendo. Porque os anos tinham passado, como um vento frio. E, entre maridos, viagens, uma carreira movimentada, tragédias – ah, tantas coisas se haviam tornado, de repente, definitivas. Amores perdidos, aventuras não vividas e, o que é pior, não mais desejadas. De volta à cadeira de lona da varanda, bebericando um uísque, Melissa (Dora?) lê na reportagem, logo adiante, um confortador comentário de Lana: "Não tive uma vida fácil mas, sem dúvida, minha vida está longe de ter sido chata. Sinto um certo orgulho de ter conseguido chegar até aqui."

O que não a impediu, certa vez, como conta o repórter, de tentar o suicídio, cortando os pulsos (Melissa vira as palmas das mãos para cima, observa as cicatrizes ainda rosadas). Ao sair do hospital, já recuperada, "ela parecia uma vestal, toda vestida de branco, sorrindo, os inefáveis óculos escuros ajudando a lhe encobrir o rosto". Acrescenta a matéria: "Via-se, imediatamente, que era uma estrela. Tinha o que chamamos de *star-quality*."

Logo depois, vem a "versão verdadeira" da descoberta de Lana Turner. Ao contrário do que as revistas da época publicaram, afirma o jornalista, o fato não aconteceu no Schwab's, a lanchonete, em Hollywood Boulevard, freqüentada pelas moças que queriam arranjar papéis em filmes. A própria Lana explica: "Foi num lugar chamado Top Hat Café – acho que hoje é um posto de gasolina. E eu não estava tomando refresco coisa nenhuma. Meu dinheiro só dava para uma Coca-Cola."

Mas ela confirma que, como foi divulgado, o sujeito ao lado fez a clássica pergunta: "Você gostaria de trabalhar no cinema?" E ela deu a resposta clássica: "Não sei, preciso perguntar a mamãe."

A etapa seguinte foi a escolha de um nome artístico. Havia no estúdio, conta a matéria, um catálogo já preparado, e alguém começou a dizer todos em voz alta. De repente, a própria atriz sugeriu Lana: "Não sei de onde tirei. Mas reparem que é Lah-nah, não quero ouvir meu nome pronunciado de outra maneira." Em 1937, ela faria *Esquecer, nunca* e, no ano seguinte, ingressava na Metro, onde se tornou conhecida como "a garota do suéter".

Uma série de sucessos, rosas e champanha em turbilhão. Mas o destaque da reportagem é para o trágico episódio com Johnny Stompanato, já na véspera de Lana perder a efêmera frescura do tempo em que as mulheres são comparadas com flores (quando ganharia, como prêmio, a dura máscara da fotografia, a da guerreira sobrevivente, marcas no rosto como gloriosas cicatrizes de combate). Certo dia, "um sujeito dizendo chamar-se John Steele telefonou para o estúdio fazendo a corte a Miss Turner".

Ela o achou encantador, diz o jornalista, e acabou se envolvendo. "Quando descobri sua verdadeira identidade", comentaria Lana, depois "já era muito tarde".

Johnny Stompanato (ou Renato Medeiros) era branco como um pão, limpo como um pão, com aquela pureza que só conseguiria ter um jovem mafioso procurado pela polícia.

(Na cama, como um cavalinho branco, o corpo perfeito de um rapaz de 28 ou 29 anos, dentes brancos, olhos castanhos matizados de verde, mas quase sempre escuros, algo taciturnos. Deliciosamente sério, com um senso permanente de dever a cumprir. Não fala, a não ser uma ou outra palavra – é indecifrável. Mas talvez seu permanente mistério seja, simplesmente, o da própria vida, e seu absurdo.)

Um homem inteiro e lindo como um cavalinho branco correndo na praia, ao entardecer. Intacto e cheio de pureza, como a juventude é pura, ele nu, aquele corpo inteiro e forte e grande e puro, ele assim em cima dela, grande e inteiro, ele entrando nela, ele pedindo: Melissa,

Lana, diga alguma coisa para mim, enquanto ela só gemia e gritava, gemia e gritava, agora falando: amor, amor, amor. E logo está toda inundada do líquido dele, com um cheiro vagamente vegetal de capim molhado ou palmito.

Isso vai me bastar para sempre, não vou precisar de mais nada, nunca, pensou, quando ele saiu, batendo a porta da frente com um ruído que ela escutou da cama. Era uma manhã nevoenta através das portas de vidro do seu apartamento, que davam para varandinhas, lá fora, e nuvens esgarçadas se despejavam sobre o maciço de árvores nas encostas do Corcovado, defronte. Diria, depois, quando ele telefonou: saí dançando aquela manhã, querido. Como se tivesse, afinal, alcançado a eternidade, precisava morrer de repente num momento assim.

A matéria garante que, para Lana, começou um "terrível drama psicológico", enquanto "tentava livrar-se do *gangster*", ao passo que ele, "utilizando todos os artifícios", recusava-se a sair de cena.

Quando ela foi para a Inglaterra, conta o repórter, a fim de filmar *Another time, another place (Vítima de uma paixão)* pensou que estava livre de Johnny, pelo menos por alguns meses. Mas ele conseguiu enganar as autoridades americanas e, de repente, apareceu em Londres. Lana procurou a Scotland Yard e Stompanato foi deportado.

Concluídas as filmagens, ela decidiu tirar umas férias em Acapulco, sem avisar a ninguém. "Naquela época", diz Lana, "o trajeto mais direto entre Londres e Acapulco era via Copenhague. Cheguei de madrugada à Dinamarca. Alguns passageiros desceram do avião, outros subiram. Um jovem me entregou uma rosa amarela. Peguei a flor e, de repente, vi um rosto a meu lado: era John. Jamais descobri como ele conseguiu chegar ali, sem que

eu o visse, e como conseguiu uma passagem no mesmo avião que eu, no assento ao lado. Mas ele estava ali."
As brigas entre os dois eram terríveis, lembra o repórter. Melissa tentava evitar que Patrícia, a filha de 14 anos, escutasse – mas nem sempre conseguia. Um dia, a porta do quarto estava aberta e a menina pensou que ele fosse cumprir a ameaça constante – a de navalhar o rosto de sua mãe. Correu à cozinha, pegou uma grande faca e a enfiou no corpo do rapaz. As últimas palavras dele foram: "O que você fez?" E a próxima etapa seria a luta nos tribunais, quando Melissa fez a pergunta desesperada: "Não poderei tomar a mim a responsabilidade por toda essa tragédia?"

A imprensa, no entanto, publicou outras versões para o crime. Uma delas era a de que Cheryl estaria apaixonada por Johnny e os dois chegaram a fazer amor; ela o matou quando descobriu que ele voltara para sua mãe. Mas Lana, tempos depois, prestaria uma última homenagem a Stompanato: "Ele me cortejou como ninguém", declarou. (Pois a um homem a quem uma mulher permite que lhe dê o maior prazer, ela perdoa tudo.)

Depois que Cheryl foi absolvida, Lana passou a contar com a companhia de velhos amigos, aqueles para quem ela representava um testemunho vivo de grandes momentos da masculinidade de cada um. Foi quando pensou que, numa outra etapa, talvez não tão distante assim, precisaria da bondade das pessoas, qualidade que ela própria, provavelmente, jamais tivera assim tão disponível para oferecer a ninguém.

Começou a se esforçar para ser mais simpática. Agora, seus maus humores já não seriam mais compensados pela beleza fulgurante, a paixão, a juventude, enfim. Coisas assim muito intensas que a passagem do tempo ia fatalmente apagando, tudo se abrandava em tons pastel, esfumados, como a parte superior (as nuvens) de uma estampa japonesa. Acentuou, então, como um disfarce, uma frivolidade teatral que, se bem reparada, era "profunda". Talvez a coisa mais profunda que lhe acontecera na vida, o seu sorriso-esgar. O símbolo, quem sabe, dessa conquista que ninguém almeja, a sabedoria da meia-idade, mas que pode tornar-se, um dia, aquilo que nos resta e nos mantém vivos.

Continuava, contudo, a telefonar com freqüência para um conhecido ou outro, no meio da noite, à espera de uma migalha qualquer de ternura; ou, simplesmente, para tentar expressar alguma coisa aparentemente inexplicável porque se reduzia, no último momento, a um punhado de pó, frases banais em que primava a insistência no *eu, eu, eu*.

Era parco, pensando bem, o resultado daquele último esforço para continuar agradando os homens, um imenso e praticamente inútil investimento de habilidade e emoção. A qualquer momento, concluiu, desistirá por completo, vai ficar sozinha em casa vendo antigos filmes em seu videocassete e cozinhando para si mesma.

Ou se perderá em longas e nostálgicas meditações, na cadeira de lona da varandinha de seu apartamento/de sua mansão. Sim, conheço o agridoce sabor de solidão de Lana Turner, sua crespa mordida num sábado à tarde como este – quando, afastada dos estúdios, definitivamente divorciada, ela bebericava seu uísque a observar as nuvens esgarçadas que se despejavam sobre o maciço de árvores nas encostas de Beverly Hills, defronte.

(Mais que uma história, menos que uma história. Um clima. Como uma imagem apenas entrevista, anos atrás, e, de repente, lembrada. O repentino claro-escuro que se formou, certo fim de tarde, num rosto de mulher, deixando-o – apenas por um segundo, todo crestado de dourada poeira.) Lana ou Melissa (Sílvia? Selma? Ingrid? Laura?), uma mulher que eu queria contar em várias versões, como nas Mil e Uma Noites. Inumerável, protéica, com alguma coisa de hidra – da qual, cortava uma das cabeças, outras renascessem no mesmo lugar. E cuja realidade, sigilosa, secreta, com um sentido oculto, estivesse permanentemente sujeita a novas interpretações, enigma que só se pode decifrar parcialmente, a partir de algumas palavras significativas como símbolos ou de ilações de episódios e situações deliberadamente destacados, no texto, com a mesma técnica com que, numa matéria jornalística, o redator faz a escolha, jamais inocente, do que vai para o *lead* ou para o pé.

Lana para além da própria Lana, inesgotável; Lana, assim dizer, *o nosso tempo*. Ou uma metáfora intemporal de amor e perdição – Safo, George Sand, Electra. E, ainda, Lana como simples capricho dessa outra mulher, cujo rosto não passa de um espelho, embora fosco – do meu. Todas, no entanto, capazes de se multiplicarem infinitamente.

Antes de fechar para sempre a revista com a reportagem sobre grandes estrelas do passado – permitindo que Lana (que Melissa, que eu) continue (continuemos) a sua (a nossa) dolorida, sorridente e solitária trajetória (para onde? para onde?), cujo significado, para além dessas imagens glamourosas e das palavras de sentido misteriosamente duplo desisto de captar, lanço um último olhar para a fotografia de Lana Turner – com o melhor matiz da minha ironia, um delicioso e amargo *private joke*.

Um pouco triste, concluo agora que não era, na verdade, sobre Lana Turner que eu queria escrever, mas sim sobre a Zona Sul do Rio de Janeiro. Assim todo em azul, amarelo e verde, enquanto nuvens esgarçadas se despejam, defronte, sobre o maciço de árvores nas encostas do Corcovado e o tempo passa.

Sônia Peçanha

Nasceu em Niterói, Rio de Janeiro, em 20 de setembro de 1959. Mestre em Literatura Brasileira pela UFRJ, é autora de *Depois de sempre* (contos), de 1992. Foi finalista do prêmio Jabuti em 1994 com *Traição e outros desejos* (contos), publicado em 2001. Como contista, recebeu várias premiações, participando, dentre outros, da antologia Prêmio Cora Coralina, 1986, editado pela Universidade Federal de Goiás. Em 1990, seu livro *Anatomia do silêncio* ficou entre os finalistas da Bienal Nestlé de Literatura. Em 1991, participou do IV Concurso de Contos Luiz Vilela (4º lugar) e da antologia *A palavra em construção*.

CHÁ DAS TRÊS

Todo dia, às três da tarde, a campainha toca e ela levanta da poltrona vermelha e desliga a televisão e dá oito passos até a porta, duas voltas na chave, a mão ajeitando o coque.

Todo dia, às três e um instante da tarde, ele entra na sala, aperta a mão que ela estende e caminha, cinco passos, à mesa de jantar.

Todo dia, às três e mãos trêmulas, ela pergunta:
– Aceita um chá?
– Se não der trabalho...
– Trabalho nenhum. Tempo só da água ferver.

Todo dia, às três e cinco da tarde, ela vai à cozinha enquanto ele tamborila os dedos no tampo de madeira.

Todo dia, às três e cinco da tarde, ela volta, o bule de louça branca, a bandeja de prata, as duas xícaras, as cestas com pães quentes, o bolo redondo.
– Açúcar?

Todo dia, às três e um gesto de que pouco, ela obedece.
— Está bonita a tarde.
— É, mas parece que choverá amanhã. Não sente uma brisa fria?
— Talvez, talvez.
Todo dia, às três e dois goles de chá, ele come um dos pães, ela, uma torrada. Serve então o bolo, claras fatias.
— Está uma delícia. Você mesma quem fez?
Todo dia, às três e vinte da tarde, ela abaixa os olhos e faz que sim e sussurra, fio de voz:
— Aceita mais um pouco?
— Adoraria.
Todo dia, às três e algum desejo, ele parte a fatia em quatro partes iguais e ela come outra torrada.
— E sua mãe?
— Assim, assim. Já não levanta sozinha, o médico logo virá vê-la.
— Se puder ajudar...
Todo dia, às três e vinte e dois da tarde, ela retira do bolso de uma das saias cinza o lenço de renda e colhe as duas lágrimas que hesitam no canto dos olhos.
— Importa-se que eu fume?
— Não, à vontade.
Todo dia, às três e vinte e cinco da tarde, ele se achega à janela e puxa longas baforadas do cachimbo. Ela retira as xícaras, respirando mais fundo o cheiro de mel que toma a sala.
— E o irmão, escreveu?
— Um cartão, ontem. Diz que aparece um dia para visitas.
— Deve estar um homem.
— É, tanto tempo, não?

Todo dia, às três e trinta da tarde, ele passa os dedos pela barba, ela conta os losangos claros do assoalho.
– Tem escrito?
– Alguns poemas, apenas. Trago-lhe qualquer dia, o jornal.
Todo dia, às três e trinta e quatro da tarde, o silêncio teima na sala. Ela observa o quadro na parede e quase sente o cheiro fechado da floresta. Ele ouve o ruído distante de um bonde e pensa que é tempo de ir.
– É hora de ir.
– Ah, mas que pena, tão rápido.
– Passei apenas para saber como estavam. Tenho negócios por hoje ainda a resolver.
Todo dia, às três e quarenta e um da tarde, cinco passos, oito passos, a porta se abre.
– Até, então.
– Até.
Os dedos se tocam despedida.

Todos os dias, às três e quarenta e dois da tarde, quando a porta se fecha, ela solta um gemido e corre pro canto da janela de onde vê seu corpo sumindo e trinca os dentes com fúria – e abre a blusa no colo e roça os dedos no peito e solta com a mão os cabelos e sacode com força a cabeça e tropeça tonta nos móveis e respira com força e geme com pressa e pensa em certeza que a morte a cerca e gruda os olhos de medo e roça as mãos pelo ventre e afasta o cinza da saia e se sacia inteira e só.

Todos os dias, às quatro da tarde, ele cabeceia no bonde e pensa, como quem deseja, se amanhã não poderia ser de outro jeito.

Vilma Guimarães Rosa

Professora de línguas, ensaísta e ficcionista, Vilma Guimarães Rosa nasceu em Itaguará (MG) em 1931 e é filha de João Guimarães Rosa, autor de *Grande sertão: veredas*. Mudou-se para o Rio de Janeiro ainda menina, onde estudou e se fixou. Sua estréia literária ocorreu em 1967 com a obra *Acontecências* (contos), em que já aparecia uma sensibilidade especial de narrar o cotidiano. Outras obras: *Setestórias*, de 1970; *Serendipity*, de 1974; *Carisma*, de 1978. A obra de memória, *Relembramentos: João Guimarães Rosa, meu pai*, foi publicada com grande sucesso em 1983 e reeditada posteriormente. *Mistérios do existir*, reunião de 14 contos, é obra publicada em 2002.

Ele voltou, Tião

"A praia do caveira, moça, num é igual às outra. Tem mais lindeza. Lá, a areia canta debaixo dos pé da gente, lustrando as concha e os caramujo. A casa fica escondida atrás duma fila de coqueiro e dum amontuado de planta. Eu digo amontuado, porque é a impressão que dá, mais é tudo bem cuidadinho. Sou eu que cuida. De janelas azul, suas parede tá de pé há mais de duzentos ano. Só comigo tem um tempão. Quando eu era pequeno, a escola funcionava ali mesmo. A gente vinha lá do outro lado da Ilha Grande, pelo caminho aberto no mato, brincando de matá cobra. A professora tinha o nariz pontudo e era tão boa, que até cozinhava pra gente. Foi cum ela que aprendi a cozinhá. Depois que ela casou ninguém mais veio ensiná, então acabou a escola. Aí eu fui sê pescador. Meu ponto era por lá mesmo e durou muito. Levantei barraco na ponta da praia, tinha lugá pra guardá canoa e secá rede.

Um dia apareceu a lancha grande cum gente do Rio. A primeira vez que eu vi Seu Pedreira, foi aquela. Tinha um modo bonito de falá, disse que tinha comprado a casa e me deu cem mangos e uma garrafa de pinga. Fiquei beliscado de contente. Naquele tempo, moça, aquilo era muito dinheiro, o preço de um bocado de sardinha. Ele ficou satisfeito porque eu disse que sabia lê. Fui contratado pra limpá o mato e derrubá meu barraco. Ele achou que tava botando feiúra na praia.

Dona Branquinha também era muito boa. Parecia cum a professora, só que num tinha narigão. Ela ensinou eu a falá direito. O marido ficava de papo pro ar e os filho num saía de dentro d'água. Ela vivia repetindo: – Eles vieram pra descansá, Tião... – Descansá, num sei de quê. Seu Pedreira tinha um dinheirão que dava até pra comprá a Ilha inteira. E os rapaz tava estudando, um pra doutô e o outro pra fazê estrada. Vê lá se vida boa cansa...

Dona Branquinha mandava eu apanhá cambucá e fazia um doce que era uma gostosura. Às vez de laranja-da-terra. Ela gostava de comida feita no fogão de lenha e eu ajuntava muita lenha pra ela.

O patrão deu de emprestá a casa. Era umas gente gozada, uns homem de pouca fala. Eles fumava charuto e bebia pinga estrangeira. Fazia isso madrugada adentro. Eles encostava os barco, descarregava uns engradado, empilhando e trancando tudo nos quarto. Depois o negócio sumia sem sabê como. De manhã, umas sujeirada de ponta de charuto e copo pra limpá. Da primeira vez eu fui até a praia oferecê meu trabalho. Ninguém agradou e os ingrato mandou eu voltá pra cama. Que vão se daná no inferno.

Quando Dona Branquinha tava, eles num aparecia. Foi ela que ensinou os caso da casa. Eu já sabia do Pirata. Aqui na Ilha todo mundo sabe. A senhora, é porque é turista. Ele tinha uma caveira preta pintada na bandeira vermelha. Dona Branquinha adorava coisa velha e costumava comprá um porção de bugiganga por aí. Às vez, tomava a lanchinha mais eu e saía dando roupa e comida, até remédio. A gente voltava cheio de santo de madeira e cada coisa mais doida: oratório, pilão, escarradeira, só vendo... Num sei como ela tinha corage de dá dinheiro pra tanta porcaria. Fora os santo, que Deus me adefenda...

Dona Branquinha leu muito, e contou que 'O Caveira' era um pirata batizado, lá das Espanha. Pois é, ele levantou a casa cum a madeira do mato, pediu a bênção pra Nossa Senhora e saiu fazendo pirataria por aí... Morreu de punhalada nas costela e enterraram ele na ponta da praia. Ficou tão satisfeito cum isso que nunca assombrou.

O filho do patrão que estuda pra doutô desenhou uma caveira num pano e espetou num pau. Despois, assentou ele bem onde tá enterrado o Pirata. Pensou que ia assustá. Aí eu fiz brincadeira cum ele e escondi a bandeira.

Dona Branquinha deu de aparecê pouco. Os rapaz tava tudo de namoro arranjado e num queria se enterrá naquele fim do mundo, eles dizia.

O que doeu, foi Seu Pedreira avisá que ia vendê a casa. Tava aflito e aperguntou se tinha aparecido gente de fora, fazendo pergunta. Afora aquelas gente que aparece quando tem feriado perto de domingo, só pra deixá papel sujo nas areia dos outro, nenhuma gente tinha aparecido. E se dão de fazê pergunta, eu arrespondo si quisé.

Já tinha passado um montão de tempo e os amigo do patrão tava custando de aparecê. O patrão falou assim: – Olha, Tião, é melhor num falá pra ninguém a respeito dos meus convidado. Ninguém mais vai aparecê.

Esquece, tá? – Eu arrespondi: – Tá, Seu Pedreira. Pode deixá. – E nem o diabo vomitando fogo num fazia eu abrir a boca. Fiquei cum pena do patrão vendê a terra. Na sexta-feira ele desceu da lancha cum Dona Branquinha e outra mulhé altona e bonita, um pedação de morena. Era Dona Til, eu ainda num sabia. Dona Branquinha agradava muito ela e Seu Pedreira falava e falava das duas mina d'água, das fruta, das ostra. Mais a dona tinha ouvido falá do Pirata e só queria sabê, mesmo, era dele. Dona Branquinha entendeu o negócio primeiro e toca a falá daqueles caso que ela descobriu, quando foi remexê na papelada do Convento de Santa Bárbara. A outra prendeu a fala!

Eu tava tirando a mesa depois da janta. Levei um bruto susto quando a dona aperguntou pra mim: – E você, já viu o fantasma? – Aí, fui eu que ficou sem fala. Olhei logo pra Dona Branquinha e ela fez assim cum a cabeça, então eu fiz também. Voltei correndo pra cozinha porque se ela me apergunta a cara do dito cujo, eu num sabia dizê. Ainda num vi um em toda minha vida, moça, e olha que já tenho um arrastão de vida nas costa...

No dia seguinte, cedinho, ela acordou antes de todo mundo. Deu a volta na casa e parou do meu lado. Aí, eu pensei: 'É agora'. Mas sabe o que ela disse numa voz boazinha?: – Qué trabalhá pra eu, Tião? Si eu comprá isso aqui você vai sê meu caseiro.

Eu gostava muito da Dona Branquinha, mas apreceio o modo da Dona Til. Ela tem o jeito de mulhé que num precisa de ajuda pra resolvê as coisa. Ri, num dizendo que sim nem que não. Ela bateu no meu ombro e disse: – Gosto de você, cão fiel. – Ninguém acha bom de sê xingado. Muito menos de cachorro. Sei dum camarada

que embarcou o cunhado por causa disso. Mas fiquei muito prosa quando ela disse aquilo e até gostei.
 Foi Dona Branquinha que deu explicação de tudo. Seu Pedreira tava muito mal de negócio e andava aprecisado de grana. Daí a pressa de vendê a casa. Dona Til é rica e mulhé rica que mete nas idéia comprá casa cum fantasma, num sossega enquanto num consegue. Acho isso tudo uma besteira, mais quem sou eu pra achá? O patrão fazia tanta força, que até dava vontade de rir, si a gente num tivesse cum pena. Eu queria fazê alguma coisa. Bolei uma idéia, despois desbolei, num tive corage. Fiquei rezando, então, pro rasga-mortalha cantá de noite e os bugio roncá lá no alto do morro. Arrumei uns cipó nos galho da figueira que fantasma deve de gostá.
 Até parece que eu tava empurrando as gente do Seu Pedreira pra fora. Deus me adefenda! Só queria ajudá.
 Dona Til andava era atrás de assombração. Ela disse que pode botá um copo andando sozinho em cima da mesa. Credo!
 Aí voltou aquela idéia, dessa vez cum corage. Eu sei que num tenho cara de fantasma, mais posso virá um. Já era tarde e o jardim tava cheirando. As dama-da-noite apinhada de flor recebia lua cheia. Dona Til andou na praia e falou tanto de gente que morre despois volta, até me botou dúvida. Ela, sim, tava certa mesmo daquelas bobage...
 Quando ela entrou no quarto, esperei até tarde.
 O filho do Seu Pedreira que estuda pra fazê estrada, tem os pé mais grande que os meu. Eu tinha ganhado dele umas bota que nunca usei. Fui lá no baú, botei elas e dei umas andada na praia, do lado que a maré num apaga. Aprontei uns vai e vem dos diabo, os passo acabando bem debaixo da janela dela. Despois, apanhei umas dama-da-noite e espalhei por ali. Pensei logo: 'Xi,

Tião, Dona Branquinha vai te fuzilá!' Ora, si ela queria vendê a casa, uma florzinha a menos num vai fazê diferença... Peguei umas corrente no sapé das canoa e sacudi uns barulhinho pra cá e pra lá, só Dona Til podia escutá, os patrão tava dormindo do outro lado. Voltei correndo, escondi as bota e as corrente, tapei a cara debaixo da coberta e dormi cum vergonha de Nosso Senhô. Si aquela dona gostava tanto de assombração, ia comprá logo a casa e ajudá as finança do Seu Pedreira. Deus me adefenda.

Quando o dia acordou, eu já tava acordado, limpando a praia. Fingi que num tava vendo ela bisbilhotá cum as flor na mão.

– Bom dia, Tião – ela veio logo pro meu lado, feliz da vida, igualzinho menina que andou puxando o rabo do gato. Fiquei morrendo de vergonha, mais agüentei firme e cochichei: – Xi! O malandrão voltou! – Dona Til nem respirava. – Olha, Tião, esta pisada na areia, parece de bota...

Nunca podia imaginá uma dona moderna tão bobinha. Aí eu disse: – São, sim. Aquele camarada quando gama é um caso sério. Dá de fazê besteira.

Aposto um arrastão inteiro como Dona Til tava crentinha... Tratei logo de dá o serviço:

– É o fantasma do 'Caveira', dona. O primeiro patrão daqui. A última vez que ele virou cabeça por mulhé, foi a minha professora. Era um tal de apanhá flô, num havia que chegasse pro gasto. As jarra da escola vivia lotada. A escola era aqui mesmo, a senhora sabe. Aí ela conheceu um cara que vendia lona em Angra dos Reis e casou com ele nas féria. Quando as aula começou, ela num veio. O 'Caveira' ficou fulo. Teve tanta raiva que despedaçou tudo que era flô. E lançou maldição tão firme que nunca mais apareceu professora por essas banda. O safado acabou cum a escola.

Dona Til tava de olho escancarado que nem porta de igreja em dia de missa. Passou a língua nos beiço, parecia que tinha comido um doce. Que dona boba, pensei cá comigo. Será que tá mesmo creditando? Tava, sim senhora. Disse que tinha ouvido arrastá corrente pertinho da janela. Num pregou mais o sono. Foi logo cedo espiá. Que ela comprou a casa, isso comprou. Pagamento à vista, palavra. Todo mundo ficou beliscado de contente. Dona Til deve de tê botado a boca no trombone, porque o patrão deu uma palmadinha no meu ombro e chamou eu de grande amigo. Passou pra cá uma bolada, de presente. Dona Branquinha também abraçou eu e ficou de olho molhado.

Dona Til é um anjo e eu só ficava de remorso, mesmo, quando as esganiçada começava a debochá: – Til, seu fantasma vai aparecê essa noite? Era a frase que ela mais tinha raiva e a que ela mais tinha de escutá. – Você tem ciúme da gente e fica escondendo ele?

Puxa, que gente chata! A metade da culpa era da própria Dona Til. Num disse que ela tinha botado a boca no trombone? Espalhou a minha invenção pra grã-finada e eles vinha bancá São Tomé...

Quando eles falava daquele jeito cretino, Dona Til dava de fingi que tava muito ocupada. Mais eu ouvia ela dizê baixinho: – Ora, vá pro inferno!

Seu Serjo é que tinha a mania de acendê os cigarro dela. Si ela fumava vinte, ele acendia os vinte. A criatura num tava de mão machucada nem nada e ele vinha logo, dando pulinho que nem pipoca na panela. Ocha, sujeito murrinha. Que birra eu tinha daquele homem!

Dona Til é um morenão e tanto e uma noite eu escutei ela dizê, lá perto da figueira grande: – Num tou pensando de casá agora, Serjo. – Ouvi sem querê, juro.

Seu Serjo vivia debochando do fantasma e aquilo mexia com meu orgulho. Si não fosse o medo de sê pilhado eu repetia a palhaçada, só pra gozá as cara daquela gente.

Os convidado de Dona Til era barulhento e preguiçoso. Esticava o corpo o dia inteiro na praia e comia que era uma danação. E que mania de fazê as minha planta de cinzeiro! Dona Til mais eu, ficava horas besuntando pasta de queijo e fígado de galinha nas torrada. Tinha também as bolinha preta que vinha dentro do vidro. Fiquei foi vergonhado quando ela caçoou:

– Puxa, Tião, você que é pescador num sabia que isso é ova de peixe?

Eta gente pra mastigá biscoitinho cum coisa em cima! E toca a bebê. Credo!

Bendita a vez que Dona Til foi sozinha. Aí eu tive sossego. Acho que ela também, porque meteu a cara num livro e num tirou até escurecê. Espichada na praia, nem viu o veleiro passá e torná a passá, o sujeito esperto tirando mira naquela moreneza... Eu vi. Num sei por onde anda Seu Serjo, mais hoje eu sei que era ele que gostava de levá aquela cambada. Dona Til apreciava de um sujeito sossegado, sem enxerimento, um tipo assim feito o que passou no veleiro. Sem fazê barulho, nem de motor...

Ela voltou pro Rio no dia seguinte. O veleiro tornou de aparecê. O bicho espiou, espiou, depois arreou ferro e pulou n'água, de supetão. Eu também gostei dele, de supetão. Aperguntou pela dona deitada na areia. Fiquei muito satisfeito cum a educação dele e quando vi, tava desembuchando os meus assunto, assim igualzinho tou fazendo cum a senhora. Ele achou uma graça doida na minha trapalhada do fantasma e pediu a bandeirinha emprestada. Aquela que eu abafei do filho do Seu Pedreira.

Gozado! Ele tava muito queimado de sol e quando ria mostrava tudo que era dente. Parecia direitinho um pirata, até na barba, que fazia sombra no rosto. Fiquei cum pena da patroa num conhecê ele. Acho que fiquei cum pena em voz alta porque ele riu e aperguntou quando é que ela ia voltá. Aí eu disse que só no outro sábado, pra feijoada, né? Num tinha nada de mal, a senhora num acha? Despois paguei visita no barco, até ganhei uns cobre... Puxa, moça, que lindeza de barco! Coisa boa, mesmo, lá dos estrangeiro...

No sábado, a casa encheu daquela confusada. Seu Serjo fazia onda, parecia o dono. E Dona Til tava morrendo de raiva, porque o pessoal toca de aperguntá, tudo de corda ligada: – Til, cadê o seu fantasma?

Na hora do almoço, eles botando a pança em dia cum minha feijoada, Dona Til deu lá uma veneta e decidiu acabá cum aquilo de fazê deboche. Nós tava no alpendre, eu servindo e eles botando pra dentro. Dona Til tava só esperando uma deixa. A magrela saliente gritou: – Fantasma! Uh! Uh! Vem prová o tempero do Tião!

Dona Til fuzilou. Saiu do alpendre, botou as mão nas cadeira, assim, e sapecou palhaçada naquela gente: – Vem, querido, num aprecisa ficá cum medo dessas maluca, não! Anda, vem, mostra que é macho!

Era tão gozado ela gritando pro mar que eu até ri. Tava todo mundo sem graça e eu ouvi uns risinho abafado, de descrença. Seu Serjo foi atrás dela, sem entendê muito bem. Ele é tão burro, coitado, num entende de nada, nem de barco...

E Dona Til toca de gritá mais coisa, chamando o 'Caveira'. Dava até pra convencê mesmo, credo!

Sabe, moça, já vi coisa braba, de botá cabelo em pé. Sem sê de assombração, porque eu nunca creditei. Mas aquilo foi de crescê cabelo em careca! Todo mundo tava olhando pra praia e fez: – Ah!

Lá longe, no fim do mar, tinha acabado de aparecê um veleiro grande, cum as vela aberta, só vendo que bonito! E vinha vindo pra nossa praia. Quando tava bem perto, vi direitinho a bandeira do filho do Seu Pedreira dançando no ar, espetada na ponta do mastro. E sabe quem tava rindo pra gente? Aquele moço do assunto que eu já falei. Aquele da visita, que tinha perguntado quem era Dona Til. Ele tava sem camisa, de calça azul e um pano vermelho amarrado na cabeça. Até tinha botado um tapa-olho preto e argolão na orelha, um só, do lado de cá. Ah! Ah! E olha que nem era carnaval nem nada! Eta bicho danado! Puxa a vida!

Quando ele jogou a âncora, deu um berro: – Tião, feijoada? Arruma aí um prato! – Confesso, moça, gostei daquela intimidade...

Ele foi nadando pra praia. O barco virou de banda, por causa do vento e todo mundo, ainda sem fala, leu lá na popa: 'O Caveira'. Só eu sabia que aquilo num tava ali da outra vez.

Ai! Que coisa mais gozada, os trouxa de boca aberta! Seu Serjo, então, teve um chilique, na hora que ele sapecou uma beijoca na Dona Til e disse: – A pirataria hoje tava muito fraca, meu bem, si continuá assim nós vai morrê de fome. – Despois, foi no pé de dama-da-noite, apanhou um punhado e botou na mão de Dona Til, sem fazê cerimônia. Eu discubri que Dona Til tava sem entendê. Mais ela tava gostando muito daquela confusada. Seu Serjo é que ficou chatiado e foi pro quarto.

Pois é, moça, nessa idade dei de sê casamenteiro... Meu patrão é muito boa praça. Aquele caso amalucado deu namoro firme que só teve dois mês de duração. Aí ele comprou a praia mais a casa na mão dela e só despois casou cum ela. Tão lá, fazendo lua-de-mel...

Bom, já falei tudo, moça. Agora vou andando. Tenho de fazê a janta. Gostei muito de conhecê a senhora, viu? Vê se aparece um dia lá na Praia do Caveira. Pode fazê a fineza de dizê as hora? Puxa a vida, já é tudo isso? Nossa! Eles vão daná! Quê? Na lua-de-mel ninguém dana? Hum...
  Olha, moça, qué sabê duma coisa? Jura que num vai zombá de mim? Eu fico matutando, matutando... Dona Til disse: – Tião, meu marido é o 'Caveira' que voltou. Agora ele vai ficá bonzinho e consertá tudo de errado que andou fazendo antes. Ele tava só esperando por mim. Ele voltou, Tião.
  Eu logo pensei: 'Já vai ela começá cum as bobajada, outra vez'. Aí eu assuntei cum Mané Espírita, lá do Centro. Ele ficou pensando e disse: – Pode sê.
  A senhora tá rindo, moça? Ah! Também acha? Hum... Santa Bárbara! Então deixa eu corrê cum as compra da janta. Si ele é mesmo o 'Caveira', é bem capaz de cortá minha cabeça..."

BIBLIOGRAFIA

ANDRADE, Mário de. "Contos e contistas". In: *O empalhador de passarinhos*. 3. ed. São Paulo: Ed. Martins/ Brasília: INL, 1972.

ALMEIDA, Júlia Lopes de. "Memórias de um leque". In: *Traços e iluminuras*. Lisboa: Tipografia Castro & Irmão, 1887.

AMARAL, Nilza. "Marcolina-corpo-de-sereia". In: *Doze contos fantásticos*. Inédito.

BOSI, Alfredo. "Situação e formas do conto brasileiro contemporâneo". In: BOSI, Alfredo (org.). *O conto brasileiro contemporâneo*. São Paulo: Cultrix, 2001.

CAPRIOLI, Maria. "Contemplação de Annelize". Inédito.

CARMEN DOLORES. "Lição póstuma". In: *Almas complexas*. Rio de Janeiro: Calvino Filho, 1934.

CASTELLO BRANCO, Lucia. "Cuja mãe não disse". In: *A falta*. Rio de Janeiro: Record, 1997.

COELHO, Nelly Novaes. *A literatura feminina no Brasil contemporâneo*. São Paulo: Siciliano, 1993.

_____. *Dicionário crítico de escritoras brasileiras*. São Paulo: Escrituras, 2002.

COLASANTI, Marina. "O homem de luva roxa". In: *Penélope manda lembranças*. São Paulo: Ática, 2001.

COUTINHO, Sonia. "Toda Lana Turner tem seu Johnny Stompanato". In: *Último verão em Copacabana*. Rio de Janeiro: José Olympio, 1985.

CUNHA, Helena Parente. "O pai". In: *Os provisórios*. Rio de Janeiro: Antares, 1990.

DENSER, Márcia. "A irresistível Vivien O'Hara". In: *Toda prosa*; inéditos e dispersos. São Paulo: Nova Alexandria, 2001.

DUARTE, Constância Lima et al. "Apontamentos para uma história da educação feminina no Brasil – século XIX". In: *Gênero e representação: teoria, história e crítica*. Belo Horizonte: Ed. UFMG, 2002.

FELINTO, Marilene. "Muslim: woman". In: *Postcard*. São Paulo: Iluminuras, 1991.

FLORES, Hilda Agnes Hübner. *Dicionário de mulheres*. Porto Alegre: Nova Dimensão, 1999.

GALVÃO, Patrícia (Pagu). "Morte no Varieté". In: *Safra macabra*. Rio de Janeiro: José Olympio, 1998.

GOTLIB, Nádia Battella. *Teoria do conto*. São Paulo: Ática, 1985.

GUIDIN, Márcia Lígia. *A hora da estrela, de Clarice Lispector* (roteiros de leitura). 3. ed. São Paulo: Ática, 2002.

JARDIM, Rachel. "A viagem de trem". In: *A cristaleira invisível*. Rio de Janeiro: Nova Fronteira, 1982.

LADEIRA, Julieta de Godoy. "Retrato em revista". In: *Diário de matar o patrão*. São Paulo: Summus, 1978.

LAJOLO, Marisa e ZILBERMAN, Regina. *A formação da leitura no Brasil*. São Paulo: Ática, 1996.

LEITE, Ivana Arruda. "Rondó". In: *Falo de mulher*. São Paulo: Ateliê Editorial, 2002.

LISPECTOR, Clarice. "Feliz aniversário". In: *Laços de família*. Rio de Janeiro: José Olympio, 1982.

_____. "O corpo". In: *A via crucis do corpo*. Rio de Janeiro: Nova Fronteira, 1984.

MAMBRINI, Miriam. "Taxidermia". In: *Grandes peixes vorazes*. Rio de Janeiro: Sette Letras, 1997.

MAGALHÃES JR., Raimundo. *A arte do conto*; sua história, seus gêneros, sua técnica, seus mestres. Rio de Janeiro: Bloch, 1972.

MENEZES, Raimundo. *Dicionário literário brasileiro*. 2. ed. rev., aum. e atual. Rio de Janeiro/São Paulo: Livros Técnicos e Científicos, 1978.

MOISÉS, Massaud. *Pequeno dicionário de literatura brasileira*. São Paulo: Cultrix, 1998.

MORAIS, Eneida de. "Boa-noite, professor". In: *Eneida*. Rio de Janeiro: Civilização Brasileira, 1965.

MUZART, Zahidé Lupinacci (org.). *Escritoras brasileiras do século XIX*. Florianópolis, Editora Mulheres, 2000.

NERY, Adalgisa. "A gargalhada". In: MAGALHÃES JR., Raimundo (org.). *Seleção de contos femininos*. Rio de Janeiro: Ediouro, [1967].

PEÇANHA, Sônia. "Chá das três". In: *Depois de sempre*. Rio de Janeiro: Eduff, 1992.

PIÑON, Nélida. "Colheita". In: *Sala de armas*. Rio de Janeiro: Record, 1997.

POE, Edgar Allan. "Filosofia da composição". In: *Ficção completa, poesia & ensaios*. Org., trad. e notas de Oscar Mendes, em colaboração com Milton Amado. Rio de Janeiro: Aguilar, 1981.

PROPP, Vladímir. *Morfologia do conto*. Trad. Jaime Ferreira e Vítor Oliveira. Lisboa: Editorial Vega, 1978.

PRADA, Cecilia. "La Pietà". In: *O caos na sala de jantar*. São Paulo: Moderna, 1978.

PRADO, Adélia. "Final feliz". In: *Filandras*. Rio de Janeiro: Record, 2002.

QUEIROZ, Dinah Silveira de. "A moralista". In: MAGALHÃES JR., Raimundo (org.). *Seleção de contos femininos*. Rio de Janeiro: Ediouro, [1967].

QUEIROZ, Rachel de. "Os dois bonitos e os dois feios". In: *A casa do morro branco*. São Paulo: Siciliano, 1999.

ROSA, Vilma Guimarães. "Ele voltou, Tião". In: *Acontecências*. Rio de Janeiro: José Olympio, 1967.

SAVARY, Flávia. "Doce de Teresa". In: *25 sinos de acordar Natal*. São Paulo: Salesiana, 2001.

SAVARY, Olga. "O rei dos lençóis". In: *Os olhos dourados do abismo*. Rio de Janeiro: Bertrand Brasil/FBN, 2001.

SCHUMAHER, Schuma & VITAL BRASIL, Érico (orgs.). *Dicionário mulheres do Brasil*. Rio de Janeiro: Jorge Zahar, 2000.

SEIXAS, Heloisa. "Assombração". In: *Pente de vênus*. Rio de Janeiro: Record, 2000.

STEEN, Edla van. "Amor pelas miniaturas". In: *No silêncio das nuvens*. São Paulo: Global, 2001.

TELLES, Lygia Fagundes. "A estrutura da bolha de sabão". In: *A estrutura da bolha de sabão*. Rio de Janeiro: Rocco,1999.

_____. "Antes do baile verde". In: *Antes do baile verde*. Rio de Janeiro: José Olympio, 1975.